ଏକ ନୂତନ ସକାଳ ପରେ

ତିରିଶଟି ଦେଶରୁ ଛଅଷଠିଟି କବିତା

ଏକ ନୂତନ ସକାଳ ପରେ

ତିରିଶଟି ଦେଶରୁ ଛଅଷଠିଟି କବିତା

ଅନୁବାଦ

ସତ୍ୟ ପଟ୍ଟନାୟକ

BLACK EAGLE BOOKS
2019

BLACK EAGLE BOOKS

7464 Wisdom Lane
Dublin, OH 43016
E-mail: info@blackeaglebooks.org
Website: www.blackeaglebooks.org

First Edition by Paschima Publication in 2017

First International Edition Published by
BLACK EAGLE BOOKS, 2019

Eka Nutan Sakal Pare
Translated by Satya Pattanaik

Translation Copyright © **Satya Pattanaik**
Copyright of original poems are with respective poets

Cover Art: **Ishani Das**
Cover & Interior Design: Ezy's Publication

ISBN- 978-1-64560-046-6 (Paperback)

Printed in United States of America

*To my daughter **Sadyasnata**
for connecting me with the World*

ଏହି ସଂକଳନ ପଛର କାହାଣୀ

ପଚିଶ ଡିସେମ୍ବର ୨୦୧୪। କ୍ରିସ୍‌ମାସ ସକାଳ। ବିଗତ କୋଡ଼ିଏ ବର୍ଷର ଆମେରିକା ରହଣିରେ ଯେଉଁ କେତୋଟି ଚଳଣି ଅଭ୍ୟାସରେ ପଡ଼ିଯାଇଥିଲା, ସେଥିରୁ ଗୋଟିଏ ହେଲା କ୍ରିସ୍‌ମାସ ଦିନ ପରିବାରର ପ୍ରତ୍ୟେକ ସଦସ୍ୟ ଅନ୍ୟକୁ ଉପହାର ଦେବା। ସକାଳୁ ଉଠି ପ୍ରଥମେ ଆମକୁ ଯିବାକୁ ହେଉଥିଲା ଫାମିଲି ରୁମ୍‌ରେ ସଜା ଯାଇଥିବା କ୍ରିସ୍‌ମାସ ଗଛ ପାଖକୁ। ପୂର୍ବଦିନ ରାତିରେ ସମସ୍ତେ ସମସ୍ତଙ୍କୁ ଲୁଚେଇ ଉପହାର ପ୍ୟାକିଂ କରୁଥିଲେ ଓ ସାଣ୍ଟାକ୍ଲଜ୍ ନାଁରେ କ୍ରିସ୍‌ମାସ ଗଛ ତଳେ ରଖି ଦେଉଥିଲେ। ସେଦିନ ସକାଳେ ମୁଁ ଯେତେବେଳେ ମୋର ଉପହାର ଖୋଲିଲି, ମୋ ଝିଅ ସଦ୍ୟସ୍ନାତାର ମୋ ପାଇଁ ଉପହାର ଥିଲା ତିନୋଟି କବିତା ସଂକଳନ- ରବର୍ଟ ଫ୍ରଷ୍ଟ, ଏମିଲି ଡିକିନସନ୍ ଏବଂ ରୁମିଙ୍କର। ମୁଁ ଅତ୍ୟନ୍ତ ଖୁସି ହୋଇଥିଲି ଏଥିପାଇଁ ଯେ ମୋର କବିତା ସହିତ ଥିବା ଆବେଗିକ ସମ୍ପର୍କକୁ ମୋ ଝିଅ ବୁଝି ପାରିଥିଲା।

ପ୍ରବାସରେ ରହୁଥିବା ମୋ ପରି ଜଣେ ଓଡ଼ିଆ କବିତା ପ୍ରେମୀ ପାଇଁ କବିତା ପଢ଼ିବାର ଏକମାତ୍ର ଉପାୟ ହେଲା ଖବରକାଗଜମାନଙ୍କରେ ବାହାରୁଥିବା ସାପ୍ତାହିକ ସାହିତ୍ୟ ପୃଷ୍ଠା। ମୋତେ ଛୁଇଁଲା ପରି କବିତା କିନ୍ତୁ କମ୍ ମିଳିଥାଏ ସେଥିରେ। ସେଥିପାଇଁ ମୋତେ ଅନ୍ୟ ଦେଶର କବିମାନଙ୍କର ଇଂରାଜୀ କବିତା ଉପରେ ନିର୍ଭର କରିବାକୁ ପଡ଼ିଥାଏ। ସ୍ଥାନୀୟ ଲାଇବ୍ରେରୀରେ ଅନେକ ଦେଶର କବିତା ସଂକଳନ ମିଳିଯାଏ। ଏହା ବ୍ୟତୀତ ପ୍ରତିଦିନ ପ୍ରକାଶିତ ହେଉଥିବା କବିତା ୱେବ୍‌ସାଇଟମାନଙ୍କରୁ ମଧ୍ୟ ମୁଁ କବିତା ପଢ଼େ। କବିତାଟିଏ ପଢ଼ିଲା ପରେ, ଯଦି ସେ କବିତା ମୋତେ ଛୁଏଁ, ମୁଁ ସେ କବିଙ୍କ ସମ୍ପର୍କରେ ଜାଣିବାକୁ ଚେଷ୍ଟା କରେ ଓ ତାଙ୍କର ଆଉ କିଛି

କବିତା ପଢ଼ିଥାଏ। ୨୦୧୪ର ସେଇ କ୍ରିସ୍‌ମାସ ସକାଳେ ରବର୍ଟ ଫ୍ରଷ୍ଟ, ଏମିଲି ଡିକିନ୍‌ସନ୍ ଏବଂ ରୁମିଙ୍କ ସଂକଳନ ଉପରେ ଥରେ ଆଖି ବୁଲାଇ ନେଲାପରେ, କେଜାଣି କାହିଁକି, ପ୍ରଥମ ଥର ପାଇଁ ସେଇ କବିତାକୁ ଓଡ଼ିଆରେ ପଢ଼ିବାକୁ ଇଚ୍ଛା ହେଲା। ରୁମିଙ୍କର ଗୋଟିଏ କବିତା ଅନୁବାଦ କରି ପଢ଼ିଲି। ସ୍ଥିର କଲି ଯେ, ପ୍ରତି ସପ୍ତାହରେ ଗୋଟିଏ ଗୋଟିଏ କବିତା ଅନୁବାଦ କରି ଫେସ୍‌ବୁକ୍‌ରେ ପୋଷ୍ଟ କରିବି। ତେଣୁ ବର୍ଷ ୨୦୧୫ରେ ନିଜର ମୌଳିକ ଲେଖାକୁ କମ୍ ସମୟ ଦେଇ ଅନୁବାଦ ଉପରେ ଧ୍ୟାନ ଦେଲି ଓ ପ୍ରତି ଶନିବାର ଗୋଟିଏ ନୂଆ ଅନୁବାଦ କବିତା ଫେସ୍‌ବୁକ୍‌ରେ ପୋଷ୍ଟ କଲି। କହିବା ବାହୁଲ୍ୟ ଯେ କିଛି ପାଠକ ଏହାକୁ ନିୟମିତ ଭାବରେ ପଢ଼ିଲେ ଓ ପସନ୍ଦ କଲେ। ଏହି ବାଉନ ସପ୍ତାହର ଯାତ୍ରା ମୋ ପାଇଁ ଖୁବ୍ ରୋମାଞ୍ଚକର ତଥା ମହତ୍ତ୍ୱପୂର୍ଣ୍ଣ ଥିଲା। ଯେହେତୁ ମୁଁ ବିଭିନ୍ନ ଦେଶ, ବିଭିନ୍ନ ବର୍ଗ, ବିଭିନ୍ନ ବୟସର କବିମାନଙ୍କୁ ଅନୁବାଦର ପରିସରକୁ ଆଣୁଥିଲି, ସେମାନଙ୍କ ଜୀବନ, ସାହିତ୍ୟ, ସଂସ୍କୃତି ଇତ୍ୟାଦି ବିଷୟରେ ଜାଣିଲା ପରେ ମୋତେ ଲାଗୁଥିଲା ଯେମିତି ମୁଁ କାବ୍ୟ ସାହିତ୍ୟର ବିଶାଳ ମହାସମୁଦ୍ରରେ ଶୁଖିଲା ପତ୍ର ପ୍ରାୟ ଭାସୁଛି। ପୃଥିବୀରେ ବିଭିନ୍ନ ଶୈଳୀରେ ବିଭିନ୍ନ ପ୍ରକାରର କବିତା ସବୁ ନିରନ୍ତର ଲେଖାଯାଉଛି, ଥରେ ତା' ଭିତରେ ପଶିଲା ପରେ ଆଉ ବାହାରିବାକୁ ମନ ଚାହୁଁନି।

ଏହି ପ୍ରକ୍ରିୟାରେ ଯେତିକି ରୋମାଂଚ ଥିଲା ତାଠୁ ଅଧିକା ଥିଲା ଚ୍ୟାଲେଞ୍ଜ। ଅନୁବାଦ, ବିଶେଷ କରି କବିତା ଅନୁବାଦ କରିବା ହେଲା ଏକ କଷ୍ଟକର ବ୍ୟାପାର। କଳାତ୍ମକତାକୁ ଅକ୍ଷୁଣ୍ଣ ରଖି ଗୋଟିଏ ସୃଷ୍ଟିରୁ ଆଉ ଗୋଟିଏ ସୃଷ୍ଟି ସର୍ଜନ କରିବା କେବଳ ଏକ କଳା ନୁହେଁ, ଏକ ଦାୟିତ୍ୱ ମଧ୍ୟ। ରବର୍ଟ ଫ୍ରଷ୍ଟ କହିଥିଲେ, "କବିତା ଯାହା ଅନୁବାଦ ପ୍ରକ୍ରିୟାରେ ହଜିଯାଏ"। ନିଶ୍ଚିତ ଭାବେ ସେ ଏହି ସନ୍ଦର୍ଭରେ କହିଥିବେ ଯେ କବିତାର ଧ୍ୱନି, ବାକ୍ୟ-ବିନ୍ୟାସ, ସଂକେତାର୍ଥ, ତାଳ, ଛନ୍ଦ, ଲୟ ଇତ୍ୟାଦି ବିଶେଷ ଗୁଣସବୁକୁ ଗୋଟିଏ ଭାଷାରୁ ଆଉ ଗୋଟିଏ ଭାଷାକୁ ନେବା ସମ୍ଭବ ନୁହେଁ। ଏହାର ମୁଖ୍ୟ କାରଣ ହେଲା, ଗୋଟିଏ ଭାଷା ଅନ୍ୟ ଭାଷାର ପ୍ରତିବିମ୍ବ ନୁହେଁ। କିଛି ସମୀକ୍ଷକ ମତ ରଖନ୍ତି ଯେ ଯେହେତୁ କବିତାକୁ ଶତକଡ଼ା ଶହେ ଭାଗ ଅନୁବାଦ କରି ହୁଏନା ଏପରି କରିବା ମୂଳ କବିତା ପ୍ରତି ଏକ ପ୍ରକାରର ବିଶ୍ୱାସଘାତ। ଏପରି ମତ ସତ୍ତ୍ୱେ ବି ଅନୁବାଦକମାନେ ସାହିତ୍ୟର ଏହି ଦୁରୂହ ଅଥଚ ମହତ୍ତ୍ୱପୂର୍ଣ୍ଣ କାମକୁ ବନ୍ଦ କରିନାହାନ୍ତି।

ଅନୁବାଦ ସିଦ୍ଧାନ୍ତବାଦୀମାନେ ଅନୁବାଦ ପ୍ରକ୍ରିୟାକୁ ନେଇ ଭିନ୍ନ ମତ ରଖିଥାଆନ୍ତି। ବିଶିଷ୍ଟ ବ୍ରିଟିଶ କବି, ସମୀକ୍ଷକ, ଅନୁବାଦକ ଜନ୍ ଡ୍ରାଇଡେନ୍ (୯ ଅଗଷ୍ଟ ୧୬୩୧-୧ ମେ ୧୭୦୦) କୁହନ୍ତି, "ଗୋଟିଏ ସମୟରେ ଅନୁବାଦକଙ୍କୁ ଅନେକ ସମସ୍ୟାର ସମ୍ମୁଖୀନ ହେବାକୁ ପଡ଼ିଥାଏ। ମୂଳ ଲେଖକର କବିତା ପଛରେ ଥିବା ଚିନ୍ତାଧାରା ଓ ଶବ୍ଦକୁ ଆଣି ନିଜ ଭାଷାରେ ଠିକ୍ ସେମିତି ରଖିବା, ଅନୁବାଦକ ପାଇଁ ପ୍ରାୟତଃ ଅସମ୍ଭବ ହୋଇଥାଏ।" ପ୍ରସିଦ୍ଧ

ଆର୍ମେନିଆ କବି ଓ ଲେଖକ ୟେଘିଶେ ଚାରେଣ୍ଟସ୍‌ଙ୍କ (୧୩ ମାର୍ଚ୍ଚ ୧୮୯୭-୨୭ ନଭେମ୍ବର ୧୯୩୭) ମତରେ "କବିତା କେବଳ ଆଉ ଜଣେ କବିଙ୍କ ଦ୍ୱାରା ଅନୁବାଦ ହେବା ଉଚିତ।" ଡ୍ରାଇଡେନ୍ ମଧ୍ୟ ଠିକ୍ ଏପରି ମତ ରଖିଥାନ୍ତି, ସେ କୁହନ୍ତି, "କବିତା ଯେହେତୁ ଏକ କଳା, ଏହି କଳାରେ ପ୍ରବୀଣ ବ୍ୟକ୍ତି ହିଁ ଅନୁବାଦ କରିବାର ସାମର୍ଥ୍ୟ ରଖିଥାଏ। ଅନୁବାଦକର ତା' ନିଜ ଭାଷା ସହିତ ମୂଳ ଲେଖକର ଭାଷା ଉପରେ ମଧ୍ୟ ଗଭୀର ଜ୍ଞାନ ଥିବା ଆବଶ୍ୟକ।" ପ୍ରଖ୍ୟାତ ଜର୍ମାନ ଦାର୍ଶନିକ, ଧର୍ମଶାସ୍ତ୍ରୀ ତଥା ଅନୁବାଦ ସିଦ୍ଧାନ୍ତବାଦୀ ଫ୍ରିଏଡ୍‌ରିକ୍ ସ୍ଲେଇରମେକର (୨୧ ନଭେମ୍ବର ୧୭୬୮-୧୨ ଫେବୃଆରୀ ୧୮୩୪) କବିତାର ଧ୍ୱନୀ ଉପରେ ମହତ୍ତ୍ୱ ଦେଇ କୁହନ୍ତି, "ଭାଷାରେ ଥିବା ଧ୍ୱନି ତଥା ସଙ୍ଗୀତ ତତ୍ତ୍ୱ କବିତାକୁ ସୁନ୍ଦର ଓ ମାର୍ମିକ କରିଥାଏ। ଅନୁବାଦକକୁ କବିତାର ଏହି ଦିଗକୁ ବଡ଼ କୁଶଳତାର ସହିତ ତା'ର ନିଜ ଭାଷାକୁ ଆଣିବାକୁ ପଡ଼ିଥାଏ। ଅନୁବାଦର ସଫଳତା ଅନୁବାଦକର ଏହି କୁଶଳତା ଉପରେ ବହୁଳ ଭାବରେ ନିର୍ଭର କରେ।" ଆମେରିକୀୟ କବି, ସମୀକ୍ଷକ ଓ ଅନୁବାଦକ ଏଜରା ପାଉଣ୍ଡ (୩୦ ଅକ୍ଟୋବର ୧୮୮୫-୧ ନଭେମ୍ବର ୧୯୭୨) ସବୁକିଛି ଅନୁବାଦକ ଉପରେ ନିର୍ଭର କରେ ବୋଲି ବିଶ୍ୱାସ କରନ୍ତି ଏବଂ କୁହନ୍ତି, "ମୂଳ କବିତା ଭିତରେ କେଉଁ ଯାଗାରେ ଅସଲ ସମ୍ପଦ ରହିଛି, ତାହାକୁ କେବଳ ଅନୁବାଦକ ହିଁ ଦେଖାଇପାରେ ଏବଂ କବିତାକୁ କେଉଁ ଅର୍ଥରେ ଗ୍ରହଣ କରିବାକୁ ହେବ, ସେ ତାହା ପାଠକକୁ ଦର୍ଶାଇପାରେ।" ତାଙ୍କ ମତରେ ଅନୁବାଦ ପ୍ରକ୍ରିୟା ଦୁଇ ପ୍ରକାରର- ପ୍ରଥମ ପ୍ରକାର ଯେଉଁଥିରେ ମୂଳ କବିର ବିଚାରଧାରାକୁ ସିଧାସିଧା କୁହାଯାଏ, ଦ୍ୱିତୀୟ ପ୍ରକାରରେ ମୂଳ କବିତାର ବିଚାରଧାରା ଉପରେ ଆଧାର କରି ନୂତନ ବିଚାରଧାରାକୁ କୁହାଯାଇଥାଏ। ସେ ଏହାକୁ "ବ୍ୟାଖ୍ୟାକୃତ ଅନୁବାଦ" କୁହନ୍ତି। ସେ ପୁଣି କୁହନ୍ତି, "ଯେଉଁ ଅନୁବାଦ କବିତାର ଶୈଳୀ ଓ ତଥ୍ୟକୁ ମୂଳ ଭାଷାରୁ ଅନୁବାଦିତ ଭାଷାକୁ ଆଣିବାରେ ସକ୍ଷମ ହୁଏ, ତାହା ସଫଳ ଅନୁବାଦ।" ଆମେରିକୀୟ ଆଧୁନିକ ଅନୁବାଦ ସାହିତ୍ୟର ପ୍ରତିଷ୍ଠାତା ତଥା ବାଇବେଲ୍ ଅନୁବାଦ ସିଦ୍ଧାନ୍ତରେ 'ଡାଇନାମିକ୍ ଇକ୍ୱିଭାଲେନ୍ସ" ପ୍ରକ୍ରିୟାକୁ ବିକଶିତ କରିଥିବା ପ୍ରସିଦ୍ଧ ଭାଷାବିତ୍ ଇଉଜିନ୍ ନିଡ଼ା (୧୧ ନଭେମ୍ବର ୧୯୧୪- ୨୫ ଅଗଷ୍ଟ ୨୦୧୧) ଶୈଳୀ ଉପରେ ଗୁରୁତ୍ୱ ଦେଇ କୁହନ୍ତି, "କ୍ୱଚିତ ଅନୁବାଦରେ ଉଭୟ ଶୈଳୀ ଓ ତଥ୍ୟକୁ ସଫଳତାର ସହିତ ଅନୁବାଦିତ ଭାଷାକୁ ଅଣାଯାଇଥାଏ। ଅଧିକାଂଶ ସମୟରେ ତଥ୍ୟକୁ ରକ୍ଷା କରିବାକୁ ଯାଇ ଶୈଳୀକୁ ଛାଡ଼ିଦେବାର ଲକ୍ଷ୍ୟ କରାଯାଏ।" ପୁଲିଜର ପୁରସ୍କାର ପ୍ରାପ୍ତ ପ୍ରସିଦ୍ଧ ଆମେରିକୀୟ କବି ୱାଲେସ୍ ଷ୍ଟିଭେନ୍ସ (୨ ଅକ୍ଟୋବର ୧୯୭୯-୨ ଅଗଷ୍ଟ ୧୯୫୫) କୁହନ୍ତି, "ପ୍ରତ୍ୟେକ କବିତା ଭିତରେ ଆଉ ଗୋଟିଏ କବିତା ଥାଏ, ଭାବ ଓ ଶବ୍ଦର କବିତା। ଭାବ ବିନା ଶବ୍ଦ ଅର୍ଥହୀନ, ଶବ୍ଦ ବିନା ଭାବ ଅର୍ଥହୀନ।" ଅନୁବାଦରେ ସଫଳତା ଆଣିବାକୁ ହେଲେ ଅନୁବାଦକକୁ ଏହି ଅର୍ଥହୀନତାକୁ ବର୍ଜନ କରିବାକୁ ପଡ଼ିଥାଏ। ବିଶିଷ୍ଟ ଋଷୀୟ-ଆମେରିକୀୟ ଭାଷାବିତ୍ ତଥା ସାହିତ୍ୟ ସିଦ୍ଧାନ୍ତବାଦୀ

ରୋମାନ ଜାକବସନ (୧୧ ଅକ୍ଟୋବର ୧୮୯୬-୧୮ ଜୁଲାଇ ୧୯୮୨) ତାଙ୍କ ବହୁ ଚର୍ଚ୍ଚିତ ଆଲେଖ୍ୟ "ଅନୁବାଦର ଭାଷାଗତ ଦୃଷ୍ଟିକୋଣ"ରେ କୁହନ୍ତି "କବିତା ଅନୁବାଦ ନିମନ୍ତେ ଉପଯୁକ୍ତ ନୁହଁ, କେବଳ ସୃଜନାତ୍ମକ ରୂପାନ୍ତର ହିଁ ସମ୍ଭବ।"

ଅନ୍ୟତମ ଅନୁବାଦ ସିଦ୍ଧାନ୍ତବାଦୀ, ଆନ୍ଦ୍ରେଇ ଲେଫେଭିଅର (୧୯୪୫-୨୭ ମାର୍ଚ୍ଚ ୧୯୯୬) କବିତା ଅନୁବାଦ ପ୍ରକ୍ରିୟାକୁ ନେଇ ସାତଟି ଉପାୟରେ କବିତା ଅନୁବାଦ କରାଯାଇପାରେ ବୋଲି ମତ ରଖିଛନ୍ତି। ଫୋନେମିକ୍ ଅନୁବାଦ ଦ୍ୱାରା ମୂଳ ଭାଷାର ଧ୍ୱନିକୁ ଅନୁବାଦିତ ଭାଷାରେ ସୃଷ୍ଟି କରିବାକୁ ପ୍ରଚେଷ୍ଟା କରାଯାଇଥାଏ। ତାହା ସହିତ କବିତାର ଅର୍ଥକୁ ମଧ୍ୟ ସ୍ଥାନାନ୍ତରିତ କରାଯାଇଥାଏ। ଏହି ପ୍ରକ୍ରିୟାରେ ମୂଳ କବିତାର ଅର୍ଥ କେତେକାଂଶରେ ରହିଯିବାର ସମ୍ଭାବନା ଥାଏ। ଲିଟେରାଲ୍ ଅନୁବାଦରେ ମୂଳ ଭାଷାର ପ୍ରତ୍ୟେକ ଶବ୍ଦ ପାଇଁ ଅନୁବାଦିତ ଭାଷାରେ ଗୋଟିଏ ଶବ୍ଦର ବ୍ୟବହାର। ଏହି ପ୍ରକ୍ରିୟା ଅନୂଦିତ ଭାଷାରେ ଉକ୍ତି ଏବଂ ବାକ୍ୟ ଗଠନ ମୂଳ ଭାଷାର ଅର୍ଥକୁ ଧାରଣ କରିବାରେ ଅସମର୍ଥ ହୋଇଥାଏ। ମେଟ୍ରିକାଲ୍ ଅନୁବାଦ ପ୍ରକ୍ରିୟାରେ ମୂଳ ଭାଷାର ଛନ୍ଦକୁ ଅନୂଦିତ ଭାଷାରେ ଠିକ୍ ଭାବରେ ରୂପାନ୍ତର କରିବା ଉପରେ ମହତ୍ତ୍ୱ ଦିଆଯାଇଥାଏ। ଯେହେତୁ ପ୍ରତ୍ୟେକ ଭାଷାର ନିଜସ୍ୱ ଉଚ୍ଚାରଣ ଶୈଳୀ ରହିଛି, ଏହି ପ୍ରକ୍ରିୟାରେ ଅର୍ଥ ତଥା ଗଠନ ଶୈଳୀ ଠିକ୍ ଭାବରେ ରୂପାନ୍ତର ହୋଇପାରେ ନାହିଁ। ଭର୍ସ-ଟୁ-ପ୍ରୋଜ୍ ଅନୁବାଦ ପ୍ରକ୍ରିୟାରେ କବିତାର ଆତ୍ମିକ ଅର୍ଥକୁ ମହତ୍ତ୍ୱ ନ ଦେଇ ବ୍ୟାକରଣ ଓ ଶୈଳୀକୁ ଅନୂଦିତ ଭାଷାରେ ରୂପାନ୍ତରିତ କରାଯାଇଥାଏ। ଏହି ପ୍ରକ୍ରିୟାରେ ଅନୂଦିତ କବିତାରେ ମୂଳ କବିତାର ସୌନ୍ଦର୍ଯ୍ୟ ହାନି ଘଟିଥାଏ। ରାଇମ୍ଡ ଅନୁବାଦ ପ୍ରକ୍ରିୟାରେ ମୂଳ କବିତାର ଲୟକୁ ପ୍ରାଧାନ୍ୟ ଦିଆଯାଇଥାଏ। ଅନୂଦିତ ଭାଷାରେ ଏହାର ଲୟ ଅତୁଟ ଥିଲେ ମଧ୍ୟ ଗଠନ ଶୈଳୀ ବିଗିଡ଼ିଯାଇଥାଏ। ଫ୍ରି ଭର୍ସ ଅନୁବାଦ ପ୍ରକ୍ରିୟାରେ ଅନୂଦିତ ଭାଷାରେ ମୂଳ ଭାଷାର ଅର୍ଥ ସମାନ ଥିଲେ ମଧ୍ୟ ଛନ୍ଦ ଓ ଲୟ ଠିକ୍ ନ ଥାଏ। ଇଣ୍ଟରପ୍ରିଟେସନ୍ ଅନୁବାଦ ପ୍ରକ୍ରିୟାରେ କବିତାର ଭାବ ଓ ଶୈଳୀକୁ ନେଇ ଏକ ନୂତନ କବିତା ଲେଖାଯାଇଥାଏ। ତାଙ୍କ ମତରେ କେଉଁ ଅନୁବାଦ ପାଇଁ କେଉଁ ପ୍ରକ୍ରିୟାକୁ ବ୍ୟବହାର କରାଯିବା ଉଚିତ ତାହା ମୁଖ୍ୟତଃ କବିତା ଏବଂ ଅନୁବାଦକଙ୍କ ଉପରେ ନିର୍ଭର କରେ।

ଏ ସମସ୍ତ ମତ ତଥା ସିଦ୍ଧାନ୍ତକୁ ବିଚାରକୁ ଆଣିଲେ ଦେଖାଯାଏ ଯେ ସତରେ କବିତା ଅନୁବାଦ ଏକ ଜଟିଳ ପ୍ରକ୍ରିୟା ଅଥବା ଅନେକ କ୍ଷେତ୍ରରେ କବିତା ଅନୁବାଦର ଯୋଗ୍ୟ ନୁହଁ ବୋଲି ଆଦୌ ବିଶ୍ୱାସ କରିହୁଏନା। କହିବା ବାହୁଲ୍ୟ ଯେ ପଶ୍ଚିମ ଦେଶମାନଙ୍କରେ ବହୁଳ ବିକ୍ରି ହେଉଥିବା ପୁସ୍ତକ ଅନୁବାଦ ଶ୍ରେଣୀର। ରୁମିଙ୍କ ଅନୁବାଦ କବିତା ସଂକଳନ ଆମେରିକା ଓ ୟୁରୋପରେ ଅନେକ ବର୍ଷ ଧରି ବହୁଳ ବିକ୍ରି ସୂଚୀରେ ରହିଆସୁଛି।

ଗଲା ଦୁଇବର୍ଷରେ ମୁଁ ପଂଚାଅଶୀ ଜଣ କବିଙ୍କୁ ଅନୁବାଦ କରିଛି। ଏଇ ସଂକଳନରେ ସେମାନଙ୍କ ମଧ୍ୟରୁ ତିରିଶ ଦେଶରୁ ଛଅଷଠି ଜଣଙ୍କୁ ସଂକଳିତ କରାଯାଇଛି। ଅନୁବାଦ

ସଂକ୍ରାନ୍ତୀୟ ବିଭିନ୍ନ ଯୁକ୍ତି ଓ ସିଦ୍ଧାନ୍ତ ପଢ଼ିଲାପରେ ମୁଁ ଏହି ସିଦ୍ଧାନ୍ତରେ ଉପନୀତ ହେଲି ଯେ ଅନୁବାଦ କବିତାରେ ମୂଳ କବିତାର ପ୍ରଭାବ ରଖିବାକୁ ହେଲେ ମୋତେ ମୂଳ କବିତାର ଶୈଳୀ, ଆବେଗ, କବିର ଅଦୃଶ୍ୟ ବାର୍ତ୍ତା ଇତ୍ୟାଦିକୁ ସୁରକ୍ଷିତ ରଖିବାକୁ ହେବ। ମୋର ଅନୁବାଦ ପ୍ରକ୍ରିୟାକୁ ଏହି ଦର୍ଶନ ଉପରେ ଭିତ୍ତି କରି ମୁଁ ଅନୁବାଦ କରିଚାଲିଲି। ଏହି ପ୍ରକ୍ରିୟାରେ ମୋତେ ଯେଉଁ ଅସୁବିଧାର ସମ୍ମୁଖୀନ ହେବାକୁ ପଡ଼ିଲା, ସେଥିରେ ମୁଖ୍ୟତଃ ଥିଲା ଶବ୍ଦର ସୂକ୍ଷ୍ମତାକୁ ବୁଝିବା, ଅନେକ ସମୟରେ ଶବ୍ଦର ଏକାଧିକ ଅର୍ଥ ମଧ୍ୟରୁ କେଉଁ ଅର୍ଥରେ ଶବ୍ଦକୁ ପ୍ରୟୋଗ କରାଯାଇଛି (ମୁଖ୍ୟାର୍ଥ ଅଥବା ସଙ୍କେତାର୍ଥ) ଏବଂ ଅନ୍ୟ ସମୟରେ ଓଡ଼ିଆରେ ତା'ର ଉପଯୁକ୍ତ ଶବ୍ଦକୁ ବାଛିବା, ମୂଳ କବିତାରେ ବ୍ୟବହୃତ ଅଳଙ୍କାର, ଚିତ୍ରକଳ୍ପ, ଉକ୍ତି ଇତ୍ୟାଦି ଓଡ଼ିଆରେ ନମିଳିବା, ମୂଳ କବିତାରେ ବ୍ୟବହୃତ ସ୍ଥାନୀୟକରଣ ବର୍ଣ୍ଣନା ଓଡ଼ିଆରେ ବ୍ୟବହୃତ ନ ହେବା ଇତ୍ୟାଦି। ଆଉ ଏକ ପ୍ରକାରର ଅସୁବିଧା ହେଲା ବ୍ୟାକରଣଜନିତ- ମୂଳ ଭାଷାରେ ବ୍ୟବହୃତ ବ୍ୟାକରଣ ଯାହା ଓଡ଼ିଆରେ ଠିକ୍ ଲାଗୁ ନ ଥିଲା। ବେଳେବେଳେ ମୂଳ କବିତାରେ ବ୍ୟବହୃତ କବିର କଳ୍ପନାପ୍ରସୂତ ଅସାମାନ୍ୟ ଓ ଆଶ୍ଚର୍ଯ୍ୟଜନକ ସୃଜନକୁ ଅନୁବାଦ କରିବା କଷ୍ଟ ହେଉଥିଲା। ସାଂସ୍କୃତିକ ଅସମାନତା ମଧ୍ୟ ବେଳେ ବେଳେ ଅନୁବାଦ ସମୟରେ ଅସହାୟ ଅବସ୍ଥାରେ ପକାଉଥିଲା। ଏସବୁ ପ୍ରତିକୂଳ ଅବସ୍ଥାକୁ ସାମ୍ନା କରିବା ସତ୍ତ୍ୱେ ବି ମୁଁ ସ୍ଥିର କଲି ଯେ ଏଭଳି ସଂକଳନ ପ୍ରକାଶ ପାଇବା ଦରକାର। ଏହା ଓଡ଼ିଆ କବିତାର ପାଠକମାନଙ୍କୁ ଭିନ୍ନ ସ୍ୱାଦ ଦେବା ସହିତ କବିତାକୁ ନେଇ ସେମାନଙ୍କର ଦୃଷ୍ଟିଭଙ୍ଗୀକୁ ସୁଦୂରପ୍ରସାରୀ କରିବାରେ ସାହାଯ୍ୟ କରିବ। ଅନେକ ସାହିତ୍ୟିକ ତଥା ପାଠକବନ୍ଧୁ ମୋର ଏହି ରୋମାଂଚକର ଯାତ୍ରା ସମୟରେ ନିରବଚ୍ଛିନ୍ନ ଉତ୍ସାହ ଓ ପ୍ରେରଣା ଦେଇଛନ୍ତି, ସେମାନଙ୍କ ନିକଟରେ ମୁଁ କୃତଜ୍ଞ।

ସତ୍ୟ ପଟ୍ଟନାୟକ

ସୂଚୀ

ନିଶବ୍ଦ ଧୈର୍ଯ୍ୟଶୀଳ ବୁଢ଼ିଆଣୀ

ୱାଲ୍ଟ ହୁଇଟ୍‌ମାନ

ନିଃଶବ୍ଦ ଧୈର୍ଯ୍ୟଶୀଳ ବୁଢ଼ିଆଣୀଟିଏ
ଦେଖିଲି ମୁଁ, ଛୋଟ ଅନ୍ତରୀପ ଉପରେ
ଛିଡ଼ା ହୋଇଥିଲା ଏକାକୀ
ଦେଖିଲି ତାକୁ, ଅନ୍ୱେଷଣର ଶୂନ୍ୟତାକୁ
ଚାରିପାଖର ବିସ୍ତୀର୍ଣ୍ଣ ଇଲାକାକୁ
ସେ ଆରମ୍ଭ କଲା ବୁଣିବାକୁ
ତନ୍ତୁ ପରେ ତନ୍ତୁ, ନିଜ ଭିତରୁ
ଖୋଲି ଚାଲିଲା, ବିନା ଥକାଣରେ
ନିରନ୍ତର ଗତିରେ।

ଏବଂ ତୁ, ହେ ମୋର ଆତ୍ମା
ଯେଉଁଠି ଠିଆ ହୋଇଛୁ
ଚାରିପାଖେ ତୋର ମାପି ହେଉ ନ ଥିବା
ସମୁଦ୍ର ସମୁଦ୍ର ଶୂନ୍ୟତା
ଅବିରତ ବିଚାରମଗ୍ନ
ନୂଆ କିଛି କରିବାର ଦୁଃସାହସ,
ନିକ୍ଷେପରତ-

ଖୋଜୁଥା ନୂଆ କିଛି
ତା' ସହ ନିଜକୁ ଯୋଡ଼ିବାକୁ
ଯେ ଯାଏଁ ବନ୍ଧା ହୋଇନି ତୁ ଚାହୁଁଥିବା ବନ୍ଧ
ଯେ ଯାଏଁ ସ୍ଥିର ହୋଇନି ଜାହାଜର ଲଙ୍ଗର
ଯେ ଯାଏ ଧରାଯାଇନି ତୁ ଫିଙ୍ଗିଥିବା ସୂକ୍ଷ୍ମ ଜାଲ
ହେ ମୋର ଆତ୍ମା ।

ନିଗ୍ରୋର ନଦୀ ସହ କଥା

ଲାଙ୍ଗଷ୍ଟନ୍ ହ୍ୟୁଜ୍

ମୁଁ ଜାଣିଛି ନଦୀଙ୍କୁ;
ମୁଁ ଜାଣିଛି ନଦୀଙ୍କୁ ପ୍ରାଚୀନ କାଳରୁ
ପୃଥିବୀ ପରି
ଏବଂ ମଣିଷର ରକ୍ତ
ତା'ର ଶିରାପ୍ରଶିରାରେ ବୋହିବାର
ବହୁ ପୂର୍ବରୁ।

ମୋ ଆତ୍ମା ମଧ୍ୟ ଗହୀରିଆ ହୋଇଯାଉଛି
ଦିନକୁ ଦିନ, ନଦୀ ପରି।

ଯେତେବେଳେ ମୁଁ ୟୁଫ୍ରେଟ୍‌ସରେ ସ୍ନାନ କଲି
ଭୋର୍ ଥିଲା ଯୁବତୀ।
ମୋ କୁଟୀରକୁ ଛିଡ଼ାକଲି କଙ୍ଗୋ କୂଳରେ,
ତା'ର ନିର୍ଜନତା ମତେ ଦେଲା ନିଦ।
ନୀଳନଦୀକୁ ଦେଖିଲି ଓ ଗଢ଼ିଲି ପିରାମିଡ
ତା'ର ପ୍ରଶସ୍ତ ବକ୍ଷରେ।
ଯେତେବେଳେ ଆବ୍ରାହମ୍ ଲିଙ୍କନ୍

ପହଂଚିଲେ ନ୍ୟୁଅର୍ଲିନ୍ସରେ
ମୁଁ ଶୁଣିଲି ମିସିସିପିର ମନଚୋରା ଗୀତ
ଏବଂ ଦେଖିଲି ତା'ର କାଦୁଆ ଦେହକୁ
ସ୍ୱର୍ଣ୍ଣାଭ ହେବାର ସୂର୍ଯ୍ୟାସ୍ତର ଆଭାରେ।

ମୁଁ ଜାଣିଛି ନଦୀଙ୍କୁ;
ପ୍ରାଚୀନ, ଧୂସର ନଦୀଙ୍କୁ।

ମୋ ଆତ୍ମା ମଧ୍ୟ ଗହୀରିଆ ହୋଇଯାଉଛି
ଦିନକୁ ଦିନ, ନଦୀ ପରି।

ମୃତ ସ୍ତ୍ରୀଲୋକ

ପାବ୍ଲୋ ନେରୁଦା

ଯଦି ହଠାତ୍ ତୁମେ କେବେ ନ ରୁହ
ଯଦି ହଠାତ୍ କେବେ ତୁମେ ଜୀବିତ ନ ରୁହ
ତେବେ ବି ଜିଇଥିବି ମୁଁ।

ମୁଁ ଡରେନା
ମୁଁ ଡରେନା ଲେଖିବାକୁ ଯେ
ଯଦି ତୁମର ମୃତ୍ୟୁ ହୁଏ
ତେବେ ବି ଜିଇଥିବି ମୁଁ।
ଯେଉଁଠି ଶୁଣାଯାଉ ନ ଥିବ ପୁରୁଷର ସ୍ୱର
ସେଠି ଶୁଣାଯିବ ସ୍ୱର ମୋର।

ଯେଉଁଠି ନିଗ୍ରୋମାନଙ୍କୁ
କରାଯାଉଥିବା ମାରପିଟ୍
ସେଠି ମୃତ୍ୟୁ ହେବନି ମୋର।
ଯେତେବେଳେ ମୋ ଭାଇମାନେ ଯାଉଥିବେ ଜେଲ୍
ମୁଁ ବି ଯିବି ସେମାନଙ୍କ ସହ।

ଯେତେବେଳେ ବିଜୟ ଆସିବ,
ମୋର ନୁହେଁ, ସାର୍ବଜନୀନ ବିଜୟ ଆସିବ,
ଯଦିବା ମୁଁ ମୂକ, ତେବେ ବି କହିବି
ଯଦିବା ମୁଁ ଅନ୍ଧ, ତେବେ ବି ଦେଖିବି।

ନା, ମତେ କ୍ଷମାକର
ଯଦି ତୁମେ ଜୀବିତ ନ ରୁହ
ଯଦି ତୁମେ,
ପ୍ରିୟା ମୋର,
ଯଦି ତୁମେ ମରିସାରିଛ
ସବୁ ପତ୍ର ଖସିପଡ଼ିବେ ମୋ ଛାତିରେ
ସାରା ରାତି ସାରା ଦିନ
ବର୍ଷା ଝରିବ ମୋ ଆତ୍ମାରେ
ମୋ ହୃଦୟକୁ ଜଳେଇବ ତୁଷାର
ମୁଁ ଚାଲିବି କାକର, ନିଆଁ, ମୃତ୍ୟୁ ଓ ତୁଷାର ସହ
ମୋର ପାଦ ପହଂଚିବାକୁ ଚାହିଁବେ
ତୁମେ ଶୋଇଥିବା ଜାଗାରେ
ମୁଁ କିନ୍ତୁ ବଂଚିଥିବି
କାରଣ ସର୍ବୋପରି ତୁମେ ଚାହିଁଥିଲ
ମୋତେ ହେବାକୁ ବିଜୟୀ
ଯେହେତୁ, ପ୍ରିୟା ମୋର,
ତୁମେ ଜାଣିଥିଲ ଯେ
ମୁଁ କେବଳ ଜଣେ ପୁରୁଷ ନୁହେଁ
ବରଂ ସମଗ୍ର ପୁରୁଷଜାତି।

■

ରେଳ ଧାରଣା

ଟୋମାସ୍ ଟ୍ରାନ୍ସଟ୍ରୋମର

ରାତି ଦୁଇ: ଜହ୍ନ ଆଲୁଅ
ଉପତ୍ୟକାର ମଝିଆମଝି ଛିଡ଼ା ହୋଇଛି ଟ୍ରେନ୍।
ସହରର ବତି ଜଳୁଛି ମିଞ୍ଜିମିଞ୍ଜି
ଅନେକ ଦୂରରେ, ଦିଗ୍‌ବଳୟରେ।

ଯେତେବେଳେ ମଣିଷ ସ୍ୱପ୍ନର ଗଭୀରତାକୁ ଯାଏ
ଜାଗ୍ରତ ହେବା ପରେ ସେ ମନେ ରଖେନା ସ୍ୱପ୍ନ ବିଷୟରେ

ଯେତେବେଳେ ମଣିଷ ଅସୁସ୍ଥତାର ଚରମରେ ପହଂଚେ
ତା' ଜୀବନର ସବୁକିଛି
ରହିଯାଏ କେବଳ କେତୋଟି କ୍ଷୀଣ ବିନ୍ଦୁ ହୋଇ
ଯେମିତି ଦିଗ୍‌ବଳୟରେ ଦେଖାଯାଉଥିବା ପକ୍ଷୀଦଳ।

ଏବେ ବି ସ୍ଥିର ଭାବରେ ଛିଡ଼ା ହୋଇଛି ଟ୍ରେନ୍।

ରାତି ଦୁଇ: ଉଜ୍ଜ୍ୱଳ ଜହ୍ନ ଆଲୁଅ ଓ କେତୋଟି ତାରକା।

■

ଆମ ନିଜର ମାଟି

ଆନ୍ନା ଆଖମାଟୋଭୋ

ଆମ ଛାତିରେ ଝୁଲୁଥିବା ପବିତ୍ର ତାବିଜରେ
ରଖି ଆମେ ପିନ୍ଧୁନା ଏହାକୁ
ଲେଖୁନା ଐତିହାସିକ କବିତା ଏହାକୁ ନେଇ
ଆମର ଦୁଃଖଦ ସ୍ୱପ୍ନଭରା ନିଦକୁ ଭାଙ୍ଗେନା ଇଏ
ଆମ ପାଇଁ ଏକ ସମ୍ଭାବିତ ସ୍ୱର୍ଗ ମଧ୍ୟ ନୁହେଁ ଇଏ
ଏହାକୁ ନେଇ ଏମିତି ଏକ
ଦରକାରୀ ଦ୍ରବ୍ୟ କରାଯାଏନା
ଯାହାକୁ ବିକ୍ରି ବା ବିନିମୟ କରିହେବ
ଆମ ପାଇଁ ଇଏ ଏତେ ଅଦରକାରୀ ଯେ
ଆମେ କଥା ହେଉନା ଏହା ବିଷୟରେ
ମନେ ବି ରଖୁନା ।

ଆମ ପାଇଁ ଇଏ କେବଳ
ଜୋତାରେ ଲାଗିଥିବା କାଦୁଅ
କି ଦାନ୍ତସନ୍ଧିରେ ଲାଗିଥିବା ଖାଦ୍ୟାଂଶ
ଏବଂ ଆମେ ଯାକୁ ଗୁଣ୍ଡ କରି, ଗୋଳେଇ

କରିଦେଉ ଧୂଳି ବା ପାଉଁଶ,
ଯାହା କେବେ କାହା ସହିତ ମିଶେନା।

ଅଥଚ ଆମେ ଦିନେ ଶୋଇବା ଯା ଉପରେ
ଓ ମିଶିଯିବା ଯା ଦେହରେ
ଏଥିପାଇଁ, ସ୍ୱଚ୍ଛନ୍ଦରେ,
ଯାକୁ ଆମେ କହୁ ନିଜର ବୋଲି।
■

ଦୁଃଖଦ ସଂଯୋଗ

ଡରୋଥି ପାର୍କର

କମ୍ପିତ ଓଠରେ
ଲାଜଲାଜ ହୋଇ
ଯେତେବେଳେ ସ୍ୱୀକାର କରିବ ତୁମେ
ଯେ ତୁମେ ତାଙ୍କର,
ଏବଂ ସେ ପ୍ରତିଜ୍ଞା କରି କହିବେ
ଯେ ତୁମ ପ୍ରତି ତାଙ୍କର ଆବେଗ
ଅନନ୍ତ, ଚିରନ୍ତନ–
ମହାଶୟ ! ଏ କଥା ନିଶ୍ଚିତ
ତୁମ ମଧ୍ୟରୁ ଜଣେ କିଏ କହୁଛି ମିଥ୍ୟା ।

ପ୍ରଥମ ଫଳ

ଏଡ୍‌ନା ଭିନ୍‌ସେଣ୍ଟ ମିଲେ

ମୋର ମହମବତୀ ଜଳୁଛି ଦୁଇ ପାଖରୁ
ଏ ହୁଏତ ଜଳିବନି ସାରା ରାତି
କିନ୍ତୁ ହେ ମୋର ଶତ୍ରୁମାନେ
ଏବଂ ମୋର ବନ୍ଧୁମାନେ–
ଏ ଦିଏ ଖୁବ୍ ମନୋରମ ଆଲୋକ।

କ୍ଷତ

ଆଦୋନିସ

॥ ୧ ॥

ଯଦି ମୋର ଗୋଟେ ଜାହାଜ ଥାଆନ୍ତା
ସ୍ୱପ୍ନର ରାଜ୍ୟରେ
ମୋର ଗୋଟେ ବନ୍ଦର ଥାଆନ୍ତା
ଇନ୍ଦ୍ରଧନୁର ରାଜ୍ୟରେ
ମୋର ଗୋଟେ ସହର ଥାଆନ୍ତା
ମୁଁ ମୋର କ୍ଷତ ପାଇଁ
ଗୋଟେ ଗୀତ ଲେଖନ୍ତି
ଯାହା ବର୍ଚ୍ଛା ପରି
ଗଛ, ପଥର ଓ ଆକାଶର
ହୃଦୟକୁ ଭେଦିଯାଆନ୍ତା ।

॥ ୨ ॥

ଆମର ପ୍ରେମ ଓ ଘୃଣାର
ଦୁଇକୂଳକୁ ଯୋଡୁଥିବା
ପୋଲ ଉପରେ
କ୍ଷତ ମିଳେ

ଯେଉଁଠି ଗମ୍ଭୀରତା ଲମ୍ବି ଯାଉଥାଏ
ଆଉ ଯେତେ ଚାଲିଲେ ବି
ଧୈର୍ଯ୍ୟର ସୀମା ପର୍ଯ୍ୟନ୍ତ
ପହଂଚି ହୁଏନା ।

କ୍ଷତର ଜାହାଜ ପରି
ପବନର ଚାଦର ଢାଙ୍କି
ପତ୍ରମାନେ ଶୋଇଯାନ୍ତି,
କ୍ଷତର ହ୍ରଦ ପରି
ଗଛମାନେ ଆଖି ପତାରୁ
ବାହାରି ଆସନ୍ତି,
କ୍ଷତର ଜୟଯାତ୍ରା ପରି
ମୁହୂର୍ତ୍ତମାନେ ଜଣେ ଜଣକ ଉପରେ
ଭୁଷୁଡ଼ି ପଡ଼ନ୍ତି ।

କ୍ଷତ, ରାସ୍ତାକଡ଼ରେ ଲଗାହୋଇଥିବା ଚିହ୍ନ
ଆଉ ମଧ୍ୟ କ୍ଷତ ଏକ ଚୌଛକ
ଯେଉଁଠି ଛିଡ଼ା ହୋଇ
ରାସ୍ତା ବାଛିବାରେ ନିର୍ଣ୍ଣୟ କରିବାକୁ ହୁଏ ।

।।୩।।
ଦୂରରୁ ଭାସି ଆସୁଥିବା
ଘଣ୍ଟାଧ୍ୱନିର ଅଣନିଃଶ୍ୱାସୀ ଶବ୍ଦକୁ
ମୁଁ ମୋ କ୍ଷତର ସ୍ୱର ଦେଲି ।

କପାଳ ଆଡ଼କୁ ତୀବ୍ରଗତିରେ
ଚାଲି ଆସୁଥିବା ପଥର ଖଣ୍ଡକୁ
ଧୂଳିପରି ଝୁରୁଝୁରୁ

ଝରିପଡୁଥିବା ପୃଥିବୀକୁ
କେଁ କେଁ ଶବ୍ଦକରା
ଶଗଡ଼ ଗାଡ଼ିରେ ସବାର ସମୟକୁ
ମୁଁ ମୋର କ୍ଷତର ଆଲୋକରେ
ଆଲୋକିତ କଲି ।

ମୋ ପୋଷାକ ତଳେ
ଯେତେବେଳେ ଇତିହାସ ଜଳୁଥାଏ
ଅଥବା ମୋ ବହି ଭିତରେ
ଯେତେବେଳେ ନୀଳ ନଖ ବଢ଼ିଯାଏ
ମୁଁ ସମୟକୁ ଚିତ୍କାର କରି ପଚାରେ
ଯେ ସେ କିଏ
ମୋର ଶାନ୍ତ ପୃଥିବୀକୁ
ସେ ଆସିଲା କେମିତି ?

ମୋ ବହି ଭିତରେ
ଓ ମୋ ନିରୋଳା ପୃଥିବୀ ଭିତରେ
ଧୂଳିରେ ଗଢ଼ା
ଦୁଇଟି ଆଖି ମୁଁ ଦେଖେ ।

ଏବଂ କାହାକୁ କହିବାର ଶୁଣେ
"ମୁଁ ଏକ କ୍ଷତ
ଯିଏ କେବେଠୁ
ଜନ୍ମ ନେଇ ସାରିଛି
ଓ ବଢ଼ିବଢ଼ି ଚାଲିଛି
ତୋର ଇତିହାସ ସହିତ ।"

■

ଘଟଣା

ସିଲ୍‌ଭିଆ ପ୍ଲାଥ

ବସ୍ତୁସବୁ କେମିତି ହୁଅନ୍ତି ଘନୀଭୂତ !-
ଜହ୍ନ ଆଲୁଅ, ଖଡ଼ିପଥରର ଏକ ଚଟାଣ
ଯାହାର ଆବଡ଼ାଖାବଡ଼ା ଦେହରେ
ଆମେ ଶୋଇଥାଏ, ପିଠିରେ ପିଠି ଦେଇ।

ଗୋଟେ ପେଚାକୁ ବିକଳ ଭାବେ
ନିଠେଇ ନିଠେଇ କାନ୍ଦିବାର ମୁଁ ଶୁଣେ।
ତା'ର ଅସହ୍ୟ ସ୍ୱର ବିଦ୍ଧ କରେ ମୋ ହୃଦୟ।

ଶିଶୁଟିଏ ଝୁଲୁଛି ସଫେଦ ଝୁଲଣାରେ
ନେଉଛି ଲମ୍ବା ଲମ୍ବା ନିଃଶ୍ୱାସ
ଏବେ ତା'ର ପାଟି ଖୋଲା, ମାଗୁଛି କିଛି।
ତା'ର ଛୋଟ ମୁହଁଟିରେ ଯନ୍ତ୍ରଣାର ଦାଗ, ଲାଲ୍।

ତା'ପରେ ସେଠି କିଛି ତାରକାପୁଞ୍ଜ- ଦୃଢ଼, କଠିନ।
ଗୋଟିଏ ସ୍ପର୍ଶ: ଝାଉଁଳି ପଡ଼େ ଓ ଜଳିଯାଏ
ମୁଁ ଦେଖିପାରେନା ତୁମର ଆଖି।

ଯେଉଁଠି ଆତ ଗଛରେ ବରଫର ଫୁଲ ଫୁଟେ ରାତିରେ
ମୁଁ ଚାଲୁଥାଏ ଲୁହାର ବୃତ୍ତରେ,
ପୁରୁଣା ଭୁଲ୍‌ର ସୁଡ଼ଙ୍ଗ, ଗଭୀର ଓ ତିକ୍ତ।

ପ୍ରେମ ଆସିପାରେନା ଏଠାକୁ।
ଏକ କଳା ଶୂନ୍ୟତା ଅନାବୃତ କରେ ନିଜକୁ।
ସାମ୍ନା ଓଠରେ ଦୋହଲୁଛି
ଗୋଟେ ଛୋଟ ସଫେଦ ଆତ୍ମା
ଗୋଟେ ଛୋଟ ପୋକର ନଷ୍ଟ ହୋଇଯାଇଥିବା ଦେହ।
ମୋ ଦେହର ଅଙ୍ଗ ସବୁ ଛାଡ଼ିଗଲେଣି ମୋତେ।
କିଏ ବିଭାଜିତ କରିଛି ଆମକୁ?

ତରଳୁଛି ରାତି।
ଆମ୍ଭେ ପରସ୍ପରକୁ ଛୁଇଁଲେ ଦୁଇ ବିକଳାଙ୍ଗଙ୍କ ପରି।
■

ଦୁଇଟି କବିତା

ସୋଲ୍‌ଭେଗ ବନ ଚୋଲସ

ମେଘ

ଯେତେବେଳେ ମେଘ
ଝାଡ଼ିଦିଏ ବେପରୱା ହୋଇ
ତା'ର ମୁକୁଳା କେଶକୁ
ରାସ୍ତାର ବଳିଷ୍ଠ ଦେହରେ,
ଠିକ୍ ସେତେବେଳେ ମୁଁ
କବାଟରେ ଭରାଦେଇ
ଭାବୁଥାଏ ତୁମ କଥା ।
ବିସ୍ମୃତିର ପାଦ ଉପରେ
ସେମାନେ ଅନ୍ଧ ଭାବେ
କୁଦିବା ପୂର୍ବରୁ
ସଞ୍ଜୀବତି ଜାରି କରେ
ଆଦେଶନାମା କ୍ଷୀଣ ଆଲୁଅର ।
ସେଥିପାଇଁ, ମୋ ହୃଦୟର
ଆଲୋକରେ ଆଲୋକିତ ହୋଇ
ତୁମଠୁ ଦୂରେଇଯାଏ ଅନ୍ଧାର
ଓ ଅତୀତ ବୁଡିଯାଏ ଗାଢ଼ ଅନ୍ଧାରରେ ।

ପ୍ରେମିକା

ମୋ ଆଖି ଚାହାନ୍ତି ଚୁମିବାକୁ ତୁମର ମୁହଁ।
ମୋର କୌଣସି ଜୋର୍ ନାହିଁ ମୋ ଆଖିଙ୍କ ଉପରେ।
ସେ କେବଳ ଚୁମିବାକୁ ଚାହାନ୍ତି ତୁମର ମୁହଁ
ମୁଁ ମୋ ଆଖିରୁ ବାହାରି ପହଁରି ଆସେ ତୁମ ଆଡ଼କୁ,
ଏକ ସୂକ୍ଷ୍ମ ଉଷ୍ମତା କମ୍ପି ଉଠେ ତୁମ କାନ୍ଧ ଚାରିପାଖେ
ଯାହା ଧୀରେ ତରଳାଇ ଦିଏ ତୁମର ଆକାର
ଏବଂ ମୁଁ ଏବେ ତୁମର ଖୁବ୍ ନିକଟରେ,
ତୁମ ମୁହଁ ଓ ତୁମ ଶରୀରର ଚାରିପାଖେ-
ମୋର କୌଣସି ଜୋର୍ ନାହିଁ ମୋ ଆଖିଙ୍କ ଉପରେ।

■

ନାରୀ ମୁଁ

ମାୟା ଏଞ୍ଜେଲୁ

ତୋ ସ୍ମିତହସ
ଚୁକ୍ତିର କୋମଳ ପ୍ରବାଦ।

ଉଚ୍ଛାଙ୍ଗ ବିଦ୍ରୋହ ଯେତେ
ଆସି ସ୍ଥିର ହୋଇଯାଆନ୍ତି
ତୋ ସ୍ତନ ସନ୍ଧିରେ।
କାମୁକ ରାଜା ଓ
ଲମ୍ପଟ ସନ୍ନ୍ୟାସୀ ଖୋଜନ୍ତି ସ୍ୱର୍ଗ
ତୋ ଜାନୁସନ୍ଧିରେ।

ନାରୀ ମୁଁ
ଅନେକ ସିଂହଙ୍କ ଆବଦ୍ଧ ଆଲିଙ୍ଗନ
ଅନେକ ମେଷଙ୍କ ଉଷୁମ କୋଳ।
ତୋ ଲୁହ,
ସ୍ୱତନ୍ତ୍ରତାର ରାଜମୁକୁଟ ଉପରେ

ବିଚ୍ଛୁରିତ ମୋତି ବୁନ୍ଦା
ଯାହାକୁ ପାଇବା ପାଇଁ
ମିଶରର ପ୍ରାଚୀନ ସମ୍ରାଟମାନେ
ଝାସଦେଲେ ଦିନେ
ନୀଳନଦୀର ଅତଳ ଜଳରେ
ମୃତ୍ୟୁର ପବନ ଯେବେ
ଫୁଙ୍କିଦିଏ ନାଁ ତୋର
ଦକ୍ଷିଣରେ ଝଡ଼ ଆସେ
ଘରର କବାଟ ଯେତେ
ପିଟିହୁଏ ଜୋର୍ ଜୋର୍
ରାତ୍ରିର ଦେହରେ ।

ନାରୀ ମୁଁ
ଅନେକ ଝଡ଼ଙ୍କ ବଧୂ
ବୈଶାଖର ଝାଞ୍ଜି ।
ତୋର ଉନ୍ମତ୍ତ ହସ
ଜରାଜୀର୍ଣ୍ଣ ଗୀର୍ଜାଘରର ଘଣ୍ଟାଠୁ ବି
ଗଭୀର ଓ ପ୍ରଲମ୍ବିତ ।
ପିଲାମାନେ ଯାଆନ୍ତି ପହଂଚି
ତୋ ଦାନ୍ତ ମଝିରେ
ଖୋଜିବା ପାଇଁ
ଜୀବନକୁ ଜିଇବାର ରେଖାଚିତ୍ର ।

ନାରୀ ମୁଁ
ପାଦର ଅନିୟନ୍ତ୍ରିତ ଶବ୍ଦ
ସମାଗମ ଅନେକ
ଦୋଳାୟମାନ ହାତର ।
■

ଭକ୍ତି

ରବର୍ଟ ଫ୍ରଷ୍ଟ

ସମୁଦ୍ରର କୂଳଟିଏ ହେବା ଅପେକ୍ଷା
ଭକ୍ତିକୁ ନେଇ ଅଧିକା ଭାବିହୁଏ-
ଗୋଟିଏ ମୁଦ୍ରାରେ ରହି
ଅନ୍ତଃହୀନ ପୁନରାବୃତ୍ତିର ଗଣନା କରିବା ବ୍ୟତୀତ।
■

ସବୁଠୁ ଜୀବନ୍ତ ମୁହୂର୍ତ୍ତ

ରୁମି

ସବୁଠୁ ଜୀବନ୍ତ ମୁହୂର୍ତ୍ତ ଆସେ
ଯେବେ ପରସ୍ପରକୁ ପ୍ରେମ କରୁଥିବା ଦୁଇଜଣ
ଭେଟନ୍ତି ପରସ୍ପରର ଆଖିରେ
ଏବଂ ସେଇ ମୁହୂର୍ତ୍ତରେ ସେମାନଙ୍କ ମଧ୍ୟରେ
ପ୍ରବାହିତ ଭାବନାର ସ୍ରୋତରେ।

ମୁଁ ବିଳପେ, ତୁମର ମୁହଁକୁ ଖୋଜେ
ବଡ଼ କରୁଣ ଭାବେ
ଅନ୍ୟମାନଙ୍କ ଭିଡ଼ରେ
ଅଥବା ଭୟାର୍ତ୍ତ ନିର୍ଜନ ପଥରେ।

ପୃଥିବୀ ଉର୍ବର ହେବ ଆଖି ଲୁହରେ।
ତୁମର ତିରସ୍କାର, ତୁମର କୃତଜ୍ଞତା, ତୁମର ସନ୍ତୋଷ
ସର୍ବଦା ସମୃଦ୍ଧ କରେ ଆତ୍ମା ମୋର।

ତୁମକୁ ସାମ୍ନାରେ ପାଇବା
ଦ୍ୱନ୍ଦ୍ୱ ଓ ଅବସନ୍ନ ନ ଥିବା ମଦିରା ପରି।

ଆମେ ବସିଥାଏ ଦେବଦାରୁ ଗଛ ଛାଇରେ
ଯେଉଁଠି ବିସ୍ମୟ ଓ ସ୍ୱଚ୍ଛତାର ରଜ୍ଜୁ
ଆମକୁ ବାନ୍ଧୁଥାଏ ଧିରେଧିରେ। ■

ଆମେ ଜାଣୁ ଏତିକି

ସାଫୋ

ମୃତ୍ୟୁ ଅଶୁଭ,
ଈଶ୍ୱର କୁହନ୍ତି;
ସେମାନେ ବି ମରନ୍ତେ
ଯଦି ମୃତ୍ୟୁ ହୋଇଥାନ୍ତା ଶୁଭ।
■

ହାଇକୁ

ରିଓକାନ

ସବୁକିଛି ନେଇଗଲେ ଚୋରମାନେ
ଛାଡ଼ିଗଲେ ଗୋଟିଏ ବସ୍ତୁ–
ମୋ ଝର୍କାରେ ଦିଶୁଥିବା ଜହ୍ନ।

■

ରାତି ଓ ଘର

ସୋଫିଆ ଡି ମେଲୋ ବ୍ରେଇନର

ଘର ଓ ତା'ର ନିରବତାକୁ
ପୁଣି ଥରେ ଏକାଠି କରେ ରାତି।
ନିଅଁରୁ ଛାତ ପର୍ଯ୍ୟନ୍ତ
କେବଳ ଶୁଣାଯାଏ ଘଡ଼ିର ଟିକ୍‌ଟିକ୍ ଶବ୍ଦ।

ଘର ଓ ତା'ର ଭାଗ୍ୟକୁ ପୁଣି ଥରେ ଏକାଠି କରେ ରାତି।

ଏବେ କିଛି ବି ବିଚ୍ଛୁରିତ ନୁହେଁ, କିଛି ବି ବିଭାଜ୍ୟ ନୁହେଁ
ସତର୍କ ଦେବଦାରୁ ପରି ସେ ଦେଖୁଥାଏ ସବୁ କିଛି।

ଏହାର ରହିବା ଜାଗାରେ
କେବଳ ଚଲାବୁଲା କରୁଥାଏ ଶୂନ୍ୟତା।

■

ତୁମର ଜୀବନ ଓ ମୃତ୍ୟୁ, ବାପା

ୟେହୁଦା ୟାମିସାଇ

ତୁମର ଜୀବନ ଓ ମୃତ୍ୟୁ, ବାପା,
ଲଦା ହୋଇଛି କାନ୍ଧରେ ମୋର।
ମୋର ପତ୍ନୀ ଆସିବେ ଏବେ ପାଣି ନେଇ,
ଆମ ପାଇଁ।

ଆସ ପିଇବା, ବାପା,
ଫୁଲମାନଙ୍କ ପାଇଁ, ବିଚାରବୋଧ ପାଇଁ
ମୁଁ ଦିନେ ତୁମର ଭରସା ଥିଲି,
ଏବେ ମୋ ଉପରେ ମୋର ଭରସା ନାହିଁ।

ତୁମ ଖୋଲା ପାଟି, ବାପା,
ଗୀତ ଗାଇଲା ଅଥଚ ଶୁଣିପାରିଲିନି ମୁଁ।
ଅଗଣାରେ ଥିବା ଗଛଟି ଥିଲା ଦେବଦୂତ
ଅଥଚ ଜାଣି ପାରିଲିନି ମୁଁ।

କେବଳ ତୁମର ଜୀବନ, ବାପା,
ଏବେ ବି ବହୁଛି ମୋର ରକ୍ତ ହୋଇ
ତୁମେ ଦିନେ ଥିଲ ରକ୍ଷକ ମୋର
ଆଜି ମୁଁ ଜଗିଛି ତୁମ ମଶାଣି ଭୂଇଁ।

■

ଦର୍ଶନ

ଜେ. ଜି. ଆରାଜୋ ଜର୍ଜ

ତୁମେ କ'ଣ ସତରେ ଜାଣିବାକୁ ଚାହୁଁଚ
କେମିତି ଜିଇବାକୁ ହୁଏ ଜୀବନ ?
ଆଛା... ପ୍ରଥମେ ତୁମକୁ ଜିଇବାକୁ ହେବ
ଏବଂ ତା'ପରେ, ଯେତେସବୁ ଭାଷଣବାଜି...

ଲୋକମାନେ ନିଜକୁ ଧନୀ ବୋଲି କୁହନ୍ତି...
ସେମାନେ ବୋଧହୁଏ...
ଏମିତି ବି ହୋଇପାରେ ସେମାନେ ନ ହୋଇପାରନ୍ତି...
ଧନୀ ହେବା ପାଇଁ... ତୁମକୁ ତା' କରିବାକୁ ହେବ
ଯାହା ତୁମର ହୃଦୟ ଚାହୁଁଛି...

ନିରନ୍ତର ଓ କ୍ଲିଷ୍ଟ ସଂଘର୍ଷ ଭିତରେ
ମୁଁ ଜନ୍ମ ନେଉଛି ପ୍ରତିଟି ମୁହୂର୍ତ୍ତରେ
ଜୀବନର ସମସ୍ତ ଯନ୍ତ୍ରଣାକୁ ଧୋଇଦେଇ
ବିସ୍ମୃତିର ନଦୀରେ...

ଆଉ ଏକ ସମୟକୁ ନେଇ କେମିତି ଦେଖିବି ସ୍ୱପ୍ନ ?
ଯେଉଁ ବିଶ୍ୱାସ ମୋର ଥିଲା, କ'ଣ ସେ ଅଛି ଏବେ ?
ଆଜି... ମୁଁ ତାକୁ ବ୍ୟଗ୍ରତାର ସହ ଖୋଜୁଛି...
ଯାହା ମରିସାରିଛି କେବେଠୁ... ◼

ଜଳିଯାଇଥିବା ଘରେ ଏକ ସକାଳ

ମାର୍ଗାରେଟ୍ ଆଟଉଡ୍

ଜଳିଯାଇଥିବା ଘରେ ବସି ମୁଁ କରୁଛି ପ୍ରାତଃଭୋଜନ।
ତୁମେ ଏ କଥାକୁ ବୁଝ: କୌଣସି ଘର ନାହିଁ,
କୌଣସି ପ୍ରାତଃଭୋଜନ ନାହିଁ,
ତଥାପି ମୁଁ ଅଛି ଏଇଠି।

ଯେଉଁ ଚାମଚ ତରଳିଯାଇଥିଲା
ତାଟିଆ ଦେହରେ ଘସିହୋଇ
ସେ ତାଟିଆ ମଧ୍ୟ ତରଳି ଯାଇଛି।

କେହି ବି ନାହାନ୍ତି ଆଖପାଖରେ।

କୁଆଡ଼େ ଯାଇଛନ୍ତି ସେମାନେ, ଭାଇ, ଭଉଣୀ, ମା' ଏବଂ ବାପା ?
ବୋଧହୁଏ ସମୁଦ୍ରକୂଳ ଆଡ଼େ। ସେମାନଙ୍କର ଲୁଗା
ଏବେବି ଝୁଲୁଛି ହାଙ୍ଗରରେ, ସେମାନଙ୍କର ଅଇଁଠା ବାସନ
ଗଦା ହେଇଛି ବେସିନ୍ ପାଖରେ, କାଠଚୁଲି ପାଖରେ ବେସିନ୍,
ତା' ପାଖରେ କଳା ପଡ଼ିଯାଇଥିବା ଚା କେଟିଲି,
ପ୍ରତିଟି ସୂଚନା ପ୍ରାଞ୍ଜଳ,
ଟିଣର କପ୍ ଓ ଢେଉଢେଉକା ଦର୍ପଣ।

ଆଜିର ଦିନ ଖୁବ୍ ଉଜ୍ଜ୍ୱଳ ଓ ସ୍ୱରହୀନ,
ହ୍ରଦ ସୁନୀଳ, ଅରଣ୍ୟ ସତର୍କ।
ପୂର୍ବାକାଶରେ ଧାଡ଼ିଏ ବାଦଲ ଉଠିଛି ନିରବରେ
ଖଣ୍ଡେ କଳା ପାଉଁରୁଟି ପରି।

ମୁଁ ଦେଖିପାରୁଛି ଅୟେଲ୍ କ୍ଲଥ୍ ଉପରେ ଭଉଁରି,
ମୁଁ ଦେଖିପାରୁଛି ଗ୍ଲାସ୍‌ରେ ଫଟାଦାଗ
ଓ ସେଇ ଚମକ ଯେଉଁଠି ପ୍ରହାର କରିଛି ସୂର୍ଯ୍ୟ ସେମାନଙ୍କୁ।

ମୁଁ ଦେଖିପାରୁନି ମୋ ନିଜର ହାତ ଓ ଗୋଡ଼
ଏବଂ ଜାଣିପାରୁନି ଏହା ଏକ ଫନ୍ଦା କି ଆଶୀର୍ବାଦ,
ପୁଣିଥରେ ଫେରିଯାଉଛି ନିଜ ଭିତରକୁ, ଯେଉଁଠି ସବୁକିଛି
ଏଇ ଘରେ ହଜିଯାଇଛି କେବେଠୁ, ଚା କେଟିଲି ଓ ଦର୍ପଣ,
ଚାମଚ ଓ ତାଟିଆ, ଏପରିକି ମୋ ନିଜର ଶରୀର।

ସେତେବେଳେ ଯେଉଁ ଶରୀର ମୋର ଥିଲା,
ଏବେ ଏ ସକାଳର ପ୍ରାତଃଭୋଜନ ଟେବୁଲ୍‌ରେ ବସିବାବେଳେ
ଯେଉଁ ଶରୀର ମୋର ଅଛି, ଏକାକୀ ଓ ପ୍ରସନ୍ନ,

ଲଙ୍ଗଳା ପିଲାର ପାଦ ଚିହ୍ନ ଧୂଆଁଳିଆ ଚଟାଣ ଉପରେ
(ମୁଁ ପ୍ରାୟତଃ ପାରୁଛି ଦେଖି)
ମୋର ଜଳନ୍ତା ପୋଷାକରେ,
ପତଳା ସବୁଜ ଚିରା ହାଫ୍ ପ୍ୟାଣ୍ଟ୍
ଓ ମଇଳା ହଳଦିଆ ଟି-ସାର୍ଟରେ
ବନ୍ଧା ହୋଇଛି ମୋର ଅଙ୍ଗାର, ଅସ୍ତିତ୍ୱହୀନ,
ଦୀପ୍ତିମାନ୍ ମାଂସ। ତାପଦୀପ୍ତ।

■

ପକ୍ଷୀର ଭାଷା

ୟୁଆନ୍ ଲୁଇ ମାର୍ଟିନେଜ

ଯାହା ଅବ୍ୟକ୍ତ, ପକ୍ଷୀ ସେ କଥା
ଦୁନିଆକୁ ଜଣାଏ ତା' ଗୀତରେ ।

ପକ୍ଷୀର ଭାଷା
ନିରୋଳା ପ୍ରତୀକାତ୍ମକ ଭାଷା
ଯାହା ଅର୍ଥର ସ୍ପଷ୍ଟତାକୁ ଖୋଜୁଥାଏ ।

ଶୂନ୍ୟତାର ଭାଷାରେ
ଗୀତ ଗାଉଥାଏ ପକ୍ଷୀ
ଓ ନିଜେ ହିଁ
ସେ ଗୀତର ଅର୍ଥ ହୋଇ ରହିଥାଏ,
ସୁସ୍ପଷ୍ଟ ଓ ଅକ୍ଷୟ ।

କ୍ଷଣିକ ନିରବତା
ଯାହା ପ୍ରତ୍ୟେକ ଗୀତ ପରେ ଆସେ
ପର ଗୀତ ପାଇଁ
ସେ ହୋଇଯାଏ ଏକ ଶୃଙ୍ଖଳ

ଏକ ଚିହ୍ନ
ଓ ପ୍ରକୃତି ନିଜକୁ କହୁଥିବା
ବାର୍ତ୍ତାର ଝଲକ ।

ପକ୍ଷୀ ପ୍ରକୃତି ପାଇଁ ଗୀତ ଗାଏନା
କି ମଣିଷ ପାଇଁ ନୁହେଁ;
ନିରବତା କ୍ରମଶଃ ଆକାର ନିଏ ବାର୍ତ୍ତାରେ
ଯାହାର ଲକ୍ଷ୍ୟ
ସୃଷ୍ଟିର ସଂଚାର ପ୍ରଣାଳୀର କାର୍ଯ୍ୟକ୍ଷମତାକୁ
ଯାଂଚ କରିବା ପାଇଁ
ଏକ ପ୍ରକ୍ରିୟାକୁ ସ୍ଥାପନା କରିବା,
କମାଇବା ଅଥବା ବଢ଼ାଇବା ।

ପୁନର୍ଜନ୍ମ

ଭ୍ଲାଦିମିର ହୋଲାନ

ଏହା ସତ୍ୟ ଯେ
ଆମର ଏ ଜନ୍ମ ପରେ
ଆମେ ଦିନେ ଗୋଟେ ତୂରୀର
ଭୟଙ୍କର ଶବ୍ଦରେ ଉଠିବା ।
ହେ ଈଶ୍ୱର ! ମତେ କ୍ଷମା କର
କିନ୍ତୁ ମୁଁ ନିଜକୁ ଆଶ୍ୱାସନା ଦେଉଛି ଯେ
ଆମ ସବୁ ମୃତ ବ୍ୟକ୍ତିଙ୍କର
ଜନ୍ମ ଓ ପୁନର୍ଜନ୍ମ ବିଷୟରେ
କୁକୁଡ଼ାର ସକାଳ ରାବରେ ଘୋଷଣା କରାଯିବ ।
ତା'ପରେ ଆମେ କିଛି ସମୟ ପଡ଼ିରହିବୁ
ପ୍ରଥମେ ମା' ଉଠିବେ
ଆମେ ନିରବରେ ତାଙ୍କୁ ନିଆଁ ଜଳେଇବାର
ଚୁଲି ଉପରେ କେଟିଲି ରଖିବାର
ଓ ଥାକରୁ କପ୍ ପ୍ଲେଟ୍ ଧିରେ କାଢ଼ିବାର ଶୁଣିବୁ ।
ଆମେ ଆଉ ଥରେ ଜନ୍ମ ନେବୁ ।

■

ଛାଡ଼ିଯିବାଠୁ ବଡ଼ ଅପରାଧ କିଛି ନାହିଁ

ବର୍ଟୋଲଟ ବ୍ରେସଟ

ଛାଡ଼ିଯିବାଠୁ ବଡ଼ ଅପରାଧ କିଛି ନାହିଁ।
ବନ୍ଧୁତ୍ୱଠୁ, ଅଧିକ କ'ଣ ଆଶା କରାଯାଏ ?
ସେମାନେ କ'ଣ କରନ୍ତି- ତା' ନୁହଁ
ତମେ କହିପାରିବନି କିଏ କ'ଣ କରିବ କେତେବେଳେ।
ସେମାନେ ଏବେ କ'ଣ- ତା' ନୁହଁ
ତା' ବି ବଦଳିପାରେ।

କେବଳ ଏହା ଯେ, ସେମାନେ ତୁମକୁ ଛାଡ଼ି ଯିବେନି।
ଆଉ ଯେ ଛାଡ଼ି ଯାଇପାରେନା- ସେ ରହି ବି ପାରେନା।
ଯାହାର ପକେଟ୍‌ରେ ପାସ୍ ଅଛି, ସେ କ'ଣ
ରହିବ ଯୁଦ୍ଧ ଆରମ୍ଭ ହେବା ମାତ୍ରେ ?
ବୋଧହୁଏ ନାଇଁ।

ଯଦି ମୁଁ ଗଭୀର ଭାବେ ଜଖମ୍‌ୀ ହୁଏ, ବୋଧହୁଏ ସେ ରହିବ।
ଯଦି ସେ ଗଭୀର ଭାବେ ଜଖମ୍‌ୀ ହୁଏ, ବୋଧହୁଏ ସେ ଛାଡ଼ିଯିବ।

ଯୋଦ୍ଧାମାନେ ଗରିବ। ସେମାନେ ଛାଡ଼ିଯିବେନି କେବେ।
ଯେତେବେଳେ ଯୁଦ୍ଧ ଆରମ୍ଭ ହେବ ସେମାନେ ଆଦୌ ଛାଡ଼ିଯିବେନି।

ଯେଉଁ ଲୋକଟି ରହିଯିବ ସେ ଚିହ୍ନା ହୋଇଥିବ। ଯେ ଛାଡ଼ିଯିବ ସେ ଅଚିହ୍ନା।

ଯେଉଁମାନେ ଛାଡ଼ିଯିବେ, ସେମାନେ ରହିଯିବା ଲୋକଙ୍କଠୁ ଅଲଗା।

ଯୁଦ୍ଧକୁ ଯିବା ପୂର୍ବରୁ ମୋର ଜାଣିବା ଉଚିତ ଯେ:
ତୁମ ପକେଟ୍‌ରେ କ'ଣ ପାସ୍ ଅଛି ?
ଯୁଦ୍ଧକ୍ଷେତ୍ର ପଛରେ କ'ଣ ଏରୋପ୍ଲେନ୍ ଅପେକ୍ଷା କରିବ ?
ତୁମେ କେତୋଟି ପରାଜୟକୁ ସମ୍ଭାଳିନେବ ?
ମୁଁ ତୁମକୁ କ'ଣ ଯୁଦ୍ଧକ୍ଷେତ୍ର ବାହାରକୁ ଯେତେବେଳେ ଚାହିଁବି ପଠାଇ ପାରିବି ?

ନ ହେଲେ ଯୁଦ୍ଧକ୍ଷେତ୍ରକୁ ଯିବା ଆବଶ୍ୟକ ନାହିଁ।

ଏକ ନୂତନ ସକାଳ ପରେ

କୋଫି ଆୱୁନର

ବେଳେବେଳେ ଆମେ ପଢ଼ିଥାଉ
ସବୁଜ ପତ୍ରର ରେଖାଙ୍କୁ,
ଛୁଇଁଥାଉ ପ୍ରାଚୀନ ଗଛରୁ ମିଳିଥିବା
ଦୁର୍ମୂଲ୍ୟ କାଠର ମସୃଣତାକୁ,
ବେଳେବେଳେ ଆମକୁ
ବିଭ୍ରାନ୍ତ କରିଥାଏ ସୂର୍ଯ୍ୟାସ୍ତ,
ଯେତେବେଳେ ଦେଖୁ
ବାଦଲଙ୍କୁ କିଏ ଠେଲି ନେଉଛି ଆଗକୁ,
ଯେତେବେଳେ ଦେଖୁ
ସେଇ ଚିତ୍ରଶିଳ୍ପୀ ଏକାଠି କରିଥିବା
ଭିନ୍ନ ରଙ୍ଗର ଭିନ୍ନଭିନ୍ନ ଆକାରକୁ।

ଏବେ ପୁଣି ରାସ୍ତାଘାଟରେ ନାଚ ଗୀତ
ପିଲାଙ୍କ ଖିଲ୍‌ଖିଲ୍ ହସରେ ଗୁଞ୍ଜରିତ ଘର।
ସମୁଦ୍ରକୂଳରେ, ଏବେ ଏବେ ହୋଇଯାଇଥିବା
ଝଡ଼ର ଭଗ୍ନାବଶେଷ ମନେ ପକେଇଦିଏ
କେଉଁ ଏକ ଅବିବେକୀ ପୂର୍ବଜ ଦ୍ୱାରା

ଅପହୃତ ପୈତୃକ ସମ୍ପତ୍ତି
ଯେ ନିଜେ ଏକ ରାଜାର ଜୀବନ ଜିଇ
ଆଗାମୀ ପିଢ଼ିକୁ ଠେଲିଦିଏ ନିରାଶା ଓ
ବିନାଶର ଅଫେରା ରାସ୍ତାକୁ ।

କିନ୍ତୁ କିଏ କହେ
ସରିଲାଣି ସମୟ ଆମର ?
କଫିନ ନିର୍ମାତା ଓ କବର ଖୋଳାଳି
ଆରମ୍ଭ କରିଦେଲେଣି କଥାବାର୍ତ୍ତା ?
ଗାୟକ ଓ ବାଦକ ଆରମ୍ଭ କଲେଣି ପୂର୍ବାଭ୍ୟାସ ?

ନା, ଯେଉଁ ମାଟିରେ କୀଟ ଜିଏ
ସେଠି ଫସଲ ଭଲ ଅମଳ ହୁଏ ।
ପରାମର୍ଶକାରୀ ଈଶ୍ୱରମାନେ
ସମୟକୁ ମାପନ୍ତି
ଅନନ୍ତକାଳର ଲମ୍ବା ଅଥଚ ଦୁର୍ବଳ
ଯୁକ୍ତି ଦ୍ୱାରା ।

ଏବଂ ମୃତ୍ୟୁ, ଯେତେବେଳେ
ନିଜର ସ୍ୱତନ୍ତ୍ର ପରିଚୟପତ୍ର ଧରି
କବାଟ ପାଖକୁ ଆସେ,
ସେ ଦେଖେ ହସ ଓ ନୃତ୍ୟରେ ଭରା
ପୁନର୍ଜୀବିତ ଫାର୍ମହାଉସ୍‌ରେ
ଅଳ୍ପବୟସ୍କ ମେଣ୍ଢାର କଅଁଳ ମାଂସ
ଓ ନୂଆ ଅମଳ ମକା କ୍ଷିରିର ପ୍ରୀତିଭୋଜ ।

ଆମେ ଉତ୍ସବ ପାଳନକାରୀ,
ଯାହାର ଜମି ସବୁ ଉଜାଡ଼ିଲା ପରେ

ଅପରାଧୀ ଓ ଅନ୍ୟ ଦୁର୍ବୃତ୍ତମାନେ
ଅବରୋଧ କରନ୍ତି
ଅଶ୍ଳୀଳ ସଂଗୀତ
ଓ ଅଶିଷ୍ଟ ଅଙ୍ଗଭଙ୍ଗୀ ପ୍ରଦର୍ଶନ ପୂର୍ବକ
ଆମର ନୃତ୍ୟସଙ୍ଗୀତକୁ।
ଜଣେ କିଏ କହିଲା ଯେ
ମୂଳ ଯୋଜନା ଅନୁସାରେ
ନିଜର ଓଜନକୁ ଆଶ୍ରୟ ଦେବା ପାଇଁ
ରୁଗ୍ଣ ମାଛଟିଏ ଜାଗା ଖୋଜିଖୋଜି
ଆମର ଜଳାଶ୍ରୟକୁ ପହଁରି ଆସିଲା।

ଈଶ୍ୱର ! ତମେ ଯଦି
ଆମ ନୌକାର ନାବିକ ହୋଇପାରିବ,
ତେବେ ହୁଅ।
ମୁଁ ପୂର୍ବରୁ ପଚାରିଛି ଆପଣଙ୍କୁ ସେଠି
ଯେଉଁଠି ସମୁଦ୍ରର ବିଶାଳ ବେଳାଭୂମି
ଧିରେଧିରେ ସଂକୀର୍ଣ୍ଣ ହୋଇ ମିଶିଯାଇଛି
ପିଲାଦିନର ସଂକ୍ଷିପ୍ତ ସମୟ ସହ।

ଆମେ ଆମ ଘରକୁ ସ୍ୱାଗତ କରୁ
ସମସ୍ତ ଯାତ୍ରୀଙ୍କୁ
ଯେଉଁମାନେ ସଦ୍ୟ ତିଆରି
ନୂତନ ନୌକାରେ ବସି
ଆସନ୍ତି ସଙ୍କୋଚ ବୃକ୍ଷରୁ।

ଛଅଟି କବିତା

ହମ୍ବର୍ଟୋ ଆକାବାଲ୍

ପଥର

ଏମିତି ନୁହେଁ ଯେ
ପଥର ସବୁ ମୂକ,
ସେମାନେ ଏବେ ନିରବ କେବଳ।

ଉପଦେଶ

କାହା ସାଥେ ବି କଥା ହୁଅ
ଯେହେତୁ ତୁମେ ମୂକ କୁହାଇବନି
ମୋ ଜେଜେବାପା ଏ କଥା କୁହନ୍ତି।
ଏବଂ ସତର୍କ ରୁହ ଯେ
ସେମାନେ ତୁମକୁ ଯେମିତି
ନ ଭାବନ୍ତୁ ଅନ୍ୟ କେହି।

କୌଶଳ

ଭୁଲିବାର କୌଶଳ ହିଁ
କବିତା।

ନାଭି

ସୂର୍ଯ୍ୟ ଦିନର ନାଭି,
ଚନ୍ଦ୍ର ରାତିର।

ଜୁଳୁଜୁଳିଆ

ଜୁଳୁଜୁଳିଆ ହେଲେ ତାରକାପୁଞ୍ଜ
ଯେଉଁମାନେ ଆକାଶରୁ ଓହ୍ଲେଇଆସନ୍ତି ତଳକୁ
ଏବଂ ତାରକାପୁଞ୍ଜ ହେଲେ ଜୁଳୁଜୁଳିଆ
ଆସିପାରନ୍ତିନି ଯେଉଁମାନେ।
ସେମାନେ ତାଙ୍କର ଆଲୁଅକୁ
ଜଳାନ୍ତି ଓ ଲିଭାନ୍ତି
ଏଥିପାଇଁ ଯେ ଜୀବିତ
ରଖିପାରିବେ ରାତ୍ରିକୁ।

ପଦାତିକ

ସାରାରାତି ଚାଲୁଛି ମୁଁ
ଖୋଜିଖୋଜି ଛାଇକୁ ମୋର।
ଅନ୍ଧାରରେ ଯେ ଭ୍ରମିତ।
ହୁକେ ହୋ...
ଗୋଟିଏ ଶୃଗାଳ।
ମୁଁ ଚାଲିଲି ଆଗକୁ।
ଟୁ ଟୁ ଟୁକୁର୍...
ଗୋଟିଏ ପେଚା।
ତଥାପି ମୁଁ ଚାଲିଲି ଆଗକୁ।
କୁଜୁର୍ କୁଜୁର୍...
ଗୋଟିଏ ବାଦୁଡି
କାନ ଚୋବାଉଛି ଘୁଷୁରି ଛୁଆର।
ହେବାଯାଏ ଭୋର୍।
ମୋ ଛାଇ ଏତେ ଲମ୍ବା ଯେ
ଲୁଚାଏ ରାସ୍ତାକୁ।

■

ମତେ ବର୍ଷାର ଅଭାବ ବୋଲି ଡାକ

ମହାଦାଇ ଦାସ

ମତେ ବର୍ଷାର ଅଭାବ ବୋଲି ଡାକ
ଯେହେତୁ ଖୋଜୁଛି ମୁଁ ସତ୍ୟତାର ମେଘ
କେବଳ ଭାତ ମୁଠେ ପାଇଁ
ଭୋକିଲା ମୁଁ
କ୍ଷୀର ଏଠି ଖୁବ୍ ମହଙ୍ଗା
ମତେ ବର୍ଷାର ଅଭାବ ବୋଲି ଡାକ ।

ମତେ ସୂର୍ଯ୍ୟାଲୋକର ଅଭାବ ବୋଲି ଡାକ
ଯେହେତୁ ଭୋକିଲା ମୁଁ ଗୋଟେ ତାରା ପାଇଁ
ଘୁଷୁରି ଏଠି ଖାଆନ୍ତି ଫଳଚୋପା
ଯାହା ଦୂଷିତ କରୁଥାଏ ବାୟୁମଣ୍ଡଳକୁ
ମୁଁ କିନ୍ତୁ ଭୋକିଲା ଫୁଲ ଓ ତାରା ପାଇଁ ।

ମତେ ନଦୀର ଅଭାବ ବୋଲି ଡାକ
ଯେହେତୁ ଏଠି ଯନ୍ତ୍ରଣା ଖୁବ୍‍ ଗଭୀର
ତେଣୁ ଝରେନା ଲୁହ
ଏବଂ ପ୍ରେମର ଅଭାବ ମୋ ପାଖରେ
ମତେ ନଦୀର ଅଭାବ ବୋଲି ଡାକ ।

ମତେ ପାହାଡ଼ର ଅଭାବ ବୋଲି ଡାକ
ଜମି ଏଠି ସମତଳ
ସେଥିପାଇଁ ଏଠି ଏତେ ବନ୍ୟା
ଏବଂ ମହାମାରୀ ତାର ଦାନ୍ତକୁ ତୀକ୍ଷ୍ଣ କରୁଥାଏ
ମତେ ପାହାଡ଼ର ଅଭାବ ବୋଲି ଡାକ ।

ମତେ ଝଡ଼ର ଅଭାବ ବୋଲି ଡାକ
ବିକ୍ଷିପ୍ତ ଜଳର ତୀକ୍ଷ୍ଣ ଚାହାଣି
ବିବସ୍ତ୍ର କରୁଥାଏ ମୋର ଦେହ
ଉଲଗ୍ନ କରୁଥାଏ ମୋର ଆତ୍ମା
ମତେ ଝଡ଼ର ଅଭାବ ବୋଲି ଡାକ ।

ଆଇଜାକ୍ ନିଉଟନ୍‌ଙ୍କୁ ଶ୍ରଦ୍ଧାଞ୍ଜଳି

ଜାନସ୍ ପିଲିନସ୍କି

ଆମେ ସେଇସବୁ ଦେଉ
ଯାହା ନ ଦେଉ।
ଆଉ ସେଇସବୁ ଦେଉନି
ଯାହା ଦେଇଥାଉ।
ଯେଉଁଠି ଗୋଟିଏ ତୀବ୍ର ନିରବତା ଅଛି
ଆମେ ସେଇ ଆଡ଼କୁ ଆକର୍ଷିତ ହେଉ।
∎

ଗୋଟିଏ କବିତା

ମାର୍କ ମାକ୍‌ମୋରିସ୍

ଯୁଦ୍ଧ ଯେତେବେଳେ ଶେଷ ହେବ
ତୁମ ପାଖକୁ ଫେରିବି ମୁଁ
ସୈନିକ ଫେରିଲା ପରି ତା'ର ସେନାପତି ନିକଟକୁ
ଏବଂ ତୁମେ ସଜେଇଦେବ ମୋ ଛାତି
ତୁମର କୋମଳ ଓ ସୁନ୍ଦର ଆଙ୍ଗୁଠିରେ
ପଚାରିବ ମୋ ଶତ୍ରୁ ସଂହାରର ସଂଖ୍ୟା
ପ୍ରଶଂସା କରିବ ମୋ ଆଖିର ଅତୁଟ ଲକ୍ଷ୍ୟକୁ
ଦେହରୁ ତୁମର ଆସୁଥିବ
ଲେମ୍ବୁ ଫୁଲର ବାସ୍ନା, ସାରା ରାତି
ହୃଦୟ ତୁମର ଉନ୍ମୁକ୍ତ ହୋଇଯାଉଥିବ
ମୋର ସ୍ପର୍ଶ ପାଇଁ
ଏବଂ ଧୋଇ ଯାଉଥିବ ମୋର ଅପରାଧ
ରକ୍ତର ଦାଗ ସବୁ ରହିଯିବ ମୁଖ୍ୟଦ୍ୱାର ପାଖରେ।
ଭଅଁରସବୁ ଗୁଣୁଗୁଣୁ ଗୀତ ଗାଇ ସ୍ୱାଗତ କରିବେ
ମୋ ଆସିବାକୁ
ଏବଂ ତାଙ୍କ ମିଠା ସୁରରେ ଲିଭିଯିବ
ମୋ କାନରେ ଜମିଥିବା କମାଣର ଶବ୍ଦ।

ଯୁଦ୍ଧ ଯେତେବେଳେ ବନ୍ଦ ହେବ
ମୁଁ ଉତାରିଦେବି ଧୂଳି ଓ ବାରୁଦ ଭିଜା ପୋଷାକ
ତଳିପାରୁ ଖଣ୍ଡଖଣ୍ଡ ଛିଣ୍ଡିଯାଇଥିବା ଜୋତା
ଜଙ୍କ୍ ଲଗା ହେଲ୍‌ମେଟ୍
ଓ ପିନ୍ଧିବି ତୁମ ଗରିମାକୁ
ସୁହାଇଲା ଭଳି ପୋଷାକ।

ଯୁଦ୍ଧ ଉଚ୍ଚାରଣ କରେ ସଭ୍ୟତାର ଅନ୍ତ
ମୋର ଉଚ୍ଚାରଣ ଆରମ୍ଭ ହୁଏ ତୁମଠୁ।

ଯୁଦ୍ଧ ଯେତେବେଳେ ଶେଷ ହେବ
ବୁଲ୍‌ଡୋଜର୍ ତଳେ ଧ୍ୱସ୍ତ ହୋଇଯିବ ଶ୍ରମିକଙ୍କ ବସ୍ତି
ଏବଂ ଜମିରେ ପୋତି ହୋଇଯିବ ହଜାର ହଜାର ଶବ
ଗୋଡ଼ ହରେଇଥିବା ଯୁବସୈନିକର ଅସରନ୍ତି ପ୍ରଶ୍ନ
ଏବଂ ସୈନ୍ୟଙ୍କୁ ନେଇ ଗାଡ଼ିସବୁ ଫେରିବେ ଘରକୁ
ଶେଷରେ ସଫେଇ କର୍ମଚାରୀ ଏକାଠି କରିବେ
ଅଳିଆ ଆବର୍ଜନା ଓ ସେନାପତି ଲଗେଇବେ ନିଆଁ।

କୌଣସି ସମୟରେ ବନ୍ଦ ହୁଏନା ଯୁଦ୍ଧ
ବନ୍ଧୁକର ଅହେତୁକ ଶବ୍ଦରୁ
ଏବଂ ତୁମକୁ ପାଇବାର ବ୍ୟାକୁଳତାରୁ
କୌଣସି ରାସ୍ତା ନ ଥାଏ ପଛକୁ ଫେରିବାର।

ଯୁଦ୍ଧ ଯେତେବେଳେ ଶେଷ ହେବ
ମତେ ତୁମେ ଖୋଜିବ 'ଟେମ୍ପେ' ସହରରେ
ମୋ ମୁହଁରେ ଥିବ ସମାରୋହର ଚମକ
ଏଇଥିପାଇଁ ଯେ
ଯେତେବେଳେ ଧୀରେ ଧୀରେ ନିଃସ୍ୱ ହେବ ଯୁଦ୍ଧ

ଏବଂ ତା'ର ଘଟିବ ଅବସାନ
ସେଇ ସମୟ ହେବ ଉତ୍ସବର ସମୟ
ସାମ୍ନାସାମ୍ନି ବସିବାର ସମୟ
ପରସ୍ପର ସହ ଗପିବାର ସମୟ
ପରସ୍ପରକୁ ଚୁମିବାର ସମୟ
ଭଲ ସମୟ ।

ଛାଡ଼ି ଆସିଥିବା ଈଶ୍ୱରଙ୍କୁ

ସର୍ଜିଓ ମୋନ୍ଦ୍ରାଗନ

ଆମ ପ୍ରଶାସନର ହେ ଈଶ୍ୱର,
ଆମେ ଛାଡ଼ିଆସିଲୁ ଚଷିବାକୁ
ଅନ୍ୟମାନଙ୍କ କ୍ଷେତ
ସଜାଡ଼ିବାକୁ ଅନ୍ୟମାନଙ୍କ
ରାତ୍ରିଭୋଜନର ଟେବୁଲ
ଧୋଇବାକୁ ଅନ୍ୟମାନଙ୍କ
ଅଇଁଠା ବାସନ।

ଇତିହାସ, କଥା ଓ କାହାଣୀକୁ ଲଦିଲୁ
ସାଥିରେ ଆଣିଥିବା ଆମର ପଶୁଙ୍କ ଉପରେ
ପିଠିରେ ଆମର ଜୋତା ଓ ମଶିଣାର ବୋଝ
ମୋଟା ମକାରୁଟି ଓ ଲଙ୍କା ଆଚାର ଧରି
ଛାଡ଼ି ଆସିଲୁ ନିଜର ମାଟି।

ଏବେ ଆମେ ରହୁଛୁ ଏଇଠି
ଆମ ଦେହରେ ଚକଚକ ନୂତନ ପୋଷାକ
ବେଦାଗ, ମସ୍ତିଷ୍କର ଦୁଇଭାଗରୁ ଆସୁଛି
ମିଳିତ ସ୍ୱର।

ଆମେ ଛାଡ଼ିଆସିଛୁ ତୁମ ପାଖରେ
ଆମ ସାନଭାଇମାନଙ୍କୁ
ଭୋକ ନୁହଁ
ଦୁଃଖ ଟାଣିଆଣିଛି ହାତଧରି
ତୁମେ ଆମକୁ ନେଇ ଲଜ୍ଜିତ ହେବାର ଦୁଃଖ
ତୁମେ ଆମର ମୃତ୍ୟୁ ଚାହୁଁଛ
ଏ କଥା ଜାଣିବାର ଦୁଃଖ
ଯେଉଁ ରକ୍ତ ତୁମର ଶିରାପ୍ରଶିରାରେ ପ୍ରବାହିତ
ଆମ ଶିରାରେ ବହୁଥିବା ସେଇ ରକ୍ତକୁ
ଘୃଣା କରିବାର ଦୁଃଖ ।

ଆମେ ଛାଡ଼ି ଆସିଲୁ ସେ ଜାଗା
ଏଥିପାଇଁ ଯେ ତୁମେ ଚାହିଁଲନି ଆମକୁ
ତୁମେ କେବେ ବି ଚାହିଁ ନ ଥିଲ ଆମକୁ
ତୁମେ ଲଜ୍ଜିତ ହେଲ ଆମ ଭାଷାକୁ ନେଇ
ଯାହା ତୁମକୁ ଶୁଣାଯାଉଥିଲା
ଆମ ପୂର୍ବପୁରୁଷଙ୍କ ଦୁର୍ଗ ଓ ଗୀର୍ଜାରେ
ଲାଗିଥିବା ଘଣ୍ଟାର ଶବ୍ଦ ପରି
ଯେଉଁମାନେ ଭୁଲିଗଲେଣି ଆମକୁ ।

ମୋ ସ୍ୱର ଯଦି ନ ପହଂଚୁଛି ତୁମ ପାଖେ

ଆଫଜଲ୍ ଅହମ୍ମଦ ସୟେଦ

ମୋ ସ୍ୱର ଯଦି ନ ପହଂଚୁଛି ତୁମ ପାଖେ
ପୁରାତନ କାବ୍ୟରୁ କିଛି ପ୍ରତିଧ୍ୱନି ଆଣି ମିଶାଅ।

ତା' ସହ ଏକ ରାଜକୁମାରୀ।

ରାଜକୁମାରୀକୁ ତୁମର ରୂପ ଦିଅ।

ତୁମର ରୂପକୁ ପ୍ରେମିକାର ହୃଦୟ ଦିଅ।

ପ୍ରେମିକାର ହୃଦୟରେ ଝୁଲେଇଦିଅ ଏକ ତରବାରି।

■

ମୁହୂର୍ତ୍ତ

ଆଦାମ ଜାଗାଜେସ୍କି

ନିରୋଳା ମୁହୂର୍ତ୍ତ ଖୁବ୍ କମ୍।
ଅନ୍ଧାର ବହୁତ।
ମାଟି ଅପେକ୍ଷା ସମୁଦ୍ର ଅଧିକ
ଆକାର ଅପେକ୍ଷା ଛାଇ ଅଧିକ।

■

ତୀର

ମାରିନ ସୋରେସ୍କୁ

ଜଖ୍ମୀ ହୋଇ
ଜଙ୍ଗଲରେ କେଉଁଠି ନିଖୋଜ ହୋଇଯାଇଥାନ୍ତେ ସେ
ଯଦି ତୀରର ପିଛା କରି ନ ଥାନ୍ତେ।

ତୀରର ଅଧା ତାଙ୍କ ଛାତି ଭିତରୁ ବାହାରି
ତାଙ୍କୁ ଦେଖାଉଥିଲା ରାସ୍ତା।

ତୀର ତାଙ୍କର ପିଠି ଦେଇ ଶରୀରକୁ ବିଦ୍ଧ କରିଥିଲା
ତା'ର ରକ୍ତିମ ଅଗ୍ରଭାଗ
ଦିଗ ନିର୍ଣ୍ଣ କରୁଥିଲା ତାଙ୍କ ରାସ୍ତାର।

ଗଛମାନଙ୍କ ମଧ୍ୟ ଦେଇ
ତୀରର ରାସ୍ତା ଦେଖାଇବା
ଏକ ଆଶୀର୍ବାଦ ଯେମିତି !

ଏବେ ସେ ଜାଣନ୍ତି ଯେ
ବାକି ରାସ୍ତା ଖୋଜିବାରେ
ସେ ଆଉ ଭୁଲ କରିବେନି
ଓ ଅନ୍ତିମ ଲକ୍ଷ୍ୟରୁ
ଦୂରେଇ ନାହାନ୍ତି ସେ ଏବେ। ■

ସବୁ ସରିଲା ପରେ

ଆନ୍ ଷ୍ଟିଭେନ୍‌ସନ୍

ତୁମେ କେବଳ ଦେଲ
ଦେଇ ଚାଲିଲ
ଏବେ କହୁଛ ଯେ ତୁମେ ନିଃସ୍ୱ।

ମୁଁ କାଳେ ତୁମର କରଜଦାର
ତୁମେ କୁହ,
ମୋର ଆଉ କୌଣସି ରାସ୍ତା ନାହିଁ
ଋଣମୁକ୍ତ ହେବାର, ଦେବା ଛଡ଼ା।

ତୁମ ଦେହରେ ଏବେ ବି ତ ପଳେ
ମାଂସ ଥିବ, ଯାହା ତୁମର ?

ଦେଖ, ଏଠି ମୁଁ ସାଇତିଛି କ'ଣ ସବୁ।

ଢୋକେ ଲାଲ୍ ୱାଇନ୍, ଏ ତୁମର।
ମୋତେ ଶୁଣାଯାଉଥିବା ନିରୁତା ହସର ଶବ୍ଦ,
ଏ ବି ତୁମର।

ସିଗାରେଟ୍ ଧୂଆଁର ଅଧାଭଙ୍ଗା ବଳୟ
ଲୁଣି ପବନରେ ଦିକ୍‌ଦିକ୍ ଜଳି ଉଠୁଥିବା
ଲିଭନ୍ତା କୋଇଲା
ଜୋର୍‌ରେ ଆଖିପତା ପଡ଼ିଲା ପରି
ପବନରେ ବାରମ୍ବାର ପିଟି ହେଉଥିବା
ଝୁଲନ୍ତା ଚିଠିବାକ୍ସ, ସବୁ ତୁମର।

ଏ ସବୁ ପଠେଇବି ତୁମ ପାଖକୁ
ପଠେଇବି ଆଜି ପରି ଏକ ଆଦିମ ଦିନ
ଅସରା ଅସରା ମେଘ ସହ
କିଛି ଭୟଙ୍କର ତୋଫାନ।
ଅତ୍ୟନ୍ତ ବିଷାଦମୟ ଏ ଦିନ
ଖଣ୍ଡଖଣ୍ଡ କରି ଭାଙ୍ଗିବି ଏହାକୁ
ଯେମିତି ଜଳାଶୟ ଉପରେ
ନୂଆକରି ପଡ଼ିଥିବା ବରଫର ଆବରଣ
ତା'ପରେ, ଥର ଥର କରି
ଜମା କରିବି ତୁମ ଯନ୍ତ୍ରଣାର ଖାତାରେ।

ଇଏ ବରଫେଇ ଦେଉ ଆମ ଦୁହିଁଙ୍କୁ
ବାନ୍ଧିଦେଉ ଏକ ବଧିରା ସମୟ ସହ
ଯେଉଁଠି ଦେବା ଓ ଗ୍ରହଣ କରିବାର ଅର୍ଥ ଅଭିନ୍ନ
ଯେଉଁଠି ମାପଚୁପ ଓ ଆରୋପର ଭବିଷ୍ୟତ
ସରି ଯାଇଥିବ କେତୋଟି ତିକ୍ତ ମୁହୂର୍ତ୍ତରେ।
■

ରାତ୍ରିର ସାରସ

ସାମୁଏଲ୍ ପେରାଲଟା

ଆଜି ରାତିରେ ମୁଁ ଆଙ୍କିବି ପୁଣି ଥରେ
ରେଖାଙ୍କିତ କରାଯାଇଥିବା
ପେନ୍‌ସିଲ୍ ଚିତ୍ର ସାରସ ପକ୍ଷୀର
ଯେଉଁ ପ୍ରକାରେ ତା' ଗୋଡ଼ ଦୁଇଟି ଲୁଚି ରହିଥିଲା
ଡେଙ୍ଗା ଡେଙ୍ଗା ଘାସଙ୍କ ଛାଇ ପଛରେ
ସେମିତି ଲୁଚାଇ ପାରିନି ଚିତ୍ରରେ ।

ଆଙ୍କୁ ଆଙ୍କୁ ଯେଉଁଠି କମ୍ପିବ ମୋ ହାତ
ମତେ ଇସାରା ମିଳିଯିବ ଯେ
ଏଇ ଆସିବ ଦଲକାଏ ପବନ
ମତେ ଚମକେଇ ଦେଇ
ସାରସଟି ଆରମ୍ଭ କରିବ ଉଡ଼ିବାକୁ ।

ଯେଉଁଠି ମୋର ହାତ ସ୍ଥିର
ସେଠି ତା'ର ଲମ୍ବା ବେକ
ରହିଥିବ ତୋରଣ ପରି, ନୃତ୍ୟ ମୁଦ୍ରାରେ ।

ଏବେ ଏବେ ଘାସ ସବୁ
ନଇଁଗଲେ ପଛକୁ
ଯେତେବେଳେ ସାରସର
ଲମ୍ବାଲମ୍ବା ଗୋଡ଼
ବାହାରି ଆସିଲେ ବାହାରକୁ
ଓ ଖୋଲିଗଲା ଡେଣା,
ପାଣିରେ ସୃଷ୍ଟି ହେଲା
ତରଙ୍ଗ ପରେ ତରଙ୍ଗ ।

ହେ ଏକାକୀ ଓ ନିଶ୍ଚଳ ସାରସ,
ତୁ ଏକ ଜହ୍ନ
ଯାହାର ଦୁଇ ପାଖ ସବୁବେଳେ ଅନ୍ଧାର ।

ହେ ସାରସ,
ତୁ
ଛାତିତଳର ରହସ୍ୟ
ନଦୀର ସୂକ୍ଷ୍ମ ବାଲୁକା
ଚୁପ୍‌ଚୁପ୍ କଥା
ଅରଣ୍ୟରେ ଭାଙ୍ଗି ପଡୁଥିବା ଅଦୃଶ୍ୟ ବୃକ୍ଷ
ଏବଂ ଏ ଅନିଶ୍ଚିତ ମୁହୂର୍ତ୍ତ
ଯାହା କ୍ରମଶଃ ପାଲଟିଯାଏ ମୌନତାରେ...
ଛାୟା ଭିତରେ ଛାୟାଶୂନ୍ୟ
ପାଣି ଭିତରୁ ଉଠି ଆସୁଥିବା
ସ୍ୱପ୍ନଟିଏ ପରି ।

■

ତୁମ ସହ ସକାଳେ ଉଠିଲା ବେଳେ

କେଟ୍ ଟେମ୍ପେଷ୍ଟ

ତୁମେ ଅଳସ ଭାଙ୍ଗ।
ମୁଁ ତୁମର ଚିବୁକକୁ ଦେଖେ,
ତୁମର ଓଠରୁ ଆଖିପତା ଯାଏ
କେହିବି ଜାଣି ପାରନ୍ତିନି
ମୋ ଚେଇଁବାର କଥା।
ତୁମ ମୁହଁର କୋମଳ ତ୍ୱଚାରେ
ଧିରେ ଗପସପ କରୁଥାନ୍ତି
ଅସଜଡ଼ା ବେଡ୍‌ସିଟ୍‌ର
କିଛି ହାଲ୍‌କା ଲୋଚାମୋଚା ଦାଗ।
ତୁମ ଦେହର ଉଷ୍ମତା
ଗରମ ରଖେ ସାରା କୋଠରି।

ମୁଁ ଦେଖେ ତୁମକୁ ଫେରିବାର
ଯେଉଁଠିକୁ ଯାଇଥିଲ, ସେଉଠୁ।
ତୁମକୁ ଯେମିତି କିଏ
ଜୋର୍ କରି ଜାବୋଡ଼ି ଧରେ।
ତୁମର ଖୋଲା କାନ୍ଧ ଚମକୁ ଥାଏ,

ଭୋର ଆକାଶର ଲାଲିମାକୁ ଧରେ,
କିଛି କ୍ଷଣ ନିରବରେ ଧରିଲା ପରେ
ଧିରେ ଧିରେ ଛାଡ଼େ।
ତୁମର ଦୁଇ ଭ୍ରୂଲତା
ସ୍ୱପ୍ନମାନଙ୍କୁ ଦେଖି ଚାଲନ୍ତି
ଦୃଶ୍ୟ ପରେ ଦୃଶ୍ୟ।

ଲାଗେ, ତୁମେ ଯେମିତି ଏକ
ଗାତ ଭିତରକୁ ପଶିଯାଅ
ଓ ପର କ୍ଷଣରେ ହସି ହସି
ବାହାରି ଆସ, ମତେ ଜାକି ଧର,
ତୁମର ଭୋକିଲା ଓଠ
ଚୁମ୍ବନ ଖୋଜେ।
ଶାନ୍ତ ଓ ଧିର ଭାବେ
ତୁମେ ନିଜକୁ ମୋ ସାମ୍ନାରେ ମୁକୁଳାଅ
ତୁମର ଓଠ ମୋ ଓଠକୁ
ସୂତା ଛୁଂଚିକୁ ରାସ୍ତା ଦେଖାଇଲା ପରି
ରାସ୍ତା ଦେଖାଏ।

ବେଳେବେଳେ ମୁଁ
ଏ ଦୃଶ୍ୟର ଝଲକଟିଏ ଦେଖେ
ଓ ଆଶ୍ଚର୍ଯ୍ୟ ହୁଏ:
ମୁଁ ଏମିତି ତ ତୁମକୁ ଦେଖୁଥାଏ
କିନ୍ତୁ ଯେମିତି ଅନେକ ଦିନ ହେବ
ସତରେ ଦେଖି ନ ଥାଏ।

■

କ'ଣ ପାଇଲେ ଆମେ

ୱାର୍ସାନ ସାଇର

ଆମର ପୁରୁଷମାନେ ଆମର ନୁହନ୍ତି।
ଏମିତିକି ମୋ ବାପା ଦିନେ
ଅପରାହ୍ଣରେ ଚାଲିଗଲେ, ସେ ମୋର ନୁହଁ।

ମୋ ଭାଇ ଜେଲ୍‌ରେ ଅଛି, ସେ ବି ମୋର ନୁହଁ।
ମୋ ଦାଦା, ବଡ଼ବାପା- ସେମାନେ
ଘରକୁ ଫେରିଲା ପରେ ତାଙ୍କ କପାଳରେ
ଫୁଟାଗଲା ଗୁଳି, ସେମାନେ ମୋର ନୁହନ୍ତି।

ମୋ ସମ୍ପର୍କୀୟମାନେ, ଅତ୍ୟଧିକ ହେଉ
ବା ଦରକାରଠୁ କମ୍ ଥିବା ଯୋଗୁ ହେଉ,
ରାସ୍ତା ଉପରେ ସେମାନଙ୍କୁ ଭୁଷାଗଲା ଛୁରି-
ସେମାନେ ବି ମୋର ନୁହନ୍ତି।
ତା'ପରେ ଭଲ ପାଇବାକୁ ଚେଷ୍ଟା କରୁ,
ତାଙ୍କ ପାଇଁ ଆମେ ଅନେକ କ୍ଷତ ନେଇ ଚାଲୁ,
କଳା ପୋଷାକ ପିନ୍ଧୁ,

ତାଙ୍କର ପାଖେପାଖେ ରହିବା କଷ୍ଟ ଦିଏ,
ସେମାନଙ୍କୁ ଭଲ ପାଇବା ଗୋଟେ ଦୁଃଖ।
ସେମାନେ ଦିନେ ଚାଲିଯାଆନ୍ତି,
ଆମେ ମଧ୍ୟ ତାଙ୍କ ପାଇଁ ଶୋକ କରୁ।

ଆମେ କ'ଣ ଏଥିପାଇଁ ଜିଇଛେ ?
ଡାଇନିଙ୍ଗ୍ ଟେବୁଲ ପାଖେ ବସି
ଆଙ୍ଗୁଠିରେ ଗଣୁଥିବା,
କିଏ ଗଲେ, କିଏ ରହିଲେ,
କାହାକୁ ପୋଲିସ୍ ବାନ୍ଧି ନେଲା,
କିଏ ଖାଇଲା ଡ୍ରଗ୍,
କାହା ଦେହ ଖରାପ ହେଲା,
କିମ୍ବା କିଏ ଆଉ କେଉଁ ସ୍ତ୍ରୀ ସହ ପଳେଇଲା ?

ଏ କିଛି ବି ବୁଝା ପଡ଼େନା।
ତୁମ ଦେହର ରଙ୍ଗକୁ ଦେଖ
ଏ ପାଟି, ଏ ଓଠ, ସେ ଆଖି
ଶୁଣ ସେ ହସକୁ।

ଆମ ଜୀବନରେ ଯେଉଁ ଅନ୍ଧାରକୁ
ଆସିବାକୁ ଅନୁମତି ଦେବା-
କେବଳ ରାତିର ଅନ୍ଧାର,
ଏମିତିକି ତା' ପାଇଁ ବି ରହିଛି ଜହ୍ନ।

କହିବାର ଢଙ୍ଗ

ଆର୍ଚି ରାଣ୍ଡଲଫ ଆମନସ

ମୁଁ ଜାଣେ
ଦିନେ ପ୍ରଚୁର ବର୍ଷା ହେବ
ଯାହାଠୁ ମୁଁ ଲୋଡ଼ିବିନି ଆଶ୍ରୟ
ହାଡ଼ଭଙ୍ଗା ଶୀତକୁ ରୋକିବା ପାଇଁ
ମୁଁ ଖୋଜିବିନି ଚାରିକାନ୍ଥ:
ଯେତେବେଳେ ଭୂଇଁ ଭିତରୁ
ହୁତହୁତ ହୋଇ ଉଠିବ ଲେଲିହାନ ଶିଖା
ମୁଁ ଚାହିଁବିନି କାହାର ଆନ୍ତରିକତାର ଉଷ୍ମତା:
ପ୍ରିୟତମା ! ମୁଁ ଜାଣେ
ତୁମ ଜୀବନରୁ ଅନେକ ସମୟ ଦେଇଛ ମତେ
ଯେତେବେଳେ ତୁମେ ମୋର ନିକଟତର ହେବ
ମୁଁ ଅନୁଭବ କରିବିନି
ତୁମର ଉପସ୍ଥିତି:
ଯେହେତୁ ମୁଁ ଜାଣେନା କହିବାର ଢଙ୍ଗ,
ମୁଁ କହିବିନି କିଛି ।

■

ଟିକେଟ

ଆନ ପୋର୍ଟର

ମୋ ଖଟପାଖ ସାଇଡ୍ ଟେବୁଲ୍ ଉପରେ
ମୁଁ ରଖିଛି ଗୋଟେ ଛୋଟ ନୀଳରଙ୍ଗର ଟିକେଟ।

ତାକୁ ଦିନେ ପାଇଲି ମୋ ପକେଟ୍-ବୁକ୍ ଭିତରୁ
ସେଠିକି ସେ କେମିତି ଗଲା, ଜାଣେନା ମୁଁ।

ମୁଁ ଏ କଥା ମଧ୍ୟ ଜାଣେନା
କୋଉଥିପାଇଁ ଏ ଟିକେଟ

ଟିକେଟର ଗୋଟେ ପାଖେ ଛପାହୋଇଛି
ଏ ସଂଖ୍ୟା: ୯୮୮୩୩
ଏବଂ 'ଇଣ୍ଡିଆନା ଟିକେଟ କମ୍ପାନି'

ଆର ପାଖରେ କେବଳ ଏଇ ଧାଡ଼ିଟି
'ଟିକେଟଟି ପାଖରେ ରଖନ୍ତୁ'।

ମୁଁ ଟିକେଟକୁ ଯତ୍ନରେ ରଖିଛି, ଯେହେତୁ ମୁଁ ବୃଦ୍ଧା।
ଯାହାର ଅର୍ଥ- ଖୁବ୍ ଶୀଘ୍ର ମତେ
ବିଦାୟ ନେବାକୁ ହେବ ଅନ୍ୟ ଏକ ଦେଶ ପାଇଁ

ସମ୍ଭବତଃ ଯେଉଁଠି
ଆଖି ଝଲସିଯାଉଥିବା କେଇ ଜଣ ଦେବଦୂତ
ମୋତେ ରୋକିବେ ସୀମା ପାଖରେ
ଏବଂ ଦେଖାଇବାକୁ କହିବେ ଟିକେଟ।
◼

ସତେ ଯେମିତି ବାହାରିଛି ମାଟିରୁ

ଆନ୍ନା ରୋଜ ଓ୍ୱେଲ୍‌ଚ

ମୁଁ ଜାଣେନା ମୋ ଛାତିର କେଉଁ ପଞ୍ଜରା ହାଡ଼ରୁ
ମୁଁ ଗଢ଼ିଲି ମୋର ପ୍ରଥମ ପୁରୁଷ।
ତା'ପାଇଁ, ମୁଁ ଢାଙ୍କିଲି ମଣିବନ୍ଧ ଓ ତଳିପାକୁ
ପାଟକନାରେ, ଇତସ୍ତତଃ ପଡ଼ିଥିବା
ଉଚ୍ଛୃଙ୍ଖଳ କେଶରାଶିକୁ ବାନ୍ଧିଦେଲି ପଛକୁ।

ବଧୂମାନଙ୍କ ପରି ମୁଁ ବି ପିନ୍ଧିଲି
ମୋତିର ଗହଣା, ପୁରୁଷମାନେ ସେଓକୁ
ଜୋର୍‌କରି ଭିତରୁ କାମୁଡ଼ିଲା ପରି
ସେ କାମୁଡ଼ି ଧରିଲା ମୋ ବେକକୁ।

ଖୁବ୍ ସହଜ ଡରିଯିବା ଓ ଛାଡ଼ି ପଳେଇବା
ଶତାବ୍ଦୀ ଶତାବ୍ଦୀ ଧରି କୁହାଯାଉଥିବା
ଗଳ୍ପର ନାୟିକା ହେବା।
ଭୂଇଁରେ ଜୋର୍ କରି ଏ ଯାଏ ପାଦ ଥାପିନି
ନାରୀଙ୍କୁ ନେଇ କୁହାଯାଇଥିବା ଗଳ୍ପ।

ଚାରଣି ପରି ଗଣିଚି ମୁଁ ମୋର ପାପମାନଙ୍କୁ।
ବୁଝିଚି ମୋର ମୂଲ୍ୟ, ବାଇବେଲ୍‌ର ଅନେକ
ପଂକ୍ତିରେ ହାଜିର ହୋଇଛି ମୁଁ, ଶିକ୍ଷା ଛଳରେ।

ପ୍ରଥମ ଥର ପାଇଁ ଜଳ ବଂଚେଇଛି ପୃଥିବୀକୁ
ପଶୁମାନେ ରଡ଼ିଛାଡ଼ି କାନ୍ଦୁଛନ୍ତି
ସତେ ଯେମିତି ସୈତାନ ଆସିଛି ରଶି ଧରି
ବାନ୍ଧିବାକୁ ସେମାନଙ୍କ ବେକ।

ଏମିତିକି ଆମର ସ୍ୱର ବି ଆମର ନୁହେଁ।
ମୁଁ ଗୋଟେ ପୁରୁଷ ତିଆରି କଲି
ମୋ ଛାତିର କୋଳାହଳରେ,
ସେ କେବେ ମୋର ନୁହେଁ।

ଯଦି ଚାହଁ, କହିପାର ମୋର କାହାଣୀକୁ ମନଗଢ଼ା।
କିନ୍ତୁ ସୃଷ୍ଟିର ପ୍ରକୃତ ଶିକ୍ଷା ହେଲା- ଆମେ ଜାଣିଜାଣି ଗଢ଼ିଥାଉ
ତାକୁ ଯେ ଆମ ଉପରେ ଜାହିର କରେ ପ୍ରଭୁତ୍ୱ।

ମୁଁ ଜାଣିଛି ଯେ ତା'ର ହାତ- ଯାହା ମୁଁ ଦେଇଛି ତାକୁ-
ମତେ ଗଢ଼ି ପାରନ୍ତା ସୁନ୍ଦର କରି।
ଏ ଏକ ପ୍ରକାରର ବିଶ୍ୱାସ ଯାହା।

ଯାହା ସବୁ ଭାଙ୍ଗୁଥାଏ

ଡୋରିଆନ ଲକ୍ସ

ସିଲଟ ରଙ୍ଗର ଆକାଶ। ବାରିପଟ ପୋର୍ଚର ମଝି ପାହାଚ।
ଏବଂ ଅନେକ ଦିନ ତଳେ ଉତ୍ତର ଦକ୍ଷିଣ ହୋଇ ଦୋହଲୁଥିବା

ମୋତିର ଦାନାରେ ତିଆରି ମା'ର ବେକମାଳି। ଭାଙ୍ଗୁଥାଏ
ଗୋଲାପ ଗଛର ଡାଳ, ଭାଙ୍ଗିଭାଙ୍ଗି ପାଣି ହୋଇଯାଏ ବୁନ୍ଦା,

ଶୋଇବାଘର କବାଟରେ କାଚର କୁଣ୍ଡି। ଗଲା ଗ୍ରୀଷ୍ମରେ ଲାଗିଥିବା
ଧନିଆ ଓ ପୋଦିନାର ମାଟିକୁଣ୍ଡ, ଫାଟ ଦେଇ ବାହାରିଆସେ ଧଳା ଚେର।

ଅନେକ ବର୍ଷ ତଳେ ବିଲେଇ ଲାଞ୍ଜ, ପକ୍ଷୀଙ୍କ ପାଣି ଖେଳ, କାର ଛାତରେ
ଜଙ୍କ ଖାଇଥିବା ପେଚକଣ୍ଟା। ଜନ୍ମ ସମୟରେ ଭାଙ୍ଗି ଯାଇଥିବା ମୋର

ଡାହାଣ ହାତ କାଣି ଆଙ୍ଗୁଠି- ଜଲ୍‌ଦି ଟଣା ଯାଇଥିଲା ମତେ ମା' ପେଟରୁ।
ଏମିତି କ'ଣ ନାହିଁ ଯାହା ଭାଙ୍ଗିନି, ଭାଗଭାଗ ହେଇନି ? ଦିନ ଭାଙ୍ଗୁଥାଏ

ରାତିରେ, ରାତିର ଆକାଶ ଭାଙ୍ଗିଯାଏ କୁନିକୁନି ତାରାରେ, ଏବଂ ତାରାଙ୍କୁ ନେଇ
ମୁଁ ରେଖାଙ୍କିତ କରୁଥାଏ ଓ ଗଢୁଥାଏ ଭିନ୍ନଭିନ୍ନ ଆକାର, ଭଙ୍ଗା ଘାସପତ୍ରରେ।

ଯେତେବେଳେ ମୁଁ ଆକାଶକୁ ଚାହିଁ ଲନ୍‌ରେ ଲୋଟି ରହିଥାଏ ଅନ୍ଧାରରେ,
ମୋ ହୃଦୟ ନୀଳରଙ୍ଗର ଗୋଟେ କପ ଯାହା କାହାର ହାତରୁ ବାରମ୍ବାର ପଡୁଥାଏ।

ସିଙ୍ଗ ଥାଇ ଝିଅଟିଏ

ଏନ୍ନେଲ ଏଲକିନସ୍

ମା' ଗର୍ଭକୁ ନିଜ ହାତରେ ଚିରି ବାହାରି ଆସିଲି ମୁଁ। ଆଉ କିଛି ରାସ୍ତା ନ ଥିଲା ପୃଥିବୀରେ ପାଦ ରଖିବାର, ଏହା ବ୍ୟତୀତ। ଭୟଗ୍ରସ୍ତ ଧାଇ ନାଁ ମୋର ରଖିଲା 'ରାକ୍ଷସୀ' ଏବଂ ମତେ ନେଇ ଛାଡ଼ି ଆସିଲା ପାଇନ୍ ବଣରେ, ଜହ୍ନ ସହିତ। ଗଛଡାଳରେ ଥୁଆ ହୋଇଥିବା ମୋ ମୁଣ୍ଡରୁ ଥପଥପ୍ ଯେଉଁ ରକ୍ତ ଝରୁଥିଲା, ତା' ମୋ ମା'ର। ସ୍ୱପ୍ନରେ ମା' ମୋ ପାଖକୁ ଆସିଲା ଏବଂ କହିଲା, ମତେ ଯଦି ବଂଚିବାକୁ ଅଛି ତେବେ ନିଜର ନିର୍ଜନତାରେ ହିଁ ଖୋଜିବାକୁ ହେବ ସୁଖ। ଯେତେବେଳେ ଭାଙ୍ଗିଲା ନିଦ, ମୁଁ ନିଜକୁ ପାଇଲି ନିର୍ଜନତାର ଶୋକଗ୍ରସ୍ତ ଅରଣ୍ୟରେ।

ସ୍ତ୍ରୀଲୋକଟିଏ ମତେ ପାଇ ସାଥିରେ ନେଲା ପରିତ୍ୟକ୍ତ କଚ୍ଚା ରାସ୍ତାଟି ସରିଯାଇଥିବା ପାହାଡ଼ ଶୀର୍ଷରେ ତା'ର ଘରକୁ। ଶୀତ ସନ୍ଧ୍ୟାର ସେଇ ଲମ୍ବା ମୁହୂର୍ତ୍ତମାନଙ୍କୁ କାଟିଲୁ ନିଆଁ ପାଖରେ, ମୁଁ ବସିଲି ଚୁଲ୍ହାଧାରରେ, ସେ ଛିଡ଼ା ହୋଇ ଉଚ୍ଚ ସ୍ୱରରେ ଶୁଣାଇଲା ଗ୍ରୀକ୍ ପୁରାଣରୁ କାହାଣୀ, ମୋ ପଛରୁ ଆସୁଥିଲା କାଠଚୁଲ୍ହାର କର୍କଶ ଶବ୍ଦ। ବେଳେବେଳେ ସେ ଚୁପ୍ ହୋଇଯାଉଥିଲା ଦେଖିବାକୁ କାନ୍ଥ ଉପରେ ପଡ଼ିଥିବା ମୋ ସିଙ୍ଗର ଛାଇ। ସେ ଛାଇ ସାରାଘରେ ନାଚୁଥାଏ ପବନରେ ଦୋହଲୁଥିବା ପାଇନ ଡାଳ ପରି।

ସ୍ତ୍ରୀ ଲୋକଟି ବ୍ୟସ୍ତ ହୋଇ ପଡ଼େ ଯେବେ ମୁଁ ପିନ୍ଧେନା କିଛି। ଖୋଲା ଦେହରେ ମୁଁ ବୁଲୁଥାଏ ସାରା ଜଙ୍ଗଲ। ଗ୍ରୀଷ୍ମ ଦ୍ୱିପହରରେ ଯେତେବେଳେ ମୁଁ ପଢ଼ି ବସେ, ମୋ ମୁଣ୍ଡ ଉପରେ ସେ ଟାଙ୍ଗିଦିଏ ଓଦା ଲୁଗା। ସେ ବ୍ୟସ୍ତ ହୋଇଉଠେ ଯେତେବେଳେ ଖରାରୁ ସିଙ୍ଗକୁ ବଂଚେଇବା ପାଇଁ କୌଣସି ଯତ୍ନ କରେନା ମୁଁ, ଯେମିତି କରନ୍ତି ସଫେଦ ଲାଞ୍ଜଥିବା ହରିଣ। କିନ୍ତୁ ମୁଁ ତ ସଫେଦ ଲାଞ୍ଜଥିବା ହରିଣ ନୁହେଁ- ମୁଁ କହେ।

ପନ୍ଦରତମ ଗ୍ରୀଷ୍ମଋତୁରେ ଯେବେ ମୁଁ ନାରୀ ହେଲି, ମୁଁ ହଠାତ ନିଜକୁ ବଦଳିଯିବାର ଦେଖିଲି ଦର୍ପଣରେ। ମୋ ମଥାରେ ଥିବା ଅନେକ ଦାନ୍ତ ବିଶିଷ୍ଟ ମୁକୁଟ ହୋଇ ଉଠିଥିଲା ଉଗ୍ର ଏବଂ ମୋ ଆଖିକୁ ଦେଖାଗଲା ଭବ୍ୟ ଓ ଉଜ୍ଜ୍ୱଳ।

ସ୍ତ୍ରୀଲୋକଟି ମତେ ଦେଖି ଖୁସିହେଲା ଖୁବ୍ ଏବଂ କହିଲା- "ତୁ କ'ଣ ମୁଁ ଜାଣେନା, ପ୍ରକୃତି ଗଢ଼ିଚି ତତେ। ତୁ କିନ୍ତୁ ଖୁବ୍ ସୁନ୍ଦର।"

■

ସ୍ମାରକ

ଏଜରା ପାଉଣ୍ଡ

ଟୁ ଫୁ

ଟୁ ଫୁ ଭଲ ପାଉଥିଲେ ପାହାଡ଼
ଓ ଆକାଶର ମେଘଖଣ୍ଡକୁ ।
ହାୟ ! ମଦିରାରେ ମୃତ୍ୟୁ ହେଲା ତାଙ୍କର ।

ଲି ପୋ

ଲି ପୋ ମଧ୍ୟ ମୃତ୍ୟୁକୁ ଭେଟିଲେ
ମଦ୍ୟପାନ ସମୟରେ
ଚେଷ୍ଟା କରୁ କରୁ ଆଲିଙ୍ଗନ କରିବାକୁ ଜହ୍ନକୁ
ହ୍ୱାଙ୍ଗ୍ ହେ ନଦୀରେ ।

■

ମୁଁ କାହିଁକି ନୁହେଁ ଚିତ୍ରକର

ଫ୍ରାଙ୍କ ଓ'ହାରା

ମୁଁ ଚିତ୍ରକର ନୁହେଁ, କବି।
କାହିଁକି ?
ମୁଁ ଦିନେ ଭାବୁଥିଲି ଚିତ୍ରକର ହେବାକୁ,
ହେଇପାରିଲିନି।

ଆଚ୍ଛା, ଧରନ୍ତୁ, ମାଇକ୍ ଗୋଲ୍ଡବର୍ଗ ଚିତ୍ରଟିଏ
ଆରମ୍ଭ କଲେ। ମୁଁ ପହଂଚିଗଲି ହଠାତ୍।
"ବସ ଏବଂ କିଛି ପିଅ" ସେ କହିଲେ।
ମୁଁ ବସିଲି ହାତରେ ପାନୀୟ ଧରି।
ଆମେ ପିଇଲୁ ସାଥି ହୋଇ।
ମୁଁ ଚାହିଁଲି ଚିତ୍ର ଆଡ଼କୁ।
"ଲାଗୁଛି, ମଣି ମାଣିକ୍ୟକୁ ନେଇ କିଛି ଚିତ୍ର"- କହିଲି ମୁଁ।
"ହଁ, ସେମିତି କିଛି"- ସେ କହିଲେ।
"ଓଃ"- କହି ବାହାରିଗଲି ମୁଁ।
ଏବଂ ଆଗକୁ ବଢ଼ିଚାଲିଲା ଦିନ।

ସନ୍ଧ୍ୟା ବେଳକୁ ପୁଣି ଥରେ ପହଂଚିଲି ମାଇକ୍‌ଙ୍କ ପାଖରେ।
ସରିଯାଇଥିଲା ଚିତ୍ରଅଙ୍କା।
"ମଣି ମାଣିକ୍ୟ କାହିଁ ଚିତ୍ରରେ?"- ପଚାରିଲି ମୁଁ।
କେବଳ ଚିତ୍ରରେ ଥିଲା କେତୋଟି ଅକ୍ଷର।
"ଓଃ, ତୁମେ ବି!"- କହିଲେ ମାଇକ୍।

ମୁଁ?
ଦିନେ ମୁଁ ଭାବୁଥିଲି ଗୋଟେ ରଙ୍ଗ କଥା। କମଳା ରଙ୍ଗ।
କମଳା ରଙ୍ଗକୁ ନେଇ ଲେଖିଲି ଧାଡ଼ିଟିଏ।
ଜଲ୍‌ଦି ପୂରା ପୃଷ୍ଠାଏ ଶବ୍ଦ, ଧାଡ଼ି ନୁହେଁ।
ପୁଣି ଆଉ ଗୋଟେ ପୃଷ୍ଠା।
ଅନେକ ପୃଷ୍ଠା ଲେଖିଲି କମଳା ରଙ୍ଗକୁ ନେଇ,
କେମିତି ଭୟଙ୍କର କମଳା ରଙ୍ଗ, କେମିତି ଭୟଙ୍କର ଜୀବନ।
ଯା' ଭିତରେ ବିତିଗଲା କିଛି ଦିନ।
ଅନେକ ଗଦ୍ୟ ବି ଲେଖାଗଲା। ମୁଁ କିନ୍ତୁ ପ୍ରକୃତରେ କବି।
ମୋ କବିତା ଲେଖା ସରିଲା ଅଥଚ
"କମଳା ରଙ୍ଗ" ଶବ୍ଦକୁ ବ୍ୟବହାର କରାଯାଇନି ଏଯାଏଁ।
ଲେଖୁଲେଖୁ ବାରଟି କବିତା ଲେଖିହୋଇଗଲା
କମଳା ରଙ୍ଗକୁ ନେଇ।
ମୁଁ କବିତାଗୁଚ୍ଛର ନାଁ ରଖିଲି 'କମଳା ରଙ୍ଗ'।

ଏବଂ ଦିନେ ଗୋଟେ ଆର୍ଟ ଗ୍ୟାଲେରିରେ
ଦେଖିଲି ମାଇକ୍‌ଙ୍କ ଚିତ୍ର ପ୍ରଦର୍ଶନୀ।
ନାଁ ଥିଲା "ମଣି ମାଣିକ୍ୟ"।
■

ସ୍ୟାଡିଷ୍ଟର ଶୋକ ଗୀତ

ଜେଫ୍ରି ବିନ

ତୁମେ ତୁମର ବ୍ଲାଉଜ୍ ଚଉଡାଅ ରାତିରେ
ମୁଁ ଦେଖିପାରେ କେବଳ ତୁମର ହାତ।
ବିଛଣାରେ ପଡ଼ିଥିବା ଚାଦର ସଜାଡ଼ ରାତିରେ
ମୁଁ ଦେଖିପାରେ କେବଳ ତୁମର ହାତ।
ଦ୍ୱିପହରରେ ଯେତେବେଳେ ତୁମ ଝର୍କା ଉପରେ
ସୂର୍ଯ୍ୟ ନ ଥାଏ, ଝର୍କା ଦେଖୁଥାଏ ମତେ।
ପଢ଼ା ଟେବୁଲ ପାଖେ ଛିଡ଼ା ହୋଇ
ମୁଁ ଦେଖେ ତୁମକୁ
ସ୍ୱାମୀଙ୍କ ସହ ଯୁକ୍ତି କରୁଥିବାର।
ଅନେକ ସମୟ ଛିଡ଼ା ହୋଇ ଥକିଯାଏ ମୁଁ
ଟେବୁଲ ଉପରେ ମୁଣ୍ଡ ରଖି ଦେଖୁଥାଏ ତୁମକୁ
ଯୁକ୍ତି ସରେନା ତୁମର, ସେ ଲୋକ ସହ।
ତୁମେ ଯଦି ସେ ଲୋକକୁ ଛାଡ଼ିବାକୁ ଚାହଁ
ମୋ ପାଖେ ଦୁଇଟି ଟିକେଟ ଅଛି, ଜାପାନ।
ତୁମ ଘର ସାମ୍ନା ମ୍ୟାପ୍‌ଲ ଗଛ ଉପରେ
ବେଳେବେଳେ ମୁଁ ଚଢ଼େ
ଓ ଉପରୁ ଦେଖେ ତୁମକୁ।

ବେଳେବେଳେ ମ୍ୟାପଲ ଗଛ ମଝିରେ ରହି
ତୁମକୁ ତଳେ ଦେଖେ।
ମୁଁ ତୁମକୁ ଦେଖୁଥିବି
ଯେ ପର୍ଯ୍ୟନ୍ତ ମୁଁ ଦେଖାଯାଇନି ଗଛର ବଲ୍କଳ ପରି
ଓ ଗୁଣ୍ଡୁଚିମୂଷା ବାନ୍ଧିନାହାନ୍ତି ବସା ମୋ ମୁଣ୍ଡ ଉପରେ।
ତୁମ ଅଗଣାରେ ଯେଉଁ ବ୍ଲାକ୍‌ବେରି ଗଛ- ଖୁବ୍ ଫଳିଛି
ମୁଁ ଦିନେ ରାତିରେ ଆସିବି ଚୁପ୍‌ଚାପ୍
ଓ ଖାଇଯିବି ସମସ୍ତ ବ୍ଲାକ୍‌ବେରି।
ଯେବେ ମୋ ପାଟି ହେବ ନୀଳବର୍ଣ୍ଣ
ମୁଁ କଥା ହେବି ତୁମ ସହିତ
ଯେମିତି ପ୍ରାର୍ଥନା କରାଯାଏ ଈଶ୍ୱରଙ୍କୁ।
ମୁଁ ହୁଏତ ତୁମ ବିଷୟରେ ପଢ଼ିଛି
ପୁସ୍ତକ କି ପ୍ରେତକୁ ନେଇ ଲେଖା ହୋଇଥିବା କବିତାରେ
ତୁମେ ପ୍ରଥମେ ଗ୍ରାସକର ତୁମର ଝର୍କାକୁ
ପରେ ମୋ ମୁଣ୍ଡ-
ଲାଗିଥାଅ ଯେମିତି ଘାସପତ୍ରରେ କାକର।
ମୁଁ ତୁମକୁ ଦେଖୁଥାଏ ସାଇଡ୍‌ୱାକ୍‌ରେ
ହସିହସି ଫୋନ୍‌ରେ ଗପିବାର
ଫୋନ୍‌ରେ ଗପିଗପି ମୁଣ୍ଡ ହଲେଇବାର
ଯିଏ ବି ଥାଉ ଆରପାଖେ- ସେ ହିଁ
କାରଣ ମୋ ନିଃସଙ୍ଗତାର।
ଏବେ ନଅଟା, ବାହାରେ ବର୍ଷୁଛି,
କିନ୍ତୁ ସୂର୍ଯ୍ୟାଲୋକ ପଡ଼ିଛି ପତ୍ରରେ
ଆଜି ରାତିରେ ମୁଁ ରହିବି ତୁମ ଦ୍ୱାରେ
ଯେମିତି ମେଘ ଲାଖିରହିଥାଏ ଗଛରେ।

■

ମୃତଲୋକଙ୍କ କେଶ ପ୍ରସାଧିକା

ଜେସି ମିଲନର

ଯେଉଁ ସ୍ତ୍ରୀଲୋକଟି ମୋ ପତ୍ନୀଙ୍କ କେଶ ଧୁଅନ୍ତି
ସେ କୁହନ୍ତି ଯେ ସେ ଜଣେ
ଅନ୍ତ୍ୟେଷ୍ଟି କାର୍ଯ୍ୟବାହକଙ୍କ ସହକାରୀ
ଏବେ ବେପାର ବହୁତ ମାନ୍ଦା
ସେଥିପାଇଁ ସେ ୱିକ୍‌ଏଣ୍ଡ୍‌ରେ
ପାର୍ଟ ଟାଇମ୍ କାମ କରନ୍ତି ବିଉଟି ପାର୍ଲରରେ,
ଅନ୍ୟ ଦିନମାନଙ୍କରେ
ମୃତ ବ୍ୟକ୍ତିଙ୍କୁ ସଜାନ୍ତି ଅନ୍ତିମ ଚିତା ପାଇଁ।

ଆଜିକାଲି କେବଳ ବୃଦ୍ଧ ଓ ମେକ୍ସିକାନ୍ ମାନେ ହିଁ
ମରୁଛନ୍ତି ଯାହା- ସେ କୁହନ୍ତି।
ଆଶ୍ଚର୍ଯ୍ୟ କଥା ଯେ ମୃତଲୋକଙ୍କ
କେଶ ଧୋଇଲା ବେଳେ, ସେମାନଙ୍କ କାନ ହଲେ।
ବେପାର ଏଥିପାଇଁ ମାନ୍ଦା ଯେ
ଅଧିକାଂଶ ଲୋକ ଶବଦାହ ପାଇଁ
ଶ୍ମଶାନର ନିଆଁ ଚାହୁଁଛନ୍ତି, ଫ୍ୟୁନେରାଲ୍ ହୋମ୍‌ର
ଧୀର ବିଘଟନ ପ୍ରକ୍ରିୟା ଅପେକ୍ଷା।

ମେକ୍ସିକାନ୍ ମୃତ ଲୋକ ସଫେଦ ବସ୍ତ୍ରରେ ସୁନ୍ଦର ଦିଶନ୍ତି,
ପିଲାମାନେ ତ ଜୀବନ୍ତ ଲାଗନ୍ତି
ଲାଗେ ଯେମିତି କଫିନ ଭିତରୁ ଉଠିଆସିବେ- ସେ କୁହନ୍ତି ।
ଥରେ ସେ ଗୋଟେ୍ ପାଂଚ ବର୍ଷର ଝିଅର ଖପୁରି
ଉଠାଇ ଆଣିଥିଲେ ଭୁଲରେ,
ଯୋଡ଼ିଦେଲେ କେହି ଦେଖିବା ଆଗରୁ ।
ମୃତଲୋକଙ୍କୁ ବି ଉଚିତ ସମ୍ମାନ ମିଳିବା କଥା-
ସେ ମୋ ପତ୍ନୀଙ୍କୁ କୁହନ୍ତି ।

ତାଙ୍କର କଥା ସବୁ ଗପ ପରି କୁହନ୍ତି ମୋତେ ମୋ ପତ୍ନୀ ।
ମୁଁ କଳ୍ପନା କରେ
ସେ ସୁନ୍ଦର ମୃତ ମେକ୍ସିକାନ୍‌ମାନଙ୍କୁ
ଶୁଦ୍ଧ ସଫେଦ ପୋଷାକରେ
ନାଚୁଥାନ୍ତି ସ୍ୱର୍ଗରେ
ପୁଣି ଦେଖେ
ମୃତ ଲୋକମାନେ ଉପରକୁ ଧିରେ ଧିରେ
ଉଠନ୍ତି କଫିନ ଭିତରୁ, ଉଜ୍ଜ୍ୱଳ ପୋଷାକ ପିନ୍ଧି
ତାଙ୍କର ଖୋଲା ପାଦ ଘଷୁଥାନ୍ତି ବାଦଲରେ
ଯାହାକୁ କୁହାଯାଏ ସ୍ୱର୍ଗର ନୃତ୍ୟମଣ୍ଡପ
ତା'ପରେ ମୁଁ ଦେଖେ
ମାରିଆଚି ବ୍ୟାଣ୍ଡ୍ ଆସେ
ଭାଓଲିନ ଓ ଗିଟାର ସହ
ସ୍ୱର୍ଗଦୂତ ପାଛୋଟି ନିଅନ୍ତି ରାଜପ୍ରାସାଦକୁ
ଯେଉଁଠି ପ୍ରତ୍ୟେକ ପାରିଷଦ ପିନ୍ଧିଥାନ୍ତି
କଳା କି ବାଦାମି କି ମଝିଆମଝି ରଙ୍ଗର ପୋଷାକ
ସ୍ୱର୍ଗଦୂତମାନଙ୍କ କେଶ ବାସୁଥାଏ ଭୁରୁଭୁରୁ
ଓ କରୁଥାଏ ଚକ୍‌ଚକ୍
ତାରାପୁଞ୍ଜଙ୍କ ଆଲୋକ ପ୍ରବାହରେ । ■

ଭଗ୍ନାବଶେଷରେ ପ୍ରେମ

ଜିମ୍ ମୁର

॥୧॥

ମୋର ମନେ ଅଛି
ରାତ୍ରଭୋଜନ ପରେ
ମା' ବଡ଼ ଯତ୍ନରେ
ଟେବୁଲ କ୍ଲଥ୍ ଚଉତିବାର,
ଯେମିତି ତାହା କେଉଁ
ଅସ୍ତିତ୍ୱ ବିହୀନ ଦେଶର ପତାକା
ଯିଏ ଦିନେ ସାରା ବିଶ୍ୱରେ ରାଜତ୍ୱ କରୁଥିଲା ।

॥୨॥

ସକାଳ ସାତ ଏବଂ
ଲୋକଟି ଖାଲି ପାଦରେ
ତା'ର ପ୍ରେମିକା ଘରୁ ବାହାରି
ସାମ୍ନା ଗଳିରେ ଥିବା
ନିଜ ଘରଆଡ଼କୁ ଗଲା ।
କାଲି ଫୁଟିଥିବା ଛୋଟ
ଡାଫୋଡିଲ୍ ଫୁଲଟି ତୋଳୁତୋଳୁ
ମୁଁ ତାକୁ ଅଭିବାଦନ କଲି ।

।।୩।।
ହେଲିକପ୍ଟର ମୁଣ୍ଡ ଉପରେ ଉଡ଼ିଲାବେଳେ
ସେଇ ପୁରୁଣା ଯୁଦ୍ଧ କଥା
ମନେ ପକାଇଦିଏ, ଯେଉଁଥିରେ
ଜଣେ ବନ୍ଧୁଙ୍କର ମୃତ୍ୟୁ ହୋଇଥିଲା
ଜଣେ ବନ୍ଧୁ ପାଗଳ ହୋଇଥିଲେ
ଓ ଜଣେ ବନ୍ଧୁ ଖୁସିରେ ଫେରି ଆସିଥିଲେ
ନିଜର ଅଦରକାରୀ ଆଙ୍ଗୁଠିକୁ ହଜେଇ ।

।।୪।।
ଆଜି ପାଂଚୋଟି କବିତା ଲେଖିବା ପାଇଁ
ମୁଁ ହେଲି ବଚନବଦ୍ଧ ।
ତଳକୁ ଦେଖିଲି, କାଉଟିଏ ପଂଚମ ଆଭେନ୍ୟୁରେ
ବହଳ ବରଫ ଭିତରୁ
ଧିରେଧିରେ ଉପରକୁ ଉଠୁଛି
ସତେ ଯେମିତି
ଗୋଟିଏ ଅଦୃଶ୍ୟ ସୂତାରେ
ମୁଁ ତାକୁ ଟାଣୁଛି ।
ଆଉ ଗୋଟିଏ କବିତା
ବାକିଅଛି ଲେଖିବାକୁ ।
■

ନା

ଜୟ ହାର୍ଜୋ

ମୋ ପଛରେ ସରକାରୀ ବନ୍ଧୁକ ଝୁଲେଇ
ତୁମେ ମୋ ଦେହରେ ଯେଉଁ କମ୍ପନ ଦେଖିଲ
ତା' ଥିଲା ବୀରତାର ପ୍ରତୀକ।
ମୁଁ ଅତ୍ୟନ୍ତ ଦୁଃଖିତ ଯେ
ମୁଁ ଦେଇ ପାରିଲିନି
ତୁମ ଯୋଗ୍ୟ ଅଭିବାଦନ,
ହେ ମୋର ସମ୍ପର୍କୀୟ।

ସେ ସବୁ ନ ଥିଲା ମୋର ଲୁହ।
ମୋ ଭିତରେ ତ ଅସରନ୍ତି ଲୁହର ସମୁଦ୍ର।
ମୋ ପୁଅ, ମୋ ଝିଅ- ଏମାନେ ବୁହାଇଦେବେ ନଦୀ
ଯଦି ମୁଁ ଶିଖି ନ ପାରିଲି
ଲୁହକୁ କେମିତି କରାଯାଏ ପଥର।

ମୁଁ ଛିଡ଼ା ହୋଇଛି ବାରିକବାଟ ପାଖରେ,
ପଡ଼ୋଶୀଙ୍କ ପାଇଁ ସତେଜ ମକା ଓ ରୁଟି ଧରି।

ମୁଁ ଅନ୍ଦାଜ କରି ନ ଥିଲି ବହିଯିବ ରକ୍ତର ବନ୍ୟା।
କେମିତି ସେମାନେ ଭୁଲିଥାନ୍ତେ ଆମର ବନ୍ଧୁତା,
ଫେରି ଆସିଥାନ୍ତେ ମାରିବାକୁ ଛୋଟ ଛୋଟ ପିଲାଙ୍କୁ
ଓ ମୋତେ।

ମୁଁ ହିଁ ଘୂରୁଥିଲି ନୃତ୍ୟମଂଚ ଉପରେ।
ଆମେ ଖୁବ୍ ପ୍ରସନ୍ନ ଥିଲୁ, ଝୁମୁଥିଲୁ ମିଳିମିଶି।
ସେଇ ଅଜଣା ଅଶୁଣା ଗୀତ ଭିତରେ
ମୁଁ ଭଲ ପାଉଥିଲି ସାରା ପୃଥିବୀକୁ।

ମୁଁ ଅନୁଭବ କରି ନ ଥିଲି ଯେ ଗୁଳିର ଅସମ୍ବନ୍ଧତା ମଧ୍ୟରେ
ନୃତ୍ୟ ଏତେ ଭୟଙ୍କର ହୋଇପାରେ।

ମୁଁ ବାରି ପାରୁଥିଲି ପୋଡ଼ା ଶବର ଗନ୍ଧ।
ଗୋଟେ ମୂର୍ଖ ପରି ଆଶା କରୁଥିଲି ଯେ
ଆମର କଥାବାର୍ତ୍ତା ଏକଛତ୍ରବାଦୀ କମାଣକୁ କରିପାରିବ ବନ୍ଦ।
ଆମକୁ କିନ୍ତୁ ବଢ଼ିବାକୁ ଥିଲା ଆଗକୁ।
ଅଶାନ୍ତ ନିଃଶ୍ୱାସର ପବନକୁ ଶୁଦ୍ଧ କରିବା ପାଇଁ
ଆମେ ଗାଇଲୁ ଦୁଃଖ ଗୀତ।

ହଁ, ମୁଁ ଦେଖିଲି ଭୟଙ୍କର କଳା ବାଦଲ
ରାତ୍ରଭୋଜନ ପ୍ରସ୍ତୁତି ସମୟରେ।
ଏବଂ ମୃତବ୍ୟକ୍ତିଙ୍କ ବାର୍ତ୍ତା ଲେଖାଥାଏ
ବିଦୀର୍ଣ୍ଣ ସୂର୍ଯ୍ୟାସ୍ତର ଦେହରେ।
ସମସ୍ତେ ଲେଖିଥାନ୍ତି: 'ମା'।

ଏସବୁ କିଛିବି ନ ଥିଲା ଖବରରେ।

ସବୁକିଛି ସେଇ ପୁରୁଣା।
ବେରୋଜଗାରର ଅଙ୍କ ବଢ଼ି ଯାଇଥିଲା ଉପରକୁ।
ଫୁଲତୋଡ଼ା ଓ ମୁକୁଟ ପିନ୍ଧି ଶପଥ ନେଇଥିଲେ ନୂଆ ରାଣୀ।
ତା'ଛଡ଼ା କିଛି ଖେଳ ଖବର।

ହଁ, ଦୂରତା ଖୁବ୍ ବେଶି ତୁମ ଦେଶ ଆଉ ମୋ ଭିତରେ।
ତଥାପି ଆମ ପିଲାମାନେ ଖେଳୁଥିଲେ
ଆମ ଦୁଇଘରକୁ ଯୋଡୁଥିବା ରାସ୍ତା ଉପରେ।

ନା, କୌଣସି କଳହ ନାହିଁ ଆମ ଭିତରେ।
■

ମୋର ସବୁଠୁ ପୁରୁଣା ବନ୍ଧୁଙ୍କୁ, ଯାହାର ନିରବତା ଲାଗେ ମୃତ୍ୟୁ ପରି

ଲଇଡ ଶ୍ୱାରସ

ଆଜିର ଖବରକାଗଜରେ
ଆମ ହାଇସ୍କୁଲ ଡ୍ରାମା ଶିକ୍ଷକ,
ତାଙ୍କର କାର୍ଣ୍ଣେଗିହଲ୍ ଆପାର୍ଟମେଣ୍ଟରୁ
ବେଦଖଲ ହେବାର ଖବର
ମତେ ମନେ ପକେଇଦେଲା ଡାକିବାକୁ ତୁମକୁ-
ତୁମେ ଏକମାତ୍ର ବ୍ୟକ୍ତି, ମୁଁ ଜାଣେ
ଯିଏ ଏବେ ବି ମନେ ରଖିଥିବ
ତାଙ୍କର ସୁଢ଼ାମ ଚେହେରା
ପଢ଼େଇବାର ଦକ୍ଷତା ଓ ଆତ୍ମମଗ୍ନତା।

ତାଙ୍କ ବିଷୟରେ କଥା ହେଉ ହେଉ ଆମେ ହସନ୍ତେ
(ଏମିତି କୌଣସି କଥା ନ ଥିଲା ଯାହାକୁ ନେଇ
ହସୁ ନ ଥିଲେ ଆମେ)
ପୁଣି ଚୁପ୍ ରୁହନ୍ତେ, ସେ କେମିତି ଥିବେ ଭାବି
ମୁଁ କିନ୍ତୁ ଡାକି ପାରୁନି ତୁମକୁ
ଏଇଥିପାଇଁ ଯେ, ଜାଣି ପାରୁନି କ'ଣ ହେଇଛି ତୁମର।

ଷାଠିଏ ବର୍ଷ ପରେ, କୌଣସି ଖବର ନ ଜଣାଇ
ତୁମେ ଚାଲିଗଲ ହଠାତ୍। ଉଭେଇଗଲ।
ଫୋନ୍ ମଧ୍ୟ କଟି ଯାଇଛି। ମୋର ଭୟ ଯେ
କାଳେ ମୃତ୍ୟୁ ହୋଇଯାଇଥିବ ତୁମର।
କିନ୍ତୁ ମୁଁ ନିଶ୍ଚିତ ଯେ ତୁମର ହୋଇନି ମୃତ୍ୟୁ।
ତୁମେ ଚାଲିଯାଇଛ କୁଆଡ଼େ- ତୁମ ଘରମାଲିକ କହିଲେ।
ତୁମର ଅପ୍ରକାଶିତ ନମ୍ବର ରହିଛି ତାଙ୍କ ପାଖରେ
କିନ୍ତୁ ସେ ସମ୍ମାନ ଦିଅନ୍ତି ତୁମର ବ୍ୟକ୍ତିଗତତାକୁ।
ମୁଁ କଥା ହୋଇଥିଲି ତୁମ ବଡ଼ପୁଅ ସହ
କିନ୍ତୁ ସେ ସଫା ମନା କଲା।
ଏତିକି ସୂଚନା ଦେଲା ଯେ ତୁମେ ଜୀବିତ ଓ ସୁସ୍ଥ।
ମୋ ଚିଠିକୁ ଉପେକ୍ଷା କଲେ ତୁମର ପୂର୍ବପତ୍ନୀ।

ତୁମର ହୋଇଛି କ'ଣ? କିଛି ଅସୁବିଧା?
ତୁମେ କ'ଣ ଭୁଲ କରିଛ କିଛି? ମୁଁ କରିଛି ଭୁଲ?

ଏମିତି କିଛି ନ ଥିଲା ଯାହାକୁ ନେଇ ଆମେ ଚର୍ଚ୍ଚା କରିନେ।
ପିଲାଦିନର ପ୍ରତିଟି ଘଟଣା
ଗୋପନୀୟ ସାଙ୍କେତିକ ଭାଷା
ଯୌନ ପରୀକ୍ଷଣ।
କେତେ ବର୍ଷ ହୋଇଗଲା ଆମେ ପରସ୍ପରକୁ
"ଜନ୍ମଦିନ ଅଭିନନ୍ଦନ" ଗୀତ ଗାଇବାର?
(ତୁମେ ଶେଷ ଥର ଗାଇଥିବା ଗୀତ ଏବେ ବି
ମୋ ଭଏସ୍ ମେସେଜ୍‌ରେ)
କେତେଥର ଆମେ ପରସ୍ପରକୁ
କରିଛେ ଆଭାରବ୍ୟକ୍ତ- ସୁଦୃଢ଼ କରିବାକୁ ଏଇ ଲମ୍ବା ବନ୍ଧୁତ୍ୱ।

ଠିକ୍ ନୁହେଁ ଏଇ ରହସ୍ୟପୂର୍ଣ୍ଣ ନିରବତା
ମତେ ଏ ଅନିଦ୍ରା ରଖେ ରାତି ରାତି, ବ୍ୟଗ୍ର କରେ,
ଅନୁଭବ ଦିଏ ଯନ୍ତ୍ରଣାର।

ତୁମର ମୃତ୍ୟୁ କ'ଣ ସହି ହେବ ଯା ଅପେକ୍ଷା ?

ମୁଁ ଖୋଜୁଛି ତୁମର ହସ, ତୁମର ବିଚାରବୋଧ
ଜୀବନକୁ ଜିଇବାର କଳା।
ପାଉଣ୍ଡ୍ (ଏଜରା) ଲେଖିଥିଲେ ତାଙ୍କ ଜୀବନର ଶେଷ ଆଡ଼କୁ
"ଯେବେ ବନ୍ଧୁତାରେ ଘୃଣା ଆସେ, ପୃଥିବୀରୁ ଶାନ୍ତି
ସରିଯାଏ।"
ଆମ ଭିତରେ କେବଳ ଭଲ ପାଇବା ହିଁ ଅଛି- ତେବେ ମୁଁ
ତୁମ ପାଇଁ ମୃତ ହେଲି କାହିଁକି, କାହିଁକି, କାହିଁକି ?

ପୁଣି ଆସୁଛି ଜନ୍ମଦିନ
ମୁଁ ଦିନକୁ ଦିନ ଯେତିକି ବୟସ୍କ ହେଉଛି
ସେତିକି କମ ବୁଝୁଛି ପୃଥିବୀକୁ
ଓ ପୃଥିବୀର ଲୋକମାନଙ୍କୁ।

■

ଟେଲିସ୍କୋପ

ଲୁଇଜ ଗ୍ଲୁକ

ତୁମେ ତୁମର ଆଖି ଫେରେଇ ନେବା ପରେ
ଏମିତି ଗୋଟିଏ ମୁହୂର୍ତ୍ତ ଆସେ
ଯେତେବେଳେ ତୁମେ ଭୁଲିଯାଅ
ତୁମେ କେଉଁଠି ଅଛ
ବୋଧହୁଏ ତୁମେ ଆଉ କେଉଁଠି ରହୁଥାଅ,
ରାତ୍ରି ଆକାଶର ନିରବତାରେ।

ତୁମେ ଏ ପୃଥିବୀରେ ରହିବା ବନ୍ଦ କରିଦେଲ।
ତୁମେ ଏବେ ଆଉ କେଉଁଠି,
ଯେଉଁଠି ମଣିଷ ଜୀବନ ଅର୍ଥହୀନ।

ତୁମେ ଶରୀର ଧାରଣ କରିଥିବା ପ୍ରାଣୀ ନୁହେଁ।
ସେମାନଙ୍କର ସ୍ଥିରତା ସହ, ଅନନ୍ତତା ସହ ତାଳଦେଇ
ତୁମେ ଥିବ, ଯେ ଯାଏଁ ତାରାମାନେ ଆକାଶରେ ଅଛନ୍ତି।

ତା'ପରେ, ରାତିରେ, ଏକ ଥଣ୍ଡା ପାହାଡ଼ ଉପରେ
ଟେଲିସ୍କୋପ୍‌କୁ ଅଲଗା ଅଲଗା କରି
ତୁମେ ପୁଣି ଥରେ ପୃଥିବୀକୁ ଫେରି ଆସିବ।

ପରେ ତୁମେ ହୃଦୟଙ୍ଗମ କରିବ ଯେ
ପ୍ରତିବିମ୍ବ ମିଛ ନୁହେଁ
ବରଂ ସମ୍ପର୍କ ହିଁ ମିଛ।

ତୁମେ ଆଉ ଥରେ ଦେଖିବ ଯେ
ପ୍ରତ୍ୟେକ ବସ୍ତୁ
ଅନ୍ୟ ବସ୍ତୁଙ୍କଠାରୁ କେତେ ଦୂରରେ ରହିଛି।
■

ଶୀତରେ ଝିଣ୍ଟିକା

ମେରି ଅଲିଭର

ସବୁଜ ପତ୍ର
ଓ ସଫେଦ ଲିଲିଙ୍କ ସେପାଖରୁ
ବୁଦାରୁ ବୁଦାରୁ ଉଡ଼ି ବୁଲୁଥିଲା
ସବୁଜ ଝିଣ୍ଟିକାଟିଏ
ଖୋଜୁଥିଲା ଓ ପାଇଯାଉଥିଲା
ଛାଇଛାଇକା ଜାଗା ଟିକିଏ
ବସି ଗାଇବାକୁ ଗୀତ–

ଗୀତ ଗାଇବାର ଅର୍ଥ
ମୁଁ କହୁନି କେବଳ ପାଟିରେ ଗାଇବା କଥା
ସେ ଗାଉଛି ତା'ର ସମସ୍ତ ଅଙ୍ଗପ୍ରତ୍ୟଙ୍ଗରୁ
ଏମିତି ଗୀତ ଯେଉଁଥିରେ ଶବ୍ଦ ନାହିଁ
ସଙ୍ଗୀତ ବି ନାହିଁ
ବରଂ ଶୁଣାଯାଉଛି ନିରବତା
ଓ ଏହାର ପରିଣାମକୁ ନେଇ ଗଢ଼ା ହୋଇଥିବା
ଓ କ୍ରମାଗତଭାବେ ଲହରୋଉଥିବା
ଏଇ ଉକ୍ତି: ଆକାଂକ୍ଷା ଓ ଆଶା।

କ୍ଲାନ୍ତ ଓ କୁବ୍‌ଜା ଦେହକୁ ନେଇ
ଝିଣ୍ଟିକାଟି ବସି ରହିଲା ସଞ୍ଜବେଳ ସାରା
ପତ୍ରଗୁମ୍ଫାରେ, ଫୁଲ କେଶରରେ।

ମୁଁ ଦେଖିଲି
ଦେହ ତା'ର ଥରୁଛି କୋହରେ
ଏବଂ ଏହା ସତ ଯେ
ମୁଁ ରହିପାରିଲିନି ତା' ପାଖେ
ଦେଖିବାକୁ ଯେତେବେଳେ ଆଉ ଏକ ଝିଣ୍ଟିକା
ଆସିବ ତାକୁ ଖୋଜି ଖୋଜି
ଓ ସେତେବେଳକୁ ଆଉ ସେ ନ ଥିବ।

ଏ ଦୃଶ୍ୟ ମୋ ପାଇଁ ଖୁବ୍ ଅସହ୍ୟ ହେବ ବୋଲି
ମୁଁ ହୃଦୟରୁ ଶୁଭେଚ୍ଛା ଜଣେଇ
ଲନ୍‌କୁ ଫେରି ଆସିଲି ଯେଉଁଠି
ଲିଲି ଫୁଲ ସବୁ ନିଜ ନିଜର
ଲହୁଣି ପରି ଚିକ୍କଣ ଦେହକୁ ନେଇ
ଛିଡ଼ା ହୋଇଥିଲେ ସେମାନଙ୍କର ନିଶ୍ଚଳ ପାଦରେ
ଓ ହେମାଳ ରାତିର ପବନକୁ ନେଉଥିଲେ ନିଃଶ୍ୱାସରେ
ଶପଥ କରି କହୁଛି ଯେ
ସେମାନଙ୍କ ପାଇଁ ଦୟାର୍ଦ୍ର ଭାବ ଆସିଲା ମୋ ମନରେ
ଯେତେବେଳେ ମୁଁ ତାଙ୍କର ନିଖୁଣ ମୁହଁରେ
ଦେଖିଲି ସେଇ ସ୍ଥିର ଓ ନିଶ୍ଚୁପ ଚାହାଣି।

■

ସ୍ୱଚ୍ଛ ବରଫ

ମାଥ୍ୟୁ ଡିକମାନ

କାଲି ସାରା ରାତି ଲାଗିଲା
ଯେମିତି ମୁଁ ତୁମ କୋଠରିରେ ଅଛି
ଦରଜା ଖୋଲାଥିଲା ବାଲକୋନି ପଟକୁ
ଟେବୁଲ ଥିଲା ତା' ଜାଗାରେ
ଅଗଣା ତା' ଜାଗାରେ
ଏବଂ ଅଗଣାରେ କିଛି ଫୁଲ,
ସାରା ରାତି ମୁଁ କେବଳ ଯାହା ଚାହୁଁଥିଲି
ତୁମ ଆଙ୍ଗୁଠିର ଚମ୍ପାଫୁଲିଆ ଛାଇ,
ତୁମ ନିଷିଦ୍ଧ ଅବୟବର ଗାଢ଼ କଳା ଚକୋଲେଟ୍,
ତୁମ ପାଦ ସତେ ଯେମିତି ହାଲ୍କା ବରଫ
ଏବଂ ସାରା ରାତି
ରାତ୍ରି ଯେମିତି ଗୋଟେ ଭାସମାନ ଜାହାଜ,
ଯଦିଚ ତୁମେ ମୋର ଏମିତି କହିବାକୁ ନାପସନ୍ଦ କରିବ,
ଲାଗୁଥିଲା ଯେମିତି ଜାହାଜଟି ଚାଲୁଥିଲା
ତୁମ ନିତମ୍ବର ସମୁଦ୍ରତଟ ଦେଇ
ଓ ଧୀରେଧୀରେ ହେଉଥିଲା ଅଦୃଶ୍ୟମାନ,
ସାରା ରାତି

ପୃଥିବୀର ସମସ୍ତ ଜଳରାଶି ଲାଗୁଥିଲା ସ୍ଥିର
ଯେମିତିକି କାଗଜରେ ଗୁଡ଼ାହୋଇ
ପର୍ଫେକ୍ଟ ଭର୍ତ୍ତି ବାକ୍ସ ଭିତରେ
ରଖାଯାଇଥିବା ଚା' କପ୍।

ବ୍ଲାକ୍ କଫି ବଦଳରେ
ଆଜି ସକାଳେ କଫି ନେଲି ଚିନି ସହ
ଓ ଖୁବ୍ କାନ୍ଦିଲି,
ମୁଁ କାନ୍ଦେ ଯେତେବେଳେ ଲାଗେ
ମୁଁ ତୁମ ଘରକୁ ଆସିଛି
ଗୋଟେ ଶାଣିତ ଜାପାନୀ ଖଣ୍ଡା ଧରି
ଓ ତୁମେ ଶୋଇଥିବା ସମୟରେ
ତୁମକୁ ଦୁଇଖଣ୍ଡ କରି କାଟି ଦେଉଛି।
ତୁମକୁ ଶୋଇଥିବାର ଦେଖିଲେ
ଭୂଇଁ ଭିତରୁ ଫୁଲସବୁକୁ ଛିଣ୍ଡେଇ ଆଣି
ତୁମ ବିଛଣା ସାରା ବିଂଚିବାକୁ ଇଚ୍ଛାହୁଏ।

ଏ ଏକ ଘୃଣିତ ପୃଥିବୀ
ମୁଁ ଜାଣେ
ଆମେ ଅହରହ ଯୁଦ୍ଧରତ
ଆମର ମସ୍ତିଷ୍କ ସହ
ବିକ୍ଷିପ୍ତ, କ୍ଲାନ୍ତ।
ମୁଁ ବାରମ୍ବାର ଉଠେ
ସ୍ୱଚ୍ଛ ବରଫରେ ତିଆରି ବାକ୍ସରୁ
କେତେବେଳେ ଶୁଣାଯାଏ ତୁମ ସ୍ୱର
ଅନ୍ୟ କେଉଁ ଭାଷାରେ
କେତେବେଳେ ସମ୍ପୂର୍ଣ୍ଣ ନିରବତା,
କିନ୍ତୁ ସବୁବେଳେ ଛୋଟ ଫଳଟିଏ ଝୁଲୁଥାଏ

ଗୋଟିଏ ଗଛରୁ,
ଯେଉଁଠି ମୁଁ ଲେଖିଥାଏ ମୋର ନାଁ
ତୁମର ନାଁ ବି
ଏବଂ ଲେଖିଥାଏ ଛୋଟ ଚିଠିଟିଏ
ଯେଉଁଥିରେ 'ଦୁଃଖ' ଓ 'ପ୍ରେମ'
ଲେଖାଯାଇଥାଏ ଅନେକ ଥର,
ପ୍ରତିଟି ଅକ୍ଷର ଉଚ୍ଚାରଣ କରୁଥାଏ ମୋ ନାଁ
ଗଲା ରାତିର ନିଜସ୍ୱ ଭାଷାରେ
ଯାହାର ଅର୍ଥ ହେଲା 'କ୍ଷମା'
ଅଥବା 'ତୁ ନିଜକୁ କ'ଣ ବୋଲି ଭାବୁ, ଏ ପୁରୁଷ ?'
ସାରା ରାତି
ମୁଁ ତୁମ ଟେବୁଲ ପାଖରେ ବସି
ଛୋଟ ଛୋଟ କାଚ ପାତ୍ରରେ ବିଅର ଢାଳିଲି,
ଏବଂ ଆମ ଦେହର ଛୋଟଛୋଟ ଖଣ୍ଡମାନଙ୍କୁ ଏକାଠି କଲି
ଯାହା ଲାଗୁଥିଲା ଅନ୍ଧାର ଓ ଶୀତଳ ଅଗଣାରେ
ଫୁଟିଥିବା ଟ୍ୟୁଲିପ ପରି।

ଅନିୟନ୍ତ୍ରିତ ସନେଟ୍

ମାକ୍ସିନ୍ କୁମିନ

ଝିଅକୁ ବାଇଶି ବର୍ଷ
ଲୋକ ଜଣକ ରାଜପରିବାରରୁ,
ବିଧୁର, ଦଶଟି ସନ୍ତାନ
ବୟସ ତେପନ।

ସେମାନଙ୍କର ପ୍ରଥମ ଦେଖା- ପ୍ୟାରିସ୍‌ରେ
ବ୍ରିଟିଶ ଗଣଯୁଦ୍ଧରେ ଦେଶାନ୍ତର ଦୁହେଁ।

ଝିଅଟି କୋମଳ ଅଥଚ ଡରା ଡରା,
ତଥାପି ବିବାହ ପାଇଁ ରାଜି।
ନାରୀମାନଙ୍କୁ ଚଳସମ୍ପତି ଭାବେ ଦେଖିଲେ ବି
କେହି ଅବିବାହିତ ରହୁ ନ ଥିଲେ, ଷୋଡ଼ଶ ଶତାବ୍ଦୀରେ।

ସେ ସମୟରେ ବିବାହ ପ୍ରସ୍ତାବିତ ଥିଲେ ବି-
ତା' ପାଇଁ ଥିଲା ଏ ଏକ ବ୍ୟତିକ୍ରମ। ଯୌତୁକ ବ୍ୟତିରେକ
ନାରୀକୁ ସମ୍ପତ୍ତିର ଅଧିକାର ନ ଥିଲା।

ନାରୀର ଗର୍ଭାଶୟ କେବଳ ଥିଲା ଏକ ଭଡ଼ାଘର।
ଜନ୍ମ ନିୟନ୍ତ୍ରଣ କହିଲେ– ଉଇ ପେଷ୍ଟ,
ଗୋବର ଓ ମହୁର ମିଶ୍ରଣ,
ଗଛର ବକ୍କଳ ଓ ବଟା ପୁଦିନାପତ୍ର।
ବେଳେବେଳେ ତା' ବି କରୁ ନ ଥିଲା କାମ।

ପଶ୍ଚିମର ଉପାନ୍ତ

ମାଇକେଲ ଡିକମାନ

ମା' ଅପେକ୍ଷା କରେ ମତେ
ବିନା ଦ୍ୱିଧାରେ, ସହଜରେ
ତା' କେଶ ଏବେ ସଫେଦ
ଲମ୍ବା ଓ ଉଜ୍ଜ୍ୱଳ

ତା'ର ଅନେକ ପୁନର୍ଜନ୍ମ ଭିତରୁ ଏ ଜନ୍ମ

ଏ ନୂତନ ସଂସାର
ଧୂସର ଓ କାଚରେ ତିଆରି
ଏବଂ ଦେଖାଯାଏ ସେଇ ପୁରୁଣା
ସଂସାର ପରି: ଟେଲିଫୋନ୍ ଖୁଣ୍ଟ
ଓ ତାରକାମାନଙ୍କ ଦ୍ୱାରା ଛିଦ୍ରଯୁକ୍ତ

ମା' ଖୁବ୍ ଧୈର୍ଯ୍ୟଶୀଳ
ତା'ର କେଶ ଲମ୍ବା ଲମ୍ବା ଛୁଂଚି ଦ୍ୱାରା ଆବଦ୍ଧ
ସେ ଏତେ ଧୈର୍ଯ୍ୟଶୀଳ ନ ଥିଲା କେବେ

ପଥର ରଙ୍ଗର ଅଗଣାରେ
ଟହଲୁଛି ସେ
ସିଗାରେଟ୍ ଲିଭେଇ ଲିଭେଇ
ଗୁଣୁଗୁଣୁ ଗୀତ ଗାଇ

ସେ ନିଃଶ୍ୱାସରେ ନିଏ
ମୋ କାନ୍ଧ, ମୋର ଗୋଡ଼

ମୁଁ ମିଛ କହିଛି ତାକୁ
ଅନେକ ଭାବରେ
ମୋ ଜିଭ, କେମିତି ମୁଁ ତାକୁ
ଚେଷ୍ଟା କରିଛି ଦୁଃଖ ଦେବାକୁ
ମୋ ପିଠି, ମୋ ହାତ
ତା'ର ପ୍ରଶ୍ୱାସରେ ମୋ ନାଆଁ

ମୁଁ ତାକୁ ଖୁସି ଦେବାକୁ ଚାହେଁ

ମୋତିର ହ୍ୟାଣ୍ଡେଲ ଥାଇ
ଛ-ଗୁଳି ବାଲା ରିଭଲଭର
ବ୍ୟାରେଲ୍ ତଳେ
ତୀର୍ଛକ ଅକ୍ଷରରେ
ସେ କେବଳ ଚାହିଁଛି
ଲେଖିବାକୁ ତା'ର ନାଆଁ ।

■

ମୁହଁ

ରାଲଫ ଏଞ୍ଜେଲ

ନିଜ ଭିତରେ ସମ୍ପୂର୍ଣ୍ଣ,
ଆକାଶ ଗୋଟେ ନୀଳ ରଙ୍ଗର ଫଳ।

ଛାଇସବୁ ଉଡ଼ିବାକୁ ଲାଗିଲେ,
ଏବଂ ଯେତେବେଳେ କପୋତମାନେ
ଆରମ୍ଭ କଲେ ଫେରିବାକୁ,
ପିଲାମାନେ ଦୌଡ଼ିଲେ ତା' ନିକଟକୁ
ତମେ ଦେଖିଲ ସେଠି ଜଣେ ଉତ୍‌ଫୁଲ୍ଲ ନାରୀକୁ
ଏବଂ ତା'ର ଗଭୀର ବ୍ୟଥାକୁ।

କେବଳ ପ୍ରେମ ଓ ଯନ୍ତ୍ରଣା ଥାଏ
ଅପେକ୍ଷାରେ ରହିଥିବା ଲୋକର ଆଖିରେ।
କେତେ ଦୁର୍ବଳ ସେ ଯାତ୍ରୀ,
ଆମେ ସବୁ ସୁନ୍ଦର ପୋଷାକରେ ଆଜି,
କେମିତି ପରିବର୍ତ୍ତନଶୀଳ।

ହୃଦୟରେ ମୋର
ମୋତେ ତୁମେ କହୁଥିଲ ଯାହା ସବୁ,
ତା'ର ଥିଲା ମିଠା ଏକ ମହକ,
ମୋର ଅପରାଧ ଥିଲା ଗୁପ୍ତ ।

ନାଇଁ ତ କାହିଁକି ମୁଁ ଭାବି ନେଇଥାନ୍ତି ନିଜକୁ ଦୋଷୀ
ଓ ମୋତେ ଦଣ୍ଡ ଦିଅନ୍ତା ତୁମର ରୂପ ?

ତୁମେ ତ କେବଳ ଯାହା ଭଲପାଅ ମୋତେ ।

ଦେହକୁ ନେଇ ଗୋଟେ ଗପ

ରବର୍ଟ ହାସ

ଯୁବ ସଂଗୀତକାର ଜଣକ,
ସେଥର ଗ୍ରୀଷ୍ମରତୁ ସାରା କାମ କରୁଥିବା ବେଳେ
ଆର୍ଟିଷ୍ଟ କଲୋନୀରେ,
ଜଣେ ମହିଳାଙ୍କୁ ଚିତ୍ର ଆଙ୍କୁଥିବାର ଦେଖିଲେ, ସପ୍ତାହ ଧରି।
ମହିଳା ଚିତ୍ରକାର ଥିଲେ ଜାପାନୀ, ପାଖାପାଖି ଷାଠିଏ,
ଏବଂ ସେ ଭାବିଲେ, ସେ ପଡ଼ିଯାଇଛନ୍ତି ପ୍ରେମରେ।
ତାଙ୍କୁ ଭଲ ଲାଗିଲା ମହିଳାଙ୍କର ଚିତ୍ର,
ଚିତ୍ର ଆଙ୍କିଲା ବେଳେ ତାଙ୍କ ଦେହ ଓ ହାତର ଗତିବିଧି,
ମଝିରେ ମଝିରେ ତାଙ୍କ ଆଖି ସହ ମିଶୋଉଥିବା ଆଖି
ତାଙ୍କୁ ଲାଗିଲା ଯେମିତି
ସେ ପାଇଯାଉଛନ୍ତି ସମସ୍ତ ପ୍ରଶ୍ନର ଉତ୍ତର।

ରାତିରେ ଦିନେ
ଦୁହେଁ ସଙ୍ଗୀତ ସମାରୋହରୁ ଫେରି
ମହିଳାଙ୍କ କବାଟ ନିକଟରେ ଛିଡ଼ା ହୋଇଥିଲାବେଳେ

ମହିଳା ତାଙ୍କୁ ଚାହିଁ କହିଲେ- "ଆଜି ରାତିରେ
ତୁମେ ବୋଧେ ମତେ ପାଇବାକୁ ଇଚ୍ଛା କରୁଛ, ମୁଁ ବି ସେଇଆ
ଚାହୁଁଛି, କିନ୍ତୁ ଗୋଟେ କଥା କହିରଖେ, ମୋର ଦ୍ୱି-ମାଷ୍ଟେକ୍ଟୋମି ହୋଇଛି
ଏବଂ ଯୁବକ ବୁଝିପାରିଲେନି ଜାଣି ପୁଣି କହିଲେ,
"ମୋର ଦୁଇଟିଯାକ ସ୍ତନ କାଢ଼ି ନିଆଯାଇଛି"।

ଯୁବକଙ୍କ ଦେହରୁ କିଛି ସମୟ ପୂର୍ବରୁ
ସଙ୍ଗୀତ ପରି ବାହାରୁଥିବା ଆଭା ମଉଳିଗଲା ହଠାତ୍,
ସେ କଷ୍ଟରେ ମହିଳାଙ୍କ ଆଡ଼କୁ ମୁହଁ ଟେକି ଚାହିଁଲେ ଓ କହିଲେ,
"ମୁଁ ଦୁଃଖିତ, ମୁଁ ଭାବୁନି ଯେ ମୁଁ ପାରିବି।"

ସେ ପାଦ ଫେରାଇନେଲେ ପଛକୁ,
ପାଇନ୍ ଗଛଙ୍କ ମଧ୍ୟ ଦେଇ କ୍ରମଶଃ ଫେରିଗଲେ ନିଜ କକ୍ଷକୁ
ଏବଂ ସକାଳୁ ଦେଖିଲେ ଥୁଆ ହେଇଛି
ଗୋଟଏ ନୀଳ ପାତ୍ର, ପୋର୍ଚ ଉପରେ, ତାଙ୍କ କବାଟ ସାମ୍ନାରେ।
ପାତ୍ରରେ ଭର୍ତ୍ତି ଥିଲା ଲାଲ ଗୋଲାପର ପାଖୁଡ଼ା।
ଯେତେବେଳେ ସେ ପାତ୍ରଟି ଉଠାଇ ପାଖରୁ ଦେଖିଲେ,
ଗୋଲାପ ପାଖୁଡ଼ା ଥିଲା କେବଳ ଉପରେ, ବାକି ପାତ୍ରରେ- ସେ
ନିଶ୍ଚିତ ଭାବେ ଓଳେଇ ଏକାଠି କରିଛନ୍ତି ତାଙ୍କ ଷ୍ଟୁଡ଼ିଓର କୌଣସି
କୋଣରୁ- ଅନେକ ମୃତ ମହୁମାଛି।

■

ମୋ ଦେହର ଗୋପନ ଅଙ୍ଗ ସବୁ

ସେରା କେ

ମୋ ଜୀବନର ପ୍ରଥମ ପ୍ରେମ
ମୋତେ ଦେଖି ନ ଥିଲା କେବେ ବି ଉଲଗ୍ନ ହେବାର।
ବାପା କିମ୍ବା ମା' ପ୍ରତି ଅଧଘଣ୍ଟାରେ
ଆସୁଥିଲେ ଘରକୁ, ପାଖ ବଖରାରେ
କେହି ନା କେହି ସାନଭାଇ ସବୁ ସମୟରେ
ଅନେକ ଲୋକ ଆଖପାଖେ, ସମୟ ନ ଥିଲା
ମୋ ପାଖରେ ଦେଖାଇବାକୁ ତାକୁ
ମୋ ଦେହର ଗୋପନ ଅଙ୍ଗ ସବୁ।

ବଦଳରେ ମୁଁ ତାକୁ ଦେଲି ଗୋଟେ କାନ୍ଧ,
ଗୋଟେ କହୁଣି, ମୋ ଆଣ୍ଠୁର ମୋଡ଼।
ମୁଁ ତାକୁ ଉଧାର ଦେଲି
ମୋର କୋଣ ଅନୁକୋଣ
ମୋର ପ୍ରାନ୍ତ ଓ ପରିଧି
ମୋ ଦେହର ସମସ୍ତ ଅଂଶ ଯାହାକୁ
ଲୁଚେଇବାକୁ ଚେଷ୍ଟା କରି
ଲୁଚେଇ ପାରିନି ଅନେକ କାଳରୁ।

ସେ ଚାହିଁନି କେବେ କିଛି ଅଧିକା ମୋଠୁ।
ସେ ମୋତେ ଦେଲା ତା'ର ଆଖିପତାର ଲୋମ,
ତା' ବେକର ପଛପାଖ, ତା'ର ପାପୁଲି।
ପରସ୍ପରକୁ ଦେଇଥିବା ପ୍ରତ୍ୟେକ ଅଂଶକୁ
ହାତରେ ଧରିଲୁ ଆମେ- ଯେମିତି ରସାଳ ଫଳ-
ଖୁବ୍ ଯତ୍ନରେ- ନାଇଁତ କାଳେ ଲାଗିଯିବ ଚୋଟ-
ସଂଗ୍ରହ କଲୁ ତାକୁ ନେଇ ତିଆରିବୁ ସୁନ୍ଦର ବଗିଚାଟିଏ।

ଏବଂ ସେଇ ସବୁ ଅଙ୍ଗ ଦେଖିନି କେବେ ସେ:
ଯାହା ଉପରେ ବାପା ମା'
ମୋହର ଲଗେଇ ଦେଇଥିଲେ "ଗୋପନ ଅଙ୍ଗ"ର
ଯେତେବେଳେ ମୁଁ ଛୋଟ ଥିଲି ଖୁବ୍
ନିଜକୁ ଓ ନିଜର ଆଶଙ୍କାମାନଙ୍କୁ
ଗାଧୁଆ କୁଣ୍ଡ ତଳେ ଲୁଚେଇବାକୁ
କରୁଥିଲି କିଛି ନା କିଛି ବାହାନା ତାଙ୍କ ପାଇଁ।

ତାକୁ ଲୁଚେଇଲା ପରି ଏମିତି ନ ଥିଲା କିଛି
ଏମିତି ମୁହୂର୍ତ୍ତ ନ ଥିଲା ଯାହା ଆମେ ବାଣ୍ଟିନୁ ଏକାଠି
ଆମେ ଏକାଠି ବଢୁ ନ ଥିଲୁ ବରଂ ବଢୁଥିଲୁ ଏକ ହୋଇ
ଦୁଇଟି ଲତା ଗୁଡ଼େଇତୁଡ଼େଇ ହୋଇ ବଢ଼ିଲା ପରି
ଛନ୍ଦାଛନ୍ଦି ହୋଇ, ଅଥଚ ପରସ୍ପରର ପରିପୂରକ ହୋଇ।

ଆମେ ପରସ୍ପରକୁ ଚୁମୁଥିଲୁ ପାଟି ଖୋଲି
ଜଣକର ପ୍ରଶ୍ୱାସ ହେଉଥିଲା ଅନ୍ୟର ନିଃଶ୍ୱାସ
ଆମେ ସହଜରେ ବଂଚିପାରିଥାନ୍ତୁ
ସମୁଦ୍ରର ଅତଳ ଗର୍ଭରେ ଅଥବା ବାହ୍ୟ ଅନ୍ତରୀକ୍ଷରେ
ପରସ୍ପରର ଶ୍ୱାସ ବିନିମୟରେ।
ଆମେ "ପ୍ରେମ"ର ସଂଜ୍ଞା ଦେଲୁ "ସମର୍ପଣ"।

ମୁଁ ଚାହିଁ ନ ଥିଲି କେବେ ବି ଲୁଚେଇବାକୁ
ମୋର ଦେହକୁ ତାଠୁ।
ଯଦି ମୁଁ ପାରିଥାନ୍ତି
ତେବେ ନିଶ୍ଚିତ ରୂପେ ସମର୍ପି ଦେଇଥାନ୍ତି ତାକୁ
ମୋ ଦେହର ଗୋପନ ଅଙ୍ଗ ସବୁ।
ମୁଁ ଜାଣି ନ ଥିଲି ଯେ
କିଛି ବଂଚେଇ ରଖିବା ସମ୍ଭବ ମୋ ପାଇଁ।
ବେଳେବେଳେ ରାତିରେ
ନିଦ ଭାଙ୍ଗିଯାଏ ମୋର।
ମୁଁ ବୁଝିପାରେ ଯେ ମୋତେ ପାଇବାକୁ
ଖୁବ୍ ବ୍ୟଗ୍ର ସେ।
ଲାଗେ ସେ ଯେମିତି ପୃଥିବୀର ସେପାଖରେ
ଆଉ କେଉଁ ନାରୀର ବାହୁରେ
ଏବଂ ସମୟ ଆମକୁ ଅଲଗା କରିଦେଇଛି
ଡାଣ୍ଡେଲିୟନ୍ ଫୁଲ ପରି,
ବାଲିକାଗଜରେ ଘସିଘସି
ଆମ ଦେହର ତେଢ଼ାମେଢ଼ା ଅଂଶ ସବୁ କରି ଦେଉଛି ସିଧା
ଯାହା ଦିନେ ଥିଲା ପରସ୍ପର ଅନୁରୂପ।

ସାଇଡ୍ ଟେବୁଲ୍ ଉପରେ ଥିବା ମଗ୍‌ରୁ
ପାଣି ପିଏ ସେ, ଡିଜିଟାଲ୍ ଘଡ଼ିରୁ ସମୟ ଦେଖେ
ସକାଳ ପାଂଚ। ଚାଦର ତଳେ ଏପଟସେପଟ ହୋଇ
ସ୍ଥିର ହୋଇଯାଏ। ମୁଁ ଅପେକ୍ଷା କରେ ତାକୁ,
ଶୋଇବାକୁ। ଶୋଇବା ପୂର୍ବରୁ
ଆଣ୍ଠୁ ଓ କହୁଣିକୁ ଜାକିଜୁକି;
ଛୁଇଁବାକୁ ସବୁ କିଛି ଯାହା ମୁଁ ଛାଡ଼ି ଆସିଛି
ଅନେକ ପୂର୍ବରୁ।

କିଛି ସକାଳ

ଅର୍ସଲା କେ. ଲି ଗୁଇନ

ଏମିତି କିଛି ସକାଳ ଆସେ
ଯେବେ ମୁଁ ହୋଇଯାଏ
ପାହାଡ଼ ଶୀର୍ଷରେ ଗୋଟେ ଦରଜା
ଝୁଲୁଥାଏ ବିନା ଚୌକାଠରେ।

ଅନେକ ଆଗରୁ ମୁଁ
କାଠର ଉଚ୍ଚା ଘରଟିଏ ଥିଲି
ସୂର୍ଯ୍ୟକିରଣ ପବନ ଛାତିକୁ ଚିରି
ଖୋଲା ଚଟାଣକୁ ଛୁଉଁଥିଲା।

ଆଗରୁ ଯାହା ଥିଲି
ଖୁବ୍ ଭଲ ଥିଲା,
ବୋଧେ ସବୁଠୁ ଭଲ
ନିରୁତା ପବନ ହେବା।

ଏମିତି କିଛି ସକାଳ ଆସେ
କୌଣସି କାରଣ ମିଳେନା
କାନ୍ଥ ହେବା ପାଇଁ
କି ଛାତ ହେବା ପାଇଁ
କବ୍‌ଜା ହେବା ପାଇଁ
ଏପରିକି ଶବ୍ଦଟେ ହେବା ପାଇଁ।

ଯେତେବେଳେ ମାଧ୍ୟାକର୍ଷଣ
ମତେ କେନ୍ଦ୍ରକୁ ଟାଣେ
ସବୁ କିଛି ସ୍ଥିର ହୋଇଯାଏ
ଯେ ଯାହା ଜାଗାରେ।

ଅନ୍ଧାରମିଶା ପବନକୁ
ନିଃଶ୍ୱାସରେ ନେଇ ନେଇ
ମୁଁ ପ୍ରାୟତଃ ବୁଝି ସାରିଛି ଯେ
ଖୁବ୍ ଶୀଘ୍ର ମତେ
କେବଳ ଅନ୍ଧାରକୁ ନିଃଶ୍ୱାସରେ
ନେବାକୁ ହେବ, ବିନା ପବନରେ।

ଆଜି ସକାଳେ
ମୁହୂର୍ତ୍ତକ ପାଇଁ ଲାଗିଲା
ଯେମିତି ମୁଁ ହୋଇଯାଇଛି ସବୁକିଛି।
■

କେବଳ ଘରଚଟିଆଙ୍କୁ ନେଇ

ୱିଲିୟମ ଷ୍ଟାନଲେ ମରୱିନ

ସେଠି ପହଂଚିଲାବେଳକୁ
ରହି ଯାଇଥିଲେ
କେତୋଟି ମାତ୍ର ଘରଚଟିଆ

ସକାଳର ଘରଚଟିଆମାନେ
ଚିହ୍ନୁ ନ ଥିଲେ ସଞ୍ଜର ଘରଚଟିଆଙ୍କୁ

ବିଗତ ଦିନର ଘରଚଟିଆଙ୍କ ସମ୍ପର୍କରେ
କିଛି ଖବର ନ ଥିଲା

ଅନ୍ୟ ପକ୍ଷୀମାନେ
ରହିଯାଇଥିଲେ କେବଳ ଚିତ୍ର ହୋଇ

ଏମିତି ଲାଗୁଥିଲା ଯେମିତି କି ମୁଁ
ସେମାନଙ୍କ ପାଇଁ ଦେଖୁଥିଲି
ଓ ସେମାନଙ୍କ ପାଇଁ ଶୁଣୁଥିଲି

ମୁଁ ଦେଖିଲି ଗଛଟିଏ, ଏକେଲା ହୋଇ
ବସିଥିବା ଘରଚଟିଆ ପାଇଁ

ଚର୍ଚ୍ଚରୁ ସରିଆସୁଥିଲା ପ୍ରାର୍ଥନା
ଚର୍ଚ୍ଚରେ ବି କିଛି ଘରଚଟିଆ ଥିବେ
ସେମାନେ କ'ଣ ଗୀତ ଗାଇ ପାରୁଥିବେ
କବାଟ ଭୁଲିପାରେନା
ତା'ର ଆଦିମ ଇଚ୍ଛା
ପକ୍ଷୀଟିଏ ହେବାକୁ

ମୁଁ କେବଳ ସେଇ ଘରଚଟିଆଙ୍କୁ ଶୁଣିଛି
ଯାହାଙ୍କୁ କିଛି ଲୋକ କୋଉଠୁ ଆଣିଥିଲେ

ସେମାନେ କଥା ହେଉଥିଲେ
କେବଳ ନିଜ ନିଜ ଭିତରେ

ବାରମ୍ବାର ସେଇ ଗୋଟିଏ କଥା କହୁଥିଲେ
ଏଇଠି ଏଇଠି, ହିଁ ଏଇଠି।

■

ପକ୍ଷୀର ମାଟିମନସ୍କତା

ଇଉଜେନିଓ ମୋଣ୍ଟେଜୋ

ପକ୍ଷୀର ମାଟିମନସ୍କତା
ତା'ର ଗୀତ
ଯାହାକୁ ସାରା ଆକାଶରେ ପ୍ରତିଧ୍ୱନିତ
ଏକ ଅଦୃଶ୍ୟ ସଂଗୀତରୁ ସାଉଁଟି
ସେ ପୃଥିବୀକୁ ଓହ୍ଲେଇ ଆସେ ।

ପକ୍ଷୀର ମାଟି ମନସ୍କତା
ନିଜକୁ ଖୋଜି ପାଇବାର
ତା'ର ସ୍ୱପ୍ନ
ସେମାନଙ୍କ ଭିତରେ ସେ ଖୋଜୁଥାଏ
ଯେଉଁମାନେ କେବେ ତା' ପାଖରେ ନଥାନ୍ତି ।
ଯେତେବେଳେ ଗୋଟିଏ ଧ୍ୱନ୍‌କୁ ସେ
ବାରମ୍ବାର ଦୋହରାଉଥାଏ
ଯଦିଓ ସେ ଜାଣେନା ଯେ
ସେ କାହିଁକି ଗାଉଚି
ଅଥବା ସେ ନିଜର ଗୀତକୁ
ଅନ୍ୟର ସ୍ୱରରେ ଶୁଣିବାର ପ୍ରତୀକ୍ଷାରେ

ପ୍ରତ୍ୟେକ ମୁହୂର୍ତ୍ତକୁ
ନିଷ୍କପଟତାରେ ଜୀଏ।

ଜନ୍ମଜନ୍ମାନ୍ତରରୁ ତା'ର ଏହି ପାର୍ଥିବ କର୍ତ୍ତବ୍ୟକୁ
ତାଠୁ କେହି ଅଲଗା କରିପାରେନା।
ଖରା ବର୍ଷା ଋତୁ ଅଋତୁରେ
ସେ କେବଳ ତା'ର ଅସ୍ମିତାକୁ ହିଁ ରକ୍ଷା କରୁଥାଏ
କାରଣ ସମୟ ସମୟରେ
ସେ କେବଳ ପକ୍ଷୀ ନୁହେଁ
ଗଭୀର ରାତ୍ରିର ଆଲୋକର ଧାରଟିଏ ହୋଇ
ଜୀବନର ଅନବରତ ଅନ୍ୱେଷାରେ
ଲାଗିରହିଥାଏ।

■

ଯାହା କହିଛି ଫେରାଇ ନେଉଛି ସବୁ

ନିକାନର ପାର୍ରା

ମୁଁ ଯିବା ପୂର୍ବରୁ
ମୋର ଅନ୍ତିମ ଇଚ୍ଛା:
ହେ ଉଦାର ପାଠକ,
ଜାଳିଦିଅ ଏ ବହିକୁ
ଯାହା ମୁଁ କହିବାକୁ ଚାହିଁଥିଲି ଯେ ତା' ନୁହଁ
ଯଦିଓ ଏହା ଲେଖା ହୋଇଛି ରକ୍ତରେ
କିନ୍ତୁ ମୁଁ ଯାହା କହିବାକୁ ଚାହିଁଥିଲି
ତାହା ନୁହେଁ ଯେ।

ମୋ ଦୁଃଖଠୁ ଅଧିକତର ଦୁଃଖ
କିଛି ନାହିଁ ଦୁନିଆରେ
ମୋ ନିଜର ଛାଇ ଦ୍ୱାରା ପରାସ୍ତ ମୁଁ
ମୋର ଶବ୍ଦମାନେ ହିଁ
ନେଇଛନ୍ତି ପ୍ରତିଶୋଧ ମୋର
ପ୍ରିୟ ପାଠକ!
କରିଦିଅ କ୍ଷମା ମୋତେ
ଯିବା ପୂର୍ବରୁ

ମୁଁ ଯଦି ନ ଦେଇପାରେ ଉଷ୍ମ ଆଲିଙ୍ଗନଟିଏ
ତେବେ ଛାଡ଼ିଯିବି ଦୁଃଖର ସ୍ମିତହାସଟିଏ
ବୋଧହୁଏ ଏହା ହିଁ ପରିଚୟ ମୋର।

କିନ୍ତୁ ଶୁଣ ମୋର ଶେଷ କଥା
ଯାହା ମୁଁ କହିଛି ଫେରାଇ ନେଉଛି ସବୁ
ମୁଁ କହୁଛି ଅତ୍ୟନ୍ତ ସନ୍ତାପର ସହ
ଯାହା ବି କହିଛି ଏ ପର୍ଯ୍ୟନ୍ତ
ଫେରାଇ ନେଉଛି ସବୁ।

■

କଖାରୁ ଫୁଲ

କୋ ଉନ

ତିରିଶ ବର୍ଷ ଧରି କବି ଭାବରେ
ମୁଁ କେବଳ ପରିଭାଷିତ କରୁଛି ସୌନ୍ଦର୍ଯ୍ୟ କ'ଣ।
ପ୍ରତ୍ୟେକ ଥର, ବିନା ସଂକୋଚରେ
ମୁଁ ଘୋଷଣା କରୁଛି: ସୌନ୍ଦର୍ଯ୍ୟ ଏମିତି ଅଥବା
ଏ ସୌନ୍ଦର୍ଯ୍ୟ ପ୍ରତି ବିଶ୍ୱାସଘାତ।
ଅନେକ ପ୍ରକାରର କଳାତ୍ମକ ସିଦ୍ଧାନ୍ତକୁ ନେଇ
ମୁଁ ପାଗଳ ପ୍ରାୟ।
କିନ୍ତୁ ସେଇ କଳାତ୍ମକ ସିଦ୍ଧାନ୍ତ ଭିତରେ
ସୌନ୍ଦର୍ଯ୍ୟ କେବେ ବି ନାହିଁ।
ମୁଁ ଶୋଇଯାଉଥିଲି ଆଲୁଅ ନ ଲିଭେଇ,
ବିଗତ ଦିନର ଭୟ!
ଏବେ ମୁଁ ସ୍ଥିର କଲି ଯେ
ସୌନ୍ଦର୍ଯ୍ୟର କୌଣସି ପ୍ରକାରର ସଂଜ୍ଞାରୁ
ମୁଁ ନିଜକୁ ରଖିବି ଦୂରରେ।
ପରିଭାଷିତ କର!
ପରିଭାଷିତ କର!
ସତେ ଯେପରି ସୌନ୍ଦର୍ଯ୍ୟକୁ

କିଏ କେବେ କରିପାରେ ପରିଭାଷିତ।
ସପ୍ତାହସାରା ଖରାଦିନିଆ ବର୍ଷାରେ
କଖାରୁ ଗଛରେ ଆସିଲାନି ଫୁଲ।
ଏବେ ବର୍ଷା ଛାଡ଼ିଗଲା
ଏବଂ କଖାରୁ ଡଙ୍କରେ ଫୁଟିଛି ଫୁଲଟିଏ।
ଫୁଲ ଭିତରେ ମହୁମାଛିଟିଏ ଗାଉଛି ଗୁଣୁଗୁଣୁ,
ବାହାରେ ମୁଁ ଗାଉଛି ଗୁଣୁଗୁଣୁ।
କଖାରୁ ଫୁଲ ଭିତରେ ଭର୍ତ୍ତି ଜୀବନ,
ତୁ ହିଁ ପ୍ରକୃତ ସୌନ୍ଦର୍ଯ୍ୟ।

■

ଫେରାଅ ମୋତେ

ୟାନ ଲି

ଫେରାଅ ମୋତେ କୋଲପ ନ ଥିବା କବାଟ
ଏପରିକି ବିନା ବଖରାରେ
ତଥାପି ଚାହେଁ ମୁଁ ତାକୁ, ଫେରାଅ ମୋତେ ।

ଫେରାଅ ମୋତେ ସେଇ କୁକୁଡ଼ା
ଯେ ନିଦରୁ ଉଠାଏ ମୋତେ ସକାଳେ
ଯଦି ତୁମେ ଖାଇ ସାରିଛ ତାକୁ
ତଥାପି ଚାହେଁ ମୁଁ ତା'ର ହାଡ଼, ଫେରାଅ ମୋତେ ।

ଫେରାଅ ମୋତେ ଗାଈଆଳର ଗୀତ
ପାହାଡ଼ ଧାରରୁ
ଯଦି ତା'ର ଓଠରୁ ନୁହେଁ, ଆଲବମ୍‌ରୁ ହେଉ ପଛେ
ତଥାପି ଚାହେଁ ମୁଁ ତାକୁ, ଫେରାଅ ମୋତେ ।

ଫେରାଅ ମୋତେ ଗୋଟିଏ ସମ୍ପର୍କ
ମୋ ଭାଇ ଭଉଣୀଙ୍କ ସହ

ଯଦି ବି ତା'ର ଅବଧି ସ୍ୱଳ୍ପ,
ତଥାପି ଚାହେଁ ମୁଁ ତାକୁ, ଫେରାଅ ମୋତେ।

ଫେରାଅ ମୋତେ କିଛି ମୁହୂର୍ତ୍ତ ପ୍ରେମର
ଯଦିବି ତୁମେ ନଷ୍ଟ କରିଦେଇଛ ସବୁ
ତଥାପି ଚାହେଁ ମୁଁ ତାକୁ, ଫେରାଅ ମୋତେ।

ଫେରାଅ ମୋତେ ଗୋଟେ ଅଖଣ୍ଡ ପୃଥିବୀ
ଯଦି ବି ତା ବିଭାଜିତ ହଜାର ଦେଶରେ
ଲକ୍ଷ ଲକ୍ଷ ଗାଁରେ
ତଥାପି ଚାହେଁ ମୁଁ ତାକୁ, ଫେରାଅ ମୋତେ।
■

ଆତ୍ମସୁରକ୍ଷା

କ୍ୟାଥି ଲିନ୍ ଚେ

ଖୋଲା ପଡ଼ିଆରେ ଆମେ
ଠିଆକଲୁ ଛୋଟ ଛୋଟ ଚାଳିଆ
ଗଢ଼ିଲୁ ବସତି ।
ଗହିରିଆ କରି ତାଡିଲୁ ମାଟି ।
ସ୍ତ୍ରୀଲୋକଙ୍କୁ ଆମର ପଠେଇଲୁ ସହର ।
ଆମ କବାଟରେ ନ ଥିଲା ତାଲା
ଘରେ ନ ଥିଲା ବନ୍ଧୁକ ।
ଯେତେବେଳେ ଆଉ ନିରାପଦ ଲାଗିଲାନି ଦେଶ
ଆମେ ପଳାୟନ କଲୁ ।
ଆମେ ରିଫ୍ୟୁଜି ଶିବିରମାନଙ୍କରେ ରହିଲୁ
ଏବଂ ଭଲ ସମୟ ପାଇଁ ପ୍ରାର୍ଥନା କଲୁ ।
ତା'ପରେ ଧୀରେ ଖସିଗଲୁ
ବିଭିନ୍ନ ଅତିଥି ଦେଶମାନଙ୍କୁ ।
ଆମେ ବସବାସ କଲୁ
ଇମିଗ୍ରାଣ୍ଟ କଲୋନିମାନଙ୍କରେ କମ୍ ଭଡ଼ାରେ ।
କାମକଲୁ ସୂତାକଳ କି ଲୁହା କାରଖାନାରେ ।
ଖଟିଖଟି ଆମ ହାତରୁ ଉତୁରିଗଲା ଛାଲ ।

ଆମ ଭିତରୁ କେହି କେହି ଶିଖିଲେ ଇଂରାଜି।
ଅନ୍ୟମାନେ ଲଗାଣର ସାଂକେତିକ ଅଙ୍କ।
ଆମେ ମୁରୁକି ହସିଲୁ ଏବଂ ଶ୍ରଦ୍ଧା ପ୍ରଦର୍ଶନ କଲୁ
ଯେତେବେଳେ ଆମକୁ କୁହାଗଲା,
"ଇଂରାଜି ଜାଣି ନାହଁ? ସେଇ ଜଙ୍ଗଲକୁ
ଫେରିଯାଅ ଆସିଛ ଯେଉଁଠୁ।"

କାହିଁକି ମୁଁ ଫୁଲ କଥା ଉଠାଏନା ଯେତେବେଳେ ମୋ ଭାଇ ସହ କଥାବାର୍ତ୍ତା ପହଂଚେ ଅସହ୍ୟ ନିରବତାରେ

ନାଟାଲି ଡିଆସ

କଶ୍ମୀର ପର୍ବତମାଳାରେ
ମୋ ଭାଇ ହତ୍ୟା କଲା ଅନେକ ପୁରୁଷଙ୍କୁ
ବାଦାମି ରଙ୍ଗର ଚମ ଉପରୁ ଉଡେଇ ଦେଲା ଖପୁରି
ମରୁଭୂମିର ଧଳାଧୂମିକୁ ରଙ୍ଗେଇଲା ଗାଢ଼ ଲାଲ ରଙ୍ଗରେ।

ଏମିତି ଲୋକଙ୍କୁ କ'ଣ କୁହାଯାଇପାରିବ
ଯିଏ ପାରକରିଛି ପୃଥିବୀର ଏ କୋଣରୁ ସେ କୋଣକୁ,
ଯାହାକୁ ଧୋକା ଦେଇଛନ୍ତି ତା'ର ହାତ ଓ ଆଖି ?

ସେଠି କ'ଣ ଫୁଲ ଅଛି ? ପଚାରିଲି ମୁଁ।

ସେ ମୋ ପ୍ରଶ୍ନର ଉତ୍ତରରେ କହିଲା:
ଗୋଟିଏ ଗାଆଁରେ, ଅନେକ ଲୋକ
ଗୁଡ଼େଇ ପକେଇଲେ ଚଦରରେ ଜଣେ ସ୍ତ୍ରୀକୁ
ନିଜକୁ ବଂଚେଇବାକୁ ସେ କଲା ନାହିଁ ସଂଘର୍ଷ

କାଦୁଅ ଉପରେ ଘୁସୁରୁଥିଲା ତା' ଖୋଲାପାଦ।

ସେମାନେ ତାକୁ ଶୁଆଇ ଦେଲେ ରାସ୍ତା ମଝିରେ
ଏବଂ ତା' ଉପରକୁ ଫିଙ୍ଗିଦେଲେ ପଥର।

ପ୍ରଥମ ବ୍ୟକ୍ତି ଥିଲା ତା'ର ବାପା
ସେ ପରକୁ ପର ଫିଙ୍ଗିଲା ଦୁଇଟି ପଥର।
ଆସିଲାବେଳେ ତା' ଭାଇ ଗୋଟେଇ ଥିଲା
ରାସ୍ତାକଡ଼ରୁ ପକେଟଭର୍ତ୍ତି ପଥର।

ଦର୍ଶକ ଘୂରୁଥିଲେ ଅଶାନ୍ତ ମହୁମାଛି ଦଳ ପରି।
ପଥରର ବର୍ଷାରେ ଦବିଗଲା ତା'ର ଆର୍ତ୍ତ ଚିତ୍କାର।

ବାଇଗଣୀ ଫୁଲର ମନ୍ଦା ପରି
ଚଦର ଦେଇ ଛିଟକି ଆସିଲା ରକ୍ତ,
ଯେମିତି ଶହେଟି ଫୁଟନ୍ତା ଗୋଲାପ।

■

ଅନ୍ଧାର

ଫୈଜ ଅହମ୍ମଦ ଫୈଜ

ଆମର ଆଲୋକ ଲିଭିବା ପରଠୁ
ମୁଁ ଖୋଜୁଛି ଦେଖିବାର ଉପାୟ:
ହଜି ଯାଇଛି ମୋର ଆଖି, ଈଶ୍ୱର ଜାଣନ୍ତି କେଉଁଠି ।

ତୁମେ ଯେଉଁମାନେ ମୋତେ ଜାଣିଛ, କୁହ କିଏ ମୁଁ,
କିଏ ବନ୍ଧୁ ଏବଂ କିଏ ଶତ୍ରୁ ।
ମୋର ଶିରା ପ୍ରଶିରା ଦେଇ ବୁହାଇ ଦିଆଯାଇଛି
ଗୋଟିଏ ନିର୍ଦ୍ଦୟୀ ନଦୀକୁ; ତା' ଭିତରେ ଘୃଣାର ସ୍ପନ୍ଦନ ।

ଧୈର୍ଯ୍ୟ ଧର; ଦିନେ ଆସିବ ପ୍ରକାଶର ଏକ ଝଲକ
ଅନ୍ୟ କେଉଁ ଦିଗ୍‌ବଳୟରୁ ହଜରତ ମୂସାଙ୍କ ସଫେଦ ହାତ ପରି
ଓ ତା' ସହ ମୋର ଆଖି, ମୋର ହଜିଯାଇଥିବା ହୀରା ।

ଶବ ଗଣନା

ରବର୍ଟ ବ୍ଲାଇ

ଆସ ଆଉ ଥରେ ଶବଙ୍କୁ ଗଣିବା।

ଯଦି ଆମେ ଶବଙ୍କୁ ଛୋଟ କରିପାରିବା,
ଖପୁରିର ଆକାର,
ସବୁ ଖପୁରିକୁ ନେଇ ଜହ୍ନ ଆଲୁଅରେ ଆମେ
କରିପାରିବା ଗୋଟିଏ ସଫେଦ ସମତଳ କ୍ଷେତ୍ର।

ଯଦି ଆମେ ଶବକୁ ଛୋଟ କରି ପାରିବା
ବୋଧହୁଏ ଆମେ ରଖି ପାରିବା
ପୂରା ବର୍ଷକର ଶବ ଆମ ସାମ୍ନାରେ ମେଜ ଉପରେ।

ଯଦି ଆମେ ଶବଙ୍କୁ ଛୋଟ କରିପାରିବା,
ଆମେ ପିନ୍ଧିପାରିବା
ଗୋଟିଏ ଶବକୁ ଆଙ୍ଗୁଠିରେ ମୁଦି କରି
ସ୍ମୃତି ଚିହ୍ନ ଭାବରେ କାଳ କାଳ।

ବଦଳୁଛି ସମୟ

ବବ୍ ଡିଲାନ

ଆସ, ଠୁଳ ହୁଅ ଏକାଠି
ଯେଉଁଠି ବି ଅଛ ଯିଏ
ଏବଂ ସ୍ୱୀକାର କର ଯେ
ପାଣି ବଢ଼ି ବଢ଼ି ଯାଉଛି ଚାରିପାଖେ ତୁମର
ଏବଂ ଏକଥା ମାନ ଯେ
ଖୁବ୍ ଶୀଘ୍ର ଭିଜିବ ତୁମ ଦେହର ହାଡ଼
ଯଦି ତୁମର ସମୟ ତୁମ ପାଇଁ ମୂଲ୍ୟବାନ
ଏବଂ ଚାହଁ ତା'ର ସୁରକ୍ଷା
ତେବେ ଆରମ୍ଭ କର ପହଁରିବାକୁ
ନଚେତ ବୁଡ଼ିଯିବ ଶିଳାଖଣ୍ଡ ପରି
ଯେହେତୁ ବଦଳୁଛି ସମୟ ।

ଆସ, ହେ ଲେଖକ ଓ ସମୀକ୍ଷକମାନେ
ଯେଉଁମାନେ କହୁଥାଅ
ଆଗାମୀ ଦିନର କଥା ତୁମ କଲମରେ
ଏବଂ ଅନେକ ଦୂର ଯାଏଁ ପଡୁଥାଏ ତୁମର ଦୃଷ୍ଟି
ଏ ସୁଯୋଗ ଆସିବନି ଆଉ ଥରେ

କିନ୍ତୁ ମୁହଁ ଖୋଲନି ଏତେ ଜଲ୍‌ଦି
ଏବେ ବି ଘୂରୁଛି ଚକ୍ର
ହଁ, ଯାହାବି କହୁଛ, କୁହ କାହାର ନାଆଁ ନ ନେଇ
ଏବେ ହାରୁଛି ଯେଉଁ ଲୋକ
ପରେ ଜିତିବ ସେ
ଯେହେତୁ ବଦଳୁଛି ସମୟ ।

ଆସ, ହେ ରାଜନେତାମାନେ
ଧ୍ୟାନ ଦିଅ ସମୟର ଡାକକୁ
ଖାଲି ରଖ ପ୍ରବେଶଦ୍ୱାର
ଅବରୋଧ କର ନାହିଁ ସଭାଗୃହ
ଯେଉଁ ବ୍ୟକ୍ତି ହୋଇଛି ଅବରୁଦ୍ଧ
ସେ ହିଁ ହେବ କ୍ଷତାକ୍ତ
ବାହାରେ ଚାଲିଛି ଯୁଦ୍ଧ
ଓ କ୍ରମଶଃ ହେଉ ଘମାଘୋଟ
ଖୁବ୍ ଶୀଘ୍ର ତାହା
ଦୋହଲାଇ ଦେବ ତୁମର ଝରକା
ଓ ଖଣ୍ଡ ଖଣ୍ଡ କରି ପକାଇବ ତୁମର କବାଟ
ଯେହେତୁ ବଦଳୁଛି ସମୟ ।

ଆସ, ମା' ଓ ବାପାମାନେ
ଦେଶର କୋଣ କୋଣରୁ
ଏବଂ ବୁଝିପାରୁନାହଁ ଯାହା
ସମାଲୋଚନା କରନା ତାକୁ
ତୁମର ପୁଅ ଓ ଝିଅ
ତୁମ ନିୟନ୍ତ୍ରଣର ବାହାରେ
ଖୁବ୍ ଶୀଘ୍ର ବୟସ୍କ ହେଉଛି ତୁମର ପୁରୁଣା ରାସ୍ତା

ଯଦି ତୁମେ ଦେଇପାରୁନା ସହଯୋଗ
ତେବେ ପାଇବନି ନୂଆ ରାସ୍ତା
ଯେହେତୁ ବଦଳୁଛି ସମୟ ।

ଟଣାସରିଛି ଗାର, ଦିଆସରିଛି ଅଭିଶାପ
ଏବେ ଯାହା ମନ୍ଥର ଆଗକୁ ହେବ ଦ୍ରୁତ
ଏବେ ଯାହା ବର୍ତ୍ତମାନ
ଆଗକୁ ହେବ ଅତୀତ
ଖୁବ୍ ଶୀଘ୍ର ବଦଳୁଛି କ୍ରମ
ଏବେ ଯେ ଆରମ୍ଭରେ
ପରେ ସେ ରହିବ ଶେଷରେ
ଯେହେତୁ ବଦଳୁଛି ସମୟ ।

ସଂକ୍ଷିପ୍ତ ଜୀବନାବୃତ୍ତ

ୱାଲଟ ହୁଇଟମାନ (ମେ ୩୧, ୧୮୧୯-ମାର୍ଚ୍ଚ ୨୬, ୧୮୯୨), ନ୍ୟୁୟର୍କ ରାଜ୍ୟର ୱେଷ୍ଟ ହିଲ ଅଂଚଳରେ ଜନ୍ମଗ୍ରହଣ କରିଥିଲେ। ପରିବାରକୁ ଆର୍ଥିକ ସହାୟତା ଦେବା ନିମନ୍ତେ ସେ ମାତ୍ର ଏଗାର ବର୍ଷ ବୟସରେ ପାଠ ଛାଡ଼ି ଛାପାଖାନାରେ କାମ କଲେ। ୧୯୩୬ ରୁ ୧୯୪୧ ପର୍ଯ୍ୟନ୍ତ ସେ ଶିକ୍ଷକତା କଲେ। ୧୯୪୨ରେ ସାମ୍ବାଦିକତାକୁ ପେସା ଭାବରେ ଗ୍ରହଣ କଲେ ଓ ଲଙ୍ଗ୍ ଆଇଲାଣ୍ଡର ନାମକ ସାପ୍ତାହିକ ଖବରକାଗଜ ଆରମ୍ଭ କଲେ। ବାରଟି କବିତାକୁ ନେଇ ତାଙ୍କର ବହୁଚର୍ଚ୍ଚିତ କବିତା ସଂକଳନ 'ଲିଭ୍ସ ଅଫ୍ ଗ୍ରାସ୍' ୧୯୫୫ରେ ପ୍ରକାଶିତ ହେଲା ଯାହାର ସମସ୍ତ ଖର୍ଚ୍ଚ ସେ ନିଜେ ବହନ କରିଥିଲେ। ତାଙ୍କର ମୃତ୍ୟୁ ପୂର୍ବରୁ ଏହାର ନବମ ସଂସ୍କରଣ ପ୍ରକାଶିତ ହୋଇଥିଲା ଯେଉଁଥିରେ ଚାରିଶହରୁ ଊର୍ଦ୍ଧ୍ୱ କବିତା ଥିଲା। ଏହାର ୧୮୮୨ରେ ହୋଇଥିବା ସଂସ୍କାରଣରୁ ପାଇଥିବା ରୟାଲ୍ଟିରେ ସେ ନ୍ୟୁୟର୍କର କ୍ୟାମଡେନ ସହରରେ ଘର କିଣିଥିଲେ। ସାରା ଜୀବନ ଆର୍ଥିକ ସମସ୍ୟାର ସମ୍ମୁଖୀନ ହୋଇଥିଲେ ମଧ୍ୟ ନିଜର ରୁଗ୍ଣ ମା ଓ ଭାଇଙ୍କୁ ଶେଷ ପର୍ଯ୍ୟନ୍ତ ଦେଖାଚାହାଁ କରିଥିଲେ ଓ ନିଜେ ଅବିବାହିତ ରହିଲେ।

ଲାଙ୍ଗଷ୍ଟନ ହ୍ୟୁଜ୍ (ଫେବୃଆରୀ ୦୧,୧୯୦୨-ମେ ୨୨, ୧୯୬୭), ହାର୍ଲେମ୍ ରେନାଁସାର ସର୍ବୋତ୍କୃଷ୍ଟ କବି ଥିଲେ। ସେ ମିଜୋରୀ ରାଜ୍ୟର ଜପଲିନ୍ ସହରରେ ଜନ୍ମଗ୍ରହଣ କରିଥିଲେ। ସେ କଲମ୍ବିଆ ବିଶ୍ୱବିଦ୍ୟାଳୟରେ ୧୯୨୧ରେ ଗୋଟିଏ ବର୍ଷ ପଢ଼ିଲାପରେ ତାଙ୍କୁ ଭଲ ଲାଗି ନ ଥିଲା ଓ ସେ ପଢ଼ା ଛାଡ଼ିଦେଲେ। ସେଇ ବର୍ଷ ତାଙ୍କର ପ୍ରଥମ କବିତା 'ନିଗ୍ରୋର ନଦୀସହ କଥା' ସେ ସମୟର ନିଗ୍ରୋ ପତ୍ରିକା 'ଦି କ୍ରାଇସିସ୍'ରେ ପ୍ରକାଶିତ ହୋଇଥିଲା। ୧୯୪୦ ବେଳକୁ ସେ ଜଣେ ସାହିତ୍ୟିକ ଭାବେ ଖ୍ୟାତି ଅର୍ଜନ କରି ସାରିଥିଲେ। ଷୋହଳଟି କବିତା ସଂକଳନ ବ୍ୟତୀତ ତାଙ୍କର ବାରଟି ଉପନ୍ୟାସ, ନାଟକ, କ୍ଷୁଦ୍ରଗଳ୍ପ, ଆଠଟି ଶିଶୁସାହିତ୍ୟ ଓ ସାତଟି ପ୍ରବନ୍ଧ ସଂକଳନ ପ୍ରକାଶିତ। ସେ ସାହିତ୍ୟକୁ ପେସା ଭାବରେ ଗ୍ରହଣ କରିଥିଲେ। ଅନେକ ପୁରସ୍କାର ସମେତ ତାଙ୍କୁ ଦୁଇଟି ସମ୍ମାନଜନକ ଡକ୍ଟରେଟ୍, ତାଙ୍କ ଫଟୋ ଥାଇ ଆମେରିକୀୟ ଡାକଟିକେଟ୍, ତାଙ୍କ ନାଁରେ ସ୍କୁଲ ଓ ବିଶ୍ୱବିଦ୍ୟାଳୟ ସ୍ତରର ପୁରସ୍କାର ଆଦି ସମ୍ମାନ ଦିଆଯାଇଥିଲା। ସେ ଜୀବନର ଶେଷ ପର୍ଯ୍ୟନ୍ତ ଲେଖୁଥିଲେ ଓ ସାହିତ୍ୟ ସେବାରେ ବ୍ରତୀ ରହି ଅବିବାହିତ ଥିଲେ।

ପାବ୍ଲୋ ନେରୁଦା (ଜୁଲାଇ ୧୨, ୧୯୦୪-ସେପ୍ଟେମ୍ବର ୨୩, ୧୯୭୩) ନେଫ୍‌ଟାଲି ରିକାର୍ଡ଼ୋ ରୟେସ୍ ବାସୋଆଲ୍ଟୋ ନାଁରେ ('ପାବ୍ଲୋ ନେରୁଦା' ନାଁକୁ ସେ ପରେ ବ୍ୟବହାର କରିଥିଲେ) ଚିଲିର ପାରାଲ୍ ସହରରେ ଜନ୍ମ ଗ୍ରହଣ କରିଥିଲେ। ଜନ୍ମର ଦୁଇମାସ ପରେ ତାଙ୍କର ମା ମୃତ୍ୟୁ ବରଣ କରିଥିଲେ। ସେ ତାଙ୍କର ପ୍ରଥମ କବିତା ମାତ୍ର ଦଶ ବର୍ଷ ବୟସରେ ଲେଖିଥିଲେ। ତାଙ୍କ ବାପାଙ୍କର ସାହିତ୍ୟ ପ୍ରତି ବିରୋଧ ସତ୍ତ୍ୱେ ମାତ୍ର ୧୯ ବର୍ଷ ବୟସରେ ତାଙ୍କର ପ୍ରଥମ କବିତା ସଂକଳନ 'ବୁକ୍ ଅଫ୍ ଟ୍ୱିଲାଇଟ୍‌ସ' ଓ ତା ପରବର୍ଷ 'ଟ୍ୱେଣ୍ଟି ଲଭ୍ ପୋଏମ୍‌ସ୍ ଆଣ୍ଡ୍ ଏ ସଙ୍ଗ୍ ଅଫ୍ ଡିସ୍ପେୟାର୍' ପ୍ରକାଶିତ ହୋଇଥିଲା। ଏହି ସଂକଳନ ଅନେକ ଭାଷାରେ ଅନୂଦିତ ହୋଇ ବହୁ ସଂଖ୍ୟାରେ ବିକ୍ରି ହୋଇଥିଲା ଓ ନେରୁଦାଙ୍କୁ ଆନ୍ତର୍ଜାତୀୟ ସ୍ତରରେ ଖ୍ୟାତି ଦେଇଥିଲା। ଚିଲିର ରାଷ୍ଟ୍ରଦୂତ ଭାବେ ସେ ଅନେକ ଦେଶରେ ନିଯୁକ୍ତି ପାଇଥିଲେ। ନେରୁଦାଙ୍କୁ ୧୯୫୦ରେ ଆନ୍ତର୍ଜାତୀୟ ଶାନ୍ତି ପୁରସ୍କାର ଓ ୧୯୭୧ରେ ସାହିତ୍ୟରେ ନୋବେଲ୍ ପୁରସ୍କାର ମିଳିଥିଲା। ଶେଷ ଜୀବନରେ ସେ କର୍କଟ ରୋଗରେ ପୀଡ଼ିତ ହୋଇ ୬୯ ବର୍ଷ ବୟସରେ ମୃତ୍ୟୁ ବରଣ କରିଥିଲେ। ତାଙ୍କର ୨୨ଟି କବିତା ସଂକଳନ ସମେତ ଅନେକ ପ୍ରବନ୍ଧ, ନାଟକ ଓ ଅନୁବାଦ ସଂକଳନ ରହିଛି।

ଟୋମାସ୍ ଟ୍ରାନ୍ସଟ୍ରୋମର(ଏପ୍ରିଲ ୧୫, ୧୯୩୧-ମାର୍ଚ୍ଚ ୨୬, ୨୦୧୫) ସ୍ୱିଡ଼େନ ଦେଶର ଷ୍ଟକହୋମ ସହରରେ ଜନ୍ମଗ୍ରହଣ କରିଥିଲେ। ୧୯୫୪ରେ ତାଙ୍କର କବିତା ସଂକଳନ '୧୭ଟି କବିତା' ପ୍ରକାଶ ପାଇଥିଲା। ୧୯୫୬ ସେ ଷ୍ଟକହୋମ ବିଶ୍ୱବିଦ୍ୟାଳୟରୁ ମନସ୍ତତ୍ତ୍ୱରେ ସ୍ନାତକ ହାସଲ କରିଥିଲେ ଓ ପରେ ଇତିହାସ, ଧର୍ମ ଓ ସାହିତ୍ୟରେ ଉଚ୍ଚଶିକ୍ଷା ଲାଭ କରିଥିଲେ। ୧୯୬୦ରୁ ୧୯୬୬ ମଧ୍ୟରେ ସେ ଗୋଟିଏ ଅପରାଧ କେନ୍ଦ୍ରରେ ମନସ୍ତତ୍ତ୍ୱବିତ୍ ଭାବେ କାର୍ଯ୍ୟ କରିବା ସହିତ କବିତା ମଧ୍ୟ ଲେଖୁଥିଲେ। ୧୯୬୫ରେ ଆମେରିକୀୟ କବି ରବର୍ଟ ବ୍ଲାଇଙ୍କ ସହିତ ତାଙ୍କର ଗଭୀର ବନ୍ଧୁତା ସ୍ଥାପିତ ହେଲା। ରବର୍ଟ ତାଙ୍କ କବିତା ଇଂରାଜି ଭାଷାରେ ଅନୂଦିତ କରି ବିଶ୍ୱ ଦରବାରକୁ ଆଣିଲେ। ଆରବ କବି ଆଦୋନିସ୍ ତାଙ୍କ କବିତାକୁ ଆରବ ଦେଶରେ ଲୋକପ୍ରିୟ କରାଇଲେ। ତାଙ୍କ କବିତାରେ ସାମ୍ପ୍ରତିକତାର ଚିତ୍ରଣ ନ ଥିବାରୁ ୧୯୭୦ ଦଶକରେ ତାଙ୍କୁ ଆଲୋଚନାର ଶିକାର ହେବାକୁ ପଡ଼ିଥିଲା। ୧୯୮୪ ଭୋପାଳ ଗ୍ୟାସ ଦୁର୍ଘଟଣାର ପଶ୍ଚାତ ତୁରନ୍ତ ସେ ଭୋପାଳରେ କବି ସମ୍ମିଳନୀ ଆୟୋଜିତ କରିଥିଲେ। ତାଙ୍କର ତେରଟି କବିତା ସଂକଳନ ପ୍ରକାଶିତ ଓ ଷାଠିଏରୁ ଅଧିକ ଭାଷାରେ ଅନୂଦିତ। ଅନେକ ପୁରସ୍କାର ସମେତ ସେ ୨୦୧୧ ସାହିତ୍ୟ ନୋବେଲ ପୁରସ୍କାର ପ୍ରାପ୍ତ।

ଆନ୍ନା ଆଖ୍‌ମାଟୋଭା (ଜୁନ୍ ୨୩, ୧୮୮୯-ମାର୍ଚ୍ଚ ୫, ୧୯୬୬), ରୁଷିଆର ବଲଶୟ ଫୋଣ୍ଟାନ ସହରରେ ଜନ୍ମଗ୍ରହଣ କରିଥିଲେ। ସେ ୧୧ ବର୍ଷ ବୟସରୁ କବିତା ଲେଖି ପତ୍ରିକାମାନଙ୍କରେ ପ୍ରକାଶିତ କରୁଥିଲେ। ତାଙ୍କ ବାପା ତାଙ୍କର ସାଙ୍ଗିଆକୁ ବ୍ୟବହାର କରି କବିତା ଛପାଇବାକୁ ଚାହିଁ ନ ଥିବାରୁ ଆନ୍ନା ତାଙ୍କର ଜେଜେମାଙ୍କର ସାଙ୍ଗିଆକୁ ବ୍ୟବହାର

କରିବା ଆରମ୍ଭ କଲେ। ୧୯୦୩ରେ ସେ ଯୁବ କବି ଓ ସମ୍ପାଦକ ନିକୋଲାଭ ଗୁମିଲେଭଙ୍କୁ ଭେଟିଲେ। ନିକୋଲାଭଙ୍କ ପତ୍ରିକାରେ ଆନ୍ନାଙ୍କ କବିତା ଅନେକ ବାର ପ୍ରକାଶିତ ହେଲା। ନିକୋଲାଭ ତାଙ୍କୁ ଅନେକ ଥର ବିବାହ ପ୍ରସ୍ତାବ ଦେଲେ। ଏପ୍ରିଲ୍ ୧୯୧୦ରେ ଦୁହିଁଙ୍କର ବିବାହ ହେଲା କିନ୍ତୁ ଆନ୍ନାଙ୍କ ଘରୁ ଏ ବିବାହରେ କେହି ଯୋଗ ଦେଲେନି। ତାଙ୍କର ପ୍ରଥମ କବିତା ସଂକଳନ 'ଇଭିନିଙ୍ଗ'ରେ ସେ ଲେଖିଥିବା ୨୦୦ କବିତାରୁ ବାଛିବାଛି ୩୫ଟି କବିତା ରଖିଲେ ଓ ସଂକଳନଟି ଅନେକ ସଂଖ୍ୟାରେ ବିକ୍ରି ହେଲା ତଥା ବିଭିନ୍ନ ଭାଷାରେ ଅନୂଦିତ ହେଲା। ୧୯୧୪ରେ ତାଙ୍କର ଦ୍ୱିତୀୟ ସଂକଳନ 'ଦି ରୋଜାରି' ଓ ୧୯୧୭ରେ ତୃତୀୟ ସଂକଳନ 'ହ୍ୱାଇସ୍ ଫ୍ଲକ୍' ପ୍ରକାଶିତ ହେଲା। ସେ କବିତା ଲେଖିବା ସହ ଅନେକ ବିଶ୍ୱ କବିତା ଅନୁବାଦ କରିଛନ୍ତି ଯେଉଁଥିରେ ରବୀନ୍ଦ୍ରନାଥ ଟାଗୋରଙ୍କ କବିତା ମଧ୍ୟ ଅଛି। ୧୯୬୫ରେ ଅକ୍ସଫୋର୍ଡ଼ ବିଶ୍ୱବିଦ୍ୟାଳୟ ତାଙ୍କୁ ଡକ୍ଟରେଟ୍ ଡିଗ୍ରୀ ପ୍ରଦାନ କରିଥିଲେ।

ଡରୋଥି ପାର୍କର (ଅଗଷ୍ଟ ୨୩, ୧୮୯୩-ଜୁନ ୬, ୧୯୬୭) ନ୍ୟୁଜର୍ସିର ୱେଷ୍ଟ ଏଣ୍ଡ୍ ସହରରେ ଜନ୍ମଗ୍ରହଣ କରିଥିଲେ। ସେ ଯେତେବେଳେ ପାଂଚ ବର୍ଷର ହୋଇଥିଲେ ତାଙ୍କର ମା'ଙ୍କର ମୃତ୍ୟୁ ଘଟିଥିଲା। ମାତ୍ର ଚଉଦ ବର୍ଷ ବୟସରେ ପାଠ ଛାଡ଼ି କବିତା ଲେଖିବା ଆରମ୍ଭ କରିଥିଲେ। ୧୯୧୪ରେ ପ୍ରଥମ କବିତା ଭାନିଟି ଫେୟାର ପତ୍ରିକାକୁ ବିକ୍ରି କରିଥିଲେ ଓ ୧୯୧୭ରେ ନାଟ୍ୟ ସମୀକ୍ଷକ ଭାବେ ସେଇ ପତ୍ରିକାରେ ଯୋଗ ଦେଇଥିଲେ। ୧୯୨୫ରେ ସେ ନ୍ୟୁୟର୍କର ପତ୍ରିକାର ସମ୍ପାଦନା ମଣ୍ଡଳୀରେ ଯୋଗଦେଲେ। ୧୯୨୬ରେ ତାଙ୍କର ପ୍ରଥମ କବିତା ସଂକଳନ 'ଏନଫ୍ ରୋପ୍' ପ୍ରକାଶିତ ହେଲା। ୧୯୨୯ରେ 'ବିଗ୍ ବ୍ଲଣ୍ଡ୍' ଗପ ପାଇଁ ତାଙ୍କୁ ଓ ହେନେରୀ ପୁରସ୍କାର ମିଳିଲା। ୧୯୫୯ରେ ତାଙ୍କ ନାଁ ଆମେରିକାନ୍ ଏକାଡ଼େମୀ ଅଫ୍ ଆର୍ଟସ ଆଣ୍ଡ୍ ଲେଟର୍ସର ଅନ୍ତର୍ଭୁକ୍ତ ହେଲା ଏବଂ ୧୯୬୩ରେ ସେ କାଲିଫୋର୍ଣ୍ଣିଆ ଷ୍ଟେଟ୍ କଲେଜରେ ପ୍ରଫେସର ରୂପେ ଯୋଗଦେଲେ।

ଏଡନା ଭିନସେଣ୍ଟ ମିଲେ (ଫେବୃଆରୀ ୨୨, ୧୮୯୨-ଅକ୍ଟୋବର ୧୯, ୧୯୫୦) ମେନ୍ ରାଜ୍ୟର ରକଲ୍ୟାଣ୍ଡ ସହରରେ ଜନ୍ମଗ୍ରହଣ କରିଥିଲେ। ତାଙ୍କର ବାପା ଘର ଛାଡ଼ି ଚାଲିଗଲା ପରେ ତାଙ୍କର ମା ପିଲାଟି ଦିନରୁ ତାଙ୍କୁ ସଂଗୀତ ଓ ସାହିତ୍ୟ ପ୍ରତି ଆଗ୍ରହ ସୃଷ୍ଟି କରେଇ ମହତ୍ତ୍ୱାକାଂକ୍ଷୀ ଓ ସ୍ୱାବଲମ୍ବୀ ହେବପାଇଁ ପ୍ରେରଣା ଦେଉଥିଲେ। ତାଙ୍କ ମା'ଙ୍କ କହିବା ଅନୁସାରେ ସେ ୧୯୧୨ରେ ତାଙ୍କର କବିତା ଏକ ପ୍ରତିଯୋଗିତାକୁ ପଠେଇଥିଲେ। ସେ ଚତୁର୍ଥ ସ୍ଥାନ ଅଧିକାର କରିଥିଲେ ଓ କବିତା ଦି ଲିରିକ୍ ଇୟର୍ ପତ୍ରିକାରେ ପ୍ରକାଶିତ ହେଲା। ସେ କଲେଜରେ ଥିବା ସମୟରେ କବିତା ଲେଖିବା ସହ ଥିଏଟରରେ ମଧ୍ୟ ସମୟ ଦେଲେ। ୧୯୨୦ରେ ତାଙ୍କର ପ୍ରଥମ କବିତା ସଂକଳନ 'ଏ ଫିଉ ଫିଗସ୍' ପ୍ରକାଶିତ ହେଲା ଏବଂ ଏହାର ବାମାବାଦ ବିଷୟବସ୍ତୁ ପାଇଁ ଚର୍ଚ୍ଚିତ ହେଲା। କବିତା ସଂକଳନ 'ଦି ବାଲାଡ଼ ଅଫ୍ ଦି ହାର୍ପ ୱିଭର୍' ପାଇଁ ତାଙ୍କୁ ୧୯୨୩ର ପୁଲିଜର ପୁରସ୍କାର ମିଳିଲା। ତାଙ୍କର ଉଣେଇଶିଟି କବିତା ସଂକଳନ ଓ ଆଠଟି ନାଟ୍ୟ ସଂକଳନ ପ୍ରକାଶିତ।

ଆଦୋନିସ (ଜନ୍ମ ଜାନୁୟାରୀ ୦୧, ୧୯୩୦), ସିରିଆର ପଶ୍ଚିମ ଭାଗରେ ଥିବା ଲାଟାକିଆ ସହର ନିକଟବର୍ତ୍ତୀ ଆଲ୍ କାସାବିନ୍ ଗାଆଁରେ ଗୋଟିଏ କୃଷକ ପରିବାରରେ 'ଅଲି ଅହମ୍ମଦ ସୟେଦ୍ ଆସବର' ନାଆଁରେ ଜନ୍ମଗ୍ରହଣ କରିଥିଲେ। ସେ ସମକାଳ ଆରବ କବିତାର ସବୁଠୁ ପ୍ରଭାବଶାଳୀ ଓ ପ୍ରମୁଖ କବି, ପ୍ରାବନ୍ଧିକ ଓ ଅନୁବାଦକ ଭାବରେ ସୁପରିଚିତ। ୧୯୫୬ରେ ସେ ସିରିଆ ଛାଡ଼ି ଲେବାନନ ଚାଲିଯାଇଥିଲେ ଓ ୧୯୮୦ରୁ ନିଜ ପତ୍ନୀ ଓ ଦୁଇଝିଅଙ୍କ ସହ ପ୍ୟାରିସ୍‌ରେ ବସବାସ କରିବାକୁ ଲାଗିଲେ। ସେ ବିଭିନ୍ନ ସମୟରେ ଲେବାନନ, ସିରିଆ, ଫ୍ରାନସ୍ ଓ ଯୁକ୍ତରାଷ୍ଟ୍ର ଆମେରିକାର ବିଭିନ୍ନ ବିଶ୍ୱବିଦ୍ୟାଳୟରେ ଅଧ୍ୟାପନା କରିଛନ୍ତି। ତାଙ୍କର ଏଯାବତ୍ କୋଡ଼ିଏଟି କବିତା ସଂକଳନ, ତେରଟି ପ୍ରବନ୍ଧ ସଙ୍କଳନ ଏବଂ ବାରଟି ଅନୁବାଦ ସଙ୍କଳନ ପ୍ରକାଶିତ। ୧୯୬୮ରୁ ୨୦୧୫ ମଧ୍ୟରେ ସେ ଚବିଶଟି ଆନ୍ତର୍ଜାତୀୟ ପୁରସ୍କାର ପାଇଛନ୍ତି। ୧୯୮୮ ପରଠୁ ତାଙ୍କର ନାମ ଅନେକଥର ନୋବେଲ ସାହିତ୍ୟ ପୁରସ୍କାର ପାଇଁ ନାମିତ ହୋଇଛି।

ସିଲ୍‌ଭିଆ ପ୍ଲାଥ୍ (ଅକ୍ଟୋବର ୨୭, ୧୯୩୨-ଫେବୃଆରୀ ୧୧, ୧୯୬୩) ମାସାଚୁସେଟ୍‌ସ ରାଜ୍ୟର ବୋଷ୍ଟନ ନିକଟବର୍ତ୍ତି ଛୋଟ ସହର ୱେଲେସ୍‌ଲି ରେ ଜନ୍ମଗ୍ରହଣ କରିଥିଲେ। ତାଙ୍କର ପ୍ରଥମ କ୍ଷୁଦ୍ରଗଳ୍ପ 'ଆଣ୍ଡ ସମର୍ ୱିଲ୍ ନଟ୍ କମ୍ ଏଗେନ୍' 'ସେଭେନ୍‌ଟିନ୍' ପତ୍ରିକାର ୧୯୫୦ ମସିହା ଅଗଷ୍ଟ ସଂଖ୍ୟାରେ ପ୍ରକାଶିତ ହେଲା। ନ୍ୟୁୟର୍କ ସହରରୁ ବାହାରୁଥିବା ମହିଳା ଫେସନ୍ ପତ୍ରିକା 'ମେଡ଼୍ମ ଏଜ୍‌ଲି'ର (୧୯୩୫ରୁ ୨୦୦୧ ପର୍ଯ୍ୟନ୍ତ ପ୍ରକାଶିତ) ଏଇ ଗଳ୍ପ ପ୍ରତିଯୋଗିତାରେ ସିଲ୍‌ଭିଆଙ୍କ ଗଳ୍ପ 'ସଣ୍ଡେ ଆଟ୍ ଦି ମିଣ୍ଟନ୍‌ସ୍' କୁ ୧୯୫୨ରେ ପ୍ରଥମ ପୁରସ୍କାର ଭାବେ ୫୦୦ ଡଲାର ମିଳିବା ସହିତ ୧୯୫୩ ଜୁନ୍ ସଂଖ୍ୟାର ସୌଜନ୍ୟ ସମ୍ପାଦକ ରୂପେ କାମ କରିବାର ସୁଯୋଗ ମିଳିଲା। ୧୯୫୫ରେ ସ୍ମିଥ୍ କଲେଜରୁ ସ୍ନାତକ ଡିଗ୍ରୀ ହାସଲ କଲାପରେ ଫୁଲ୍‌ବ୍ରାଇଟ୍ ସ୍କଲାରସିପ୍ ପାଇ ଉଚ୍ଚଶିକ୍ଷା ନିମନ୍ତେ କେମ୍ବ୍ରିଜ୍ ବିଶ୍ୱବିଦ୍ୟାଳୟ ଅଭିମୁଖେ ଲଣ୍ଡନ ଯାତ୍ରା କଲେ। କେମ୍ବ୍ରିଜରେ ତାଙ୍କର ସାକ୍ଷାତ ହେଲା ସୌମ୍ୟ, ସୁଠାମ ଓ ଚର୍ଚ୍ଚିତ କବି ଟେଡ଼୍ ହ୍ୟୁଜ୍‌ଙ୍କ ସହ। ଟେଡ଼୍‌ଙ୍କ ପୌରୁଷ ତଥା କାବ୍ୟିକ ବ୍ୟକ୍ତିତ୍ୱରେ ଆକର୍ଷିତ ହୋଇ ୧୬ ଜୁନ୍ ୧୯୫୬ରେ ସେ ଟେଡ୍‌ଙ୍କୁ ବିବାହ କଲେ। ପରେ ଟେଡ୍‌ଙ୍କ ସହ ତାଙ୍କର ବୈବାହିକ ସମ୍ପର୍କ ଖରାପ ହେବାରୁ ସେ ଗ୍ୟାସ ଓଭେନରେ ମୁଣ୍ଡ ପୂରାଇ ଆତ୍ମହତ୍ୟା କରିଥିଲେ। ୧୯୮୨ରେ ସିଲ୍‌ଭିଆ ପାଥ୍‌ଙ୍କୁ 'କଲେକ୍ଟେଡ୍ ପୋଏମସ୍ ଅଫ୍ ସିଲ୍ଭିଆ ପ୍ଲାଥ୍' ପାଇଁ ମରଣୋତ୍ତର ପୁଲିଜର ପୁରସ୍କାରରେ ସମ୍ମାନିତ କରାଗଲା। ଆତ୍ମଜୀବନୀ ଭିତ୍ତିକ ତାଙ୍କର ବହୁଚର୍ଚ୍ଚିତ ଉପନ୍ୟାସ 'ଦି ବେଲ୍ ଜାର' କ୍ଲାସିକ୍ ଉପନ୍ୟାସ ଶ୍ରେଣୀର ଅନ୍ତର୍ଭୁକ୍ତ।

ସୋଲ୍ଭେଗ ମାର୍ଗାରିଟା ଭନ୍ ଶୋଲଜ (ଅଗଷ୍ଟ ୫, ୧୯୦୭-ଡିସେମ୍ବର ୩, ୧୯୯୬) ଫିନ୍‌ଲାଣ୍ଡ ରାଜଧାନୀ ହେଲସିଙ୍କିର ଦକ୍ଷିଣବର୍ତ୍ତି ସହର ପୋର୍ଭୋରେ ଜନ୍ମଗ୍ରହଣ କରିଥିଲେ। ୧୯୩୨ରେ ତାଙ୍କର ପ୍ରଥମ ବହି ପ୍ରକାଶ ପାଇଥିଲା ଯାହା ଶିଶୁ ସାହିତ୍ୟ ଥିଲା। ୧୯୪୦ରୁ

୧୯୯୭ ମଧ୍ୟରେ ତାଙ୍କର ପନ୍ଦରଟି କବିତା ସଂକଳନ ପ୍ରକାଶ ପାଇଲା। ତାଙ୍କ କବିତାର ମୁଖ୍ୟ ସ୍ୱର ଥିଲା ନାରୀତ୍ୱ, ମାତୃତ୍ୱ ଏବଂ ଅସ୍ତିତ୍ୱବାଦ। ତାଙ୍କର ତିନୋଟି ଗପ ସଂକଳନ ପ୍ରକାଶିତ ଯାହା ପ୍ରେମ ଓ ସମ୍ପର୍କ ଭିତ୍ତିକ। ସେ ପାଇଥିବା ପୁରସ୍କାର ମଧ୍ୟରେ ୧୯୭୦ର ଫିନ୍‌ଲାଣ୍ଡର ସର୍ବୋଚ୍ଚ ସାହିତ୍ୟ ପୁରସ୍କାର, ୧୯୮୮ର ନିଲସ ଫର୍ଲିନ୍ ପୁରସ୍କାର, ୧୯୯୩ର ଲାଙ୍ଗମାନସ୍କା ପୁରସ୍କାର, ୧୯୯୬ର ସାମଫଣ୍ଡେଟ ଡି ନିଓ ପୁରସ୍କାର ଉଲ୍ଲେଖଯୋଗ୍ୟ। ତା' ବ୍ୟତୀତ ସେ ରାଜ୍ୟର ସର୍ବଶ୍ରେଷ୍ଠ ସାହିତ୍ୟ ପୁରସ୍କାର ପାଂଚଥର ପାଇଥିଲେ ଏବଂ ୧୯୮୬ରେ ହେଲସିଙ୍କି ବିଶ୍ୱବିଦ୍ୟାଳୟରୁ ସମ୍ମାନଜନକ ଡକ୍ଟରେଟ୍ ମଧ୍ୟ ପାଇଥିଲେ।

ମାୟା ଏଞ୍ଜେଲୁ (ଏପ୍ରିଲ୦୪, ୧୯୨୮-ମେ ୨୮, ୨୦୧୪), ମିଜୋରୀ ରାଜ୍ୟର ସେଣ୍ଟ୍ ଲୁଇସ୍ ସହରରେ ଜନ୍ମଗ୍ରହଣ କରିଥିଲେ। ତାଙ୍କୁ ତିନିବର୍ଷ ହୋଇଥିଲାବେଳେ ତାଙ୍କର ପିତା ମାତା ଅଲଗା ହୋଇଯାଇଥିଲେ। ୧୯୪୦ରେ ତାଙ୍କ ମା ଓ ଭାଇଙ୍କ ସହ ସେ ସାନଫ୍ରାନ୍‌ସିସ୍‌କୋ ଚାଲିଯାଇଥିଲେ ଓ ସେଠି ଗୀତ, ନାଚ ଶିଖିଲେ ଓ କବିତା ରେକର୍ଡ଼ିଂ କଲେ। ମାତ୍ର ୧୬ ବର୍ଷ ବୟସରେ ତାଙ୍କର ପୁଅଟିଏ ଜନ୍ମ ହେଲା ଓ ସେ ସାନ୍‌ଡ଼ିଆଗୋ ଯାଇ ସେଠି ଗୋଟିଏ ନାଇଟ୍ କ୍ଲବ୍‌ରେ କାମ କଲେ। ସେଠି ଷ୍ଟ୍ରିପ୍ କ୍ଲବ୍‌ରେ ନାଚୁଥିଲାବେଳେ ଗୋଟିଏ ଆନ୍ତର୍ଜାତୀୟ ନାଚ କମ୍ପାନିରେ ଚାକିରି ପାଇଲେ ଓ ୧୯୫୪-୫୫ରେ ପ୍ରାୟ ୨୨ଟି ଦେଶ ଗସ୍ତ କଲେ। ୧୯୯୫ରେ ସେ ନ୍ୟୁୟର୍କ ଫେରିଲେ ଓ ହାର୍ଲେମରେ ଅନେକ ସାହିତ୍ୟିକ ଓ କବିଙ୍କ ସହ ତାଙ୍କର ବନ୍ଧୁତା ହେଲା। ସେଇ ସମୟରେ ସେ ସିଭିଲ୍ ରାଇଟସ୍ ଆନ୍ଦୋଳନରେ ଯୋଗଦେଲେ। ୧୯୬୧ରେ ସେ ମିଶର ଦେଶକୁ ଗଲେ ଓ ଗୋଟିଏ ପତ୍ରିକାରେ କାମ କଲେ। ସେଠୁ ସେ ଘାନା ଯାଇ ଆଫ୍ରିକାନ ରିଭ୍ୟୁ ପତ୍ରିକାରେ କାମ କଲେ। ସେଠି ତାଙ୍କୁ ତଥା ତାଙ୍କ ସାହିତ୍ୟସାଧନାକୁ ଆଫ୍ରିକୀୟ ସଂସ୍କୃତି ମାଧ୍ୟମରେ ଖୁବ୍ ପ୍ରେରଣା ମିଳିଲା। ସେ ଯେତେବେଳେ ଆମେରିକା ଫେରିଲେ, ତାଙ୍କ ଜୀବନୀକୁ ସେ ଅନେକ ଭାଗରେ ପ୍ରକାଶ କଲେ। 'ଆଇ ନୋ ହ୍ୱାଏ ଦି କେଜ୍ ବାର୍ଡ଼ ସିଙ୍ଗ୍' ରୁ ଆରମ୍ଭ କରି ତାଙ୍କର ଚାରିଖଣ୍ଡ ଆତ୍ମଜୀବନୀ ପରବର୍ତ୍ତୀ ଦୁଇ ଦଶକରେ ପ୍ରକାଶିତ ହେଲା। ସେ ୩୦ଖଣ୍ଡ ବେଷ୍ଟ୍ ସେଲର ସମେତ ୩୬ଖଣ୍ଡ ବହି ଲେଖିଛନ୍ତି। ୧୯୮୧ ରେ ସେ ୱେକ୍ ଫରେଷ୍ଟ୍ ବିଶ୍ୱବିଦ୍ୟାଳୟରେ ଆସିଷ୍ଟାଣ୍ଟ୍ ପ୍ରଫେସର ଭାବେ ଯୋଗ ଦେଲେ। ପ୍ରେସିଡ଼େଣ୍ଟ୍ ବିଲ୍ କ୍ଲିଣ୍ଟନ୍‌ଙ୍କ ଶପଥ ଗ୍ରହଣ ଉତ୍ସବରେ ତାଙ୍କୁ କବିତା ପଢ଼ିବାକୁ ନିମନ୍ତ୍ରଣ କରାଯାଇଥିଲା। ଅନେକ ପୁରସ୍କାର ଓ ସମ୍ମାନ ସହ ତାଙ୍କୁ ପ୍ରାୟ ପଚାଶଟି ସମ୍ମାନଜନକ ଡକ୍ଟରେଟ୍ ଡିଗ୍ରୀ ମିଳିଛି।

ରବର୍ଟ ଫ୍ରଷ୍ଟ (ମାର୍ଚ୍ଚ ୨୬, ୧୮୭୪-ଜାନୁଆରୀ ୨୯, ୧୯୬୩) କାଲିଫୋର୍ଣ୍ଣିଆ ରାଜ୍ୟର ସାନଫ୍ରାନ୍‌ସିସ୍‌କୋ ସହରରେ ଜନ୍ମଗ୍ରହଣ କରିଥିଲେ। ୧୯୧୨ରେ ସେ ନିଜ ପରିବାର ସହିତ ଇଂଲଣ୍ଡ ଚାଲିଯାଇଥିଲେ ଓ ଲଣ୍ଡନ ଉପକଣ୍ଠରେ ଥିବା ବିକନସଫିଲ୍ଡ ସହରରେ ବାସ କଲେ। ୧୯୧୩ରେ ତାଙ୍କର ପ୍ରଥମ କବିତା ସଂକଳନ 'ଏ ବୟେଜ୍ ଉଇଲ୍' ପ୍ରକାଶିତ ହେଲା।

୧୯୧୫ରେ ଆମେରିକା ଫେରିଆସିଲେ ଓ ନ୍ୟୁ ହାମ୍ପସାୟାର ରାଜ୍ୟର ଫ୍ରାଙ୍କୋନିଆ ସହରରେ ବାସକଲେ। ୧୯୨୧ରେ ସେ ମିଚିଗାନ ବିଶ୍ୱବିଦ୍ୟାଳୟରେ ଫେଲୋସିପ୍ ଗ୍ରହଣ କଲେ ଓ ୧୯୨୭ ପର୍ଯ୍ୟନ୍ତ ରହିଲେ। ୧୯୨୪ରେ ସେ କବିତାରେ ପୁଲିଜର ପୁରସ୍କାର ପାଇଲେ ଏବଂ ସେ ହେଲେ ଏକମାତ୍ର କବି ଯିଏ ଚାରିଥର (୧୯୨୪, ୧୯୩୧, ୧୯୩୭, ୧୯୪୩) ଏହି ପୁରସ୍କାର ପାଇଛନ୍ତି। ନୋବେଲ ପୁରସ୍କାର ପାଇଁ ତାଙ୍କର ନାଆଁ ଏକତିରିଶ ଥର ବିଚାରକୁ ନିଆଯାଇଥିଲେ ବି ସେ ଏହି ପୁରସ୍କାର ପାଇ ପାରି ନ ଥିଲେ। ୧୯୬୦ରେ ତାଙ୍କୁ ଆମେରିକୀୟ କଂଗ୍ରେସ ଗୋଲ୍ଡ ମେଡ଼ାଲ ଦିଆଯାଇଥିଲା। ୧୯୬୧ରେ ସେ ଭର୍ମଣ୍ଟ ରାଜ୍ୟର ପୋଏଟ ଲରେଟ ହୋଇଥିଲେ। ତାଙ୍କର ସତେଇଶଟି କବିତା ସଂକଳନ, ଚାରିଟି ନାଟକ ସଂକଳନ ଓ ସାତଟି ପ୍ରବନ୍ଧ ସଂକଳନ ପ୍ରକାଶିତ।

ଜଲାଲୁଦ୍ଦିନ ମହମ୍ମଦ ରୁମି(ସେପ୍ଟେମ୍ବର ୩୦, ୧୨୦୭-ଡିସେମ୍ବର ୧୭, ୧୨୭୩) ଆଫଗାନିସ୍ଥାନ ପୂର୍ବ ସୀମାବର୍ତ୍ତୀ ବାଲ୍‌ଖ ସହର ନିକଟବର୍ତ୍ତୀ ଗୋଟିଏ ଗାଆଁରେ ଜନ୍ମଗ୍ରହଣ କରିଥିଲେ। ତାଙ୍କର ପିତା ବାହାଉଦ୍ଦିନ ୱାଲାଦ ଧର୍ମ ଓ ସାହିତ୍ୟର ଜଣେ ବିଦ୍ୱାନ ବ୍ୟକ୍ତି ଥିଲେ ଓ ନିଜେ ଚଲାଉଥିବା ମାଦ୍ରାସାର ମୁଖ୍ୟ ଥିଲେ। ଯେତେବେଳେ ରୁମିଙ୍କୁ ମାତ୍ର ଦଶବର୍ଷ (୧୨୧୭), ଚେଙ୍ଗିଜ୍ ଖାଁଙ୍କ ମଙ୍ଗୋଲ ସେନା ଆକ୍ରମଣ କରିବା ପୂର୍ବରୁ, ତାଙ୍କ ପିତା ତାଙ୍କର ସମସ୍ତ ପରିବାରକୁ ସାଥୀରେ ଧରି ବାଲ୍‌ଖ ଛାଡ଼ି ଦାମାସ୍କସ୍ ଅଭିମୁଖେ ଯାତ୍ରା ଆରମ୍ଭ କଲେ। ରୁମିଙ୍କ ପରିବାର ତୁରସ୍କର ଦକ୍ଷିଣ ଓ ମଧ୍ୟବର୍ତ୍ତୀ ସହର କୋନିଆରେ ରହିଲେ ଯେଉଁଠି ତାଙ୍କର ପିତା ପୂର୍ବପରି ମାଦ୍ରାସାଟିଏ ଖୋଲିଲେ। କିଛିବର୍ଷ ପରେ ତାଙ୍କ ପିତାଙ୍କର ମୃତ୍ୟୁ ହେଲା ଓ ରୁମି ମାଦ୍ରାସାର ଦାୟିତ୍ୱ ନେଲେ। ତାଙ୍କ ଜୀବନରେ ଗଭୀର ପରିବର୍ତ୍ତନ ଆସିଲା ଯେତେବେଳେ ନଭେମ୍ବର ୨୯, ୧୨୪୪ରେ ତାଙ୍କର ପ୍ରଥମ ସାକ୍ଷାତ ବିଶିଷ୍ଟ ଇରାନୀ ବୁଲା ଫକୀର ଶାମ୍‌ସ ଆଲ୍ଲାଦିନ ମୋହମ୍ମଦଙ୍କ ସହିତ ହେଲା। 'ଦିବାନ୍-ଇ ଶାମ୍‌ସ-ଇ ଟାବ୍ରିଜି' ନାମକ ଗ୍ରନ୍ଥରେ ସେ ନିଜର ସନାତନ ବନ୍ଧୁତ୍ୱକୁ ନେଇ ଅନେକ ଏକପଦୀ, ଗଜଲ ଏବଂ କାବ୍ୟଖଣ୍ଡ ଲେଖିଲେ। ତାଙ୍କ ଜୀବନର ଶେଷ ବାର ବର୍ଷ, ରୁମି 'ମାସ୍‌ନବି' ନାମରେ କାବ୍ୟ ଲେଖିଲେ ଯେଉଁଥିରେ ଚଉଷଠି ହଜାର ଧାଡ଼ିର କବିତାକୁ ଛଅଖଣ୍ଡ ଗ୍ରନ୍ଥରେ ରଖାଯାଇଛି। ବିଶ୍ୱ ସାହିତ୍ୟରେ ଏହାର ସମକକ୍ଷ ଗ୍ରନ୍ଥ ଆଉ ନାହିଁ। ବଡ଼ ବଡ଼ ସିଦ୍ଧାନ୍ତ, ଲୋକକଥା, ହସକଥା ତଥା ଭାବାତ୍ମକ କବିତା ଇତ୍ୟାଦି ଅନେକ ବିଷୟକୁ ନେଇ ଲେଖାଯାଇଥିବା ଏ କାବ୍ୟଗ୍ରନ୍ଥ ଜ୍ଞାନର ସମୁଦ୍ର। ଗଲା ପଚିଶ ବର୍ଷ ଧରି ଆମେରିକା ଓ ୟୁରୋପୀୟ ପାଠକ ଜଗତରେ ରୁମିଙ୍କ କବିତା ପୁସ୍ତକ ସବୁଠୁ ଅଧିକ ବିକ୍ରି ହେଉଥିବା ପୁସ୍ତକ ଭାବରେ ନିଜର ସ୍ଥାନକୁ ସୁଦୃଢ଼ କରିଆସୁଛି।

ସାଫୋ (ଖ୍ରୀଷ୍ଟପୂର୍ବ ୬୩୦-୫୭୦), ଗ୍ରୀସ୍‌ର ଲେସବସ ଦ୍ୱୀପରେ ଗୋଟିଏ କୁଳୀନ ପରିବାରରେ ଜନ୍ମଗ୍ରହଣ କରିଥିଲେ। ତାଙ୍କ ନିଜ ଲେଖାରୁ ତାଙ୍କ ବିଷୟରେ ଜଣାଯାଏ ଯେ

ତାଙ୍କର ଅନେକ ଭାଇ ଥିଲେ, ସେ ସେର୍ସିଲାସ ନାମକ ବ୍ୟକ୍ତିଙ୍କୁ ବିବାହ କରିଥିଲେ ଓ ତାଙ୍କର କ୍ଲେଇସ ନାମରେ ଝିଅ ଥିଲା। ସେ ମାଇଟିଲିନ୍ ସହରରେ ଅବିବାହିତ ଝିଅଙ୍କ ପାଇଁ ଗୋଟିଏ ସ୍କୁଲ ଖୋଲିଥିଲେ ଓ ତାଙ୍କର ପ୍ରାୟ ସମୟ ସେଇଠି କଟୁଥିଲା। ସମୀକ୍ଷକଙ୍କ ମତରେ, ଛନ୍ଦ କବିତା ବର୍ଗରେ ସାଫୋ ସବୁକାଳ ପାଇଁ ଶୀର୍ଷରେ ରହିବେ।

ରିଓକାନ(୧୭୫୮-୧୮୩୧) ଜାପାନ ଜେନ ସମ୍ପ୍ରଦାୟର ସବୁଠୁ ଲୋକପ୍ରିୟ କବି। ସେ ଜାପାନର ବରଫାବୃତ୍ତ ମାଉଣ୍ଟ କୁଗାମୀ ଅଂଚଳରେ ସନ୍ନ୍ୟାସୀ ଭାବରେ ତାଙ୍କ ଜୀବନର ସମସ୍ତ ସମୟ ବିତାଇଥିଲେ। ସେ ଦରିଦ୍ର ଥିଲେ ଏବଂ ତାଙ୍କର କୌଣସି ମନ୍ଦିର ଅଥବା ଅନୁଗାମୀ ନଥିଲେ। ସେ ଖ୍ୟାତି, ଆଲୋଚନା ଓ ସମ୍ମାନଠାରୁ ନିଜକୁ ଦୂରରେ ରଖୁଥିଲେ ଏବଂ ତାଙ୍କୁ ବୌଦ୍ଧଭିକ୍ଷୁ ଅଥବା କବି ପରି ଶବ୍ଦ ଭିତରେ ଆବଦ୍ଧ ନ କରାଯିବାପାଇଁ କହୁଥିଲେ।

ସୋଫିଆ ଡି ମେଲୋ ବ୍ରେଇନର୍ (ନଭେମ୍ବର ୬, ୧୯୧୯- ଜୁଲାଇ ୨, ୨୦୦୪) ପର୍ତ୍ତୁଗାଲରେ ଏକ ଧନାଢ଼୍ୟ ପରିବାରରେ ଜନ୍ମଗ୍ରହଣ କରିଥିଲେ। ଉଚ୍ଚଶିକ୍ଷା ପାଇଁ ସେ ଲିସ୍‌ବନ୍ ସହରକୁ ଯାଇଥିଲେ ଓ ସେଠାରେ ୧୯୪୬ରେ ଜଣେ ରାଜନୈତିକ ନେତା ତଥା ଓକିଲ ଫ୍ରାନ୍‌ସିସ୍‌କୋ ସେଜା ଟାଭାରେସ୍‌ଙ୍କୁ ବିବାହ କରିଥିଲେ। ସେ କାଥୋଲିକ୍ ଥିଲେ ଓ ୧୯୭୪ରେ ସୋସାଲିଷ୍ଟ ପାର୍ଟି ତରଫରୁ ପର୍ତ୍ତୁଗାଲ ଲୋକସଭାର ସଦସ୍ୟ ହେଲେ। ତାଙ୍କର ୧୩ଟି କବିତା ସଂକଳନ ଓ ଅନେକ ଗଳ୍ପ ତଥା ଶିଶୁସାହିତ୍ୟ ସଂକଳନ ପ୍ରକାଶିତ ହୋଇଛି। ସେ ଦାନ୍ତେ ଓ ସେକ୍‌ସପିଅରଙ୍କୁ ପର୍ତ୍ତୁଗୀଜ ଭାଷାରେ ଅନୁବାଦ କରିଛନ୍ତି। ୧୯୯୯ରେ ତାଙ୍କୁ ପର୍ତ୍ତୁଗାଲର ସର୍ବଶ୍ରେଷ୍ଠ ସାହିତ୍ୟ ସମ୍ମାନରେ ସମ୍ମାନିତ କରାଯାଇଛି।

ୟେହୁଦା ଆମିସାଇ (ମେ ୩, ୧୯୨୪-ସେପ୍ଟେମ୍ବର ୨୫, ୨୦୦୦) ଜର୍ମାନୀରେ ଏକ ଇହୁଦୀ ପରିବାରରେ ଜନ୍ମଗ୍ରହଣ କରିଥିଲେ ଏବଂ ୧୯୩୬ରେ ପରିବାର ସହ ପାଲେଷ୍ଟାଇନ୍ ଚାଲି ଆସିଥିଲେ। ପରେ ସେ ଇସ୍ରାଏଲର ନାଗରିକତା ଗ୍ରହଣ କରିଥିଲେ। ସେ ଦ୍ୱିତୀୟ ବିଶ୍ୱଯୁଦ୍ଧ ସମୟରେ ବ୍ରିଟିଶ୍ ଆର୍ମି ତରଫରୁ ଲଢ଼ିଥିଲେ ଓ ୧୯୫୬ର ସିନାଇ ଯୁଦ୍ଧ ତଥା ୧୯୭୩ର ୟମକିପୁର ଯୁଦ୍ଧ ଇସ୍ରାଏଲ ତରଫରୁ ଲଢ଼ିଥିଲେ। ସେ ହିବ୍ରୁ ବିଶ୍ୱବିଦ୍ୟାଳୟରେ ହିବ୍ରୁ ସାହିତ୍ୟ ପଢ଼ିଥିଲେ। ସେ ହାଇସ୍କୁଲ ଏବଂ କଲେଜରେ ଶିକ୍ଷକତା କରିଥିଲେ। ୧୯୮୭ରେ କାଲିଫୋର୍ଣ୍ଣିଆ ବିଶ୍ୱବିଦ୍ୟାଳୟରେ ଭିଜିଟିଙ୍ଗ୍ ପ୍ରଫେସର ଏବଂ ନ୍ୟୁୟର୍କ ବିଶ୍ୱବିଦ୍ୟାଳୟରେ ପୋଏଟ୍-ଇନ୍-ରେସିଡେଣ୍ଟ୍ ଭାବରେ ମଧ୍ୟ କାର୍ଯ୍ୟ କରିଥିଲେ। ତାଙ୍କର ଏଗାରଟି କବିତା ସଂକଳନ, ଦୁଇଟି ଉପନ୍ୟାସ ଓ ଗୋଟିଏ ଗଳ୍ପ ସଂକଳନ ପ୍ରକାଶିତ। ତାଙ୍କର ସଂକଳନ ସଇଁତିରିଶିଟି ଭାଷାରେ ଅନୂଦିତ। ସେ ୧୯୮୨ରେ ଇସ୍ରାଏଲର ସର୍ବୋଚ୍ଚ ସାହିତ୍ୟ ପୁରସ୍କାର ସମେତ ଅନେକ ଜାତୀୟ ଓ ଆନ୍ତର୍ଜାତୀୟ ପୁରସ୍କାର ଲାଭ କରିଥିଲେ।

ଜେ.ଜି.ଡି.ଆରାଉଜୁ ଜର୍ଜ (ମେ ୨୦, ୧୯୧୪-ଜାନୁଆରୀ ୨୭, ୧୯୮୭) ବ୍ରାଜିଲର

ଉତ୍ତର ଭାଗରେ ଥିବା ସହର ଟରାଉଆକାରେ ଜନ୍ମଗ୍ରହଣ କରିଥିଲେ। ସେ ପେଡ୍ରୋ ମହାବିଦ୍ୟାଳୟରେ ଇତିହାସ ଓ ସାହିତ୍ୟର ଅଧ୍ୟାପକ ଥିଲେ। ପରେ ସେ ରାଜନୀତିରେ ପ୍ରବେଶ କରିଥିଲେ ଓ ବ୍ରାଜିଲ ଲୋକସଭାର ସଭ୍ୟ ଭାବେ ୧୯୭୦ରୁ ୧୯୭୮ ମଧ୍ୟରେ ତିନିଥର ନିର୍ବାଚିତ ହୋଇଥିଲେ। ସେ ବ୍ରାଜିଲର ସବୁଠୁ ଲୋକପ୍ରିୟ କବି ଭାବରେ ପରିଚିତ। ତାଙ୍କର ଛତିଶଟି ସଂକଳନ ପ୍ରକାଶିତ।

ମାର୍ଗାରେଟ ଆଟଓ୍ଵୁଡ୍ (ଜନ୍ମ ନଭେମ୍ବର ୧୮, ୧୯୩୯) କାନାଡ଼ାର ରାଜଧାନୀ ଅଟାଓ୍ଵା ସହରରେ ଜନ୍ମ ହୋଇଥିଲେ। ସେ ୧୯୬୧ରେ ଅନର୍ସ ସହ ବି.ଏ. ପାସ୍ କଲେ ଓ ତାଙ୍କର ପ୍ରଥମ କବିତା ସଂକଳନ 'ଡବଲ୍ ପର୍ସେଫୋନ୍' ପ୍ରକାଶିତ ହେଲା। ସେ ବ୍ରିଟିଶ କଲମ୍ବିଆ ବିଶ୍ୱବିଦ୍ୟାଳୟ, ଜର୍ଜ ୱିଲିଅମସ୍ ବିଶ୍ୱବିଦ୍ୟାଳୟ, ଆଲବର୍ଟା ବିଶ୍ୱବିଦ୍ୟାଳୟ, ୟର୍କ ବିଶ୍ୱବିଦ୍ୟାଳୟ ଓ ନ୍ୟୁୟର୍କ ବିଶ୍ୱବିଦ୍ୟାଳୟ ମାନଙ୍କରେ ବିଭିନ୍ନ ସମୟରେ ଅଧ୍ୟାପନା କରିଛନ୍ତି। ସତରଟି ଉପନ୍ୟାସ, ଦଶଟି ଗଳ୍ପ ସଂକଳନ, ଏକୋଇଶିଟି କବିତା ସଂକଳନ, ଅନେକ ପ୍ରବନ୍ଧ, ଶିଶୁ ସାହିତ୍ୟ ସମେତ ପ୍ରାୟ ପଂଚାଅଶୀରୁ ଅଧିକ ପୁସ୍ତକର ରଚୟିତା ସେ। ୨୦୦୦ରେ ବୁକର ପ୍ରାଇଜ୍, ୨୦୧୦ର ଡାନ୍ ଡେଭିଡ୍ ପ୍ରାଇଜ୍, ୨୦୧୦ ନେଲି ସାକସ୍ ପ୍ରାଇଜ୍, ୧୯୯୯ ହେଲମରିଚ୍ ଆୱାର୍ଡ଼, ୧୯୯୧, ୧୯୯୩, ୧୯୯୫ର ଟ୍ରିଲିଅମ୍ ବୁକ୍ ଆୱାର୍ଡ଼ ସମେତ ଅନେକ ଜାତୀୟ ଓ ଆନ୍ତର୍ଜାତୀୟ ପୁରସ୍କାର ପାଇଛନ୍ତି ସେ। ବିଭିନ୍ନ ସମୟରେ ଉଣେଇଶିଟି ବିଶ୍ୱବିଦ୍ୟାଳୟ ତାଙ୍କୁ ସମ୍ମାନଜନକ ଡିଗ୍ରୀ ପ୍ରଦାନ କରିଛନ୍ତି। ୨୦୦୧ରେ ତାଙ୍କର ନାଁ 'କାନାଡ଼ା ୱାକ୍ ଅଫ୍ ଫେମ୍'ର ଅନ୍ତର୍ଭୁକ୍ତ କରାଯାଇଛି। ବିଶ୍ୱପ୍ରସିଦ୍ଧ 'ଗ୍ରିଫିନ୍ ପୋଏଟ୍ରି ପ୍ରାଇଜ୍'ର ସେ ସଂସ୍ଥାପକ ସଭ୍ୟ।

ୟୁଆନ୍ ଲୁଇ ମାର୍ଟିନେଜ୍ (ଜୁଲାଇ ୦୭, ୧୯୪୨-ମାର୍ଚ୍ଚ ୨୯, ୧୯୯୩) ଚିଲି ଦେଶର ବିଚକ୍ଷଣ କବି ଓ ଚିତ୍ରଶିଳ୍ପୀ ଭାବରେ ପ୍ରଖ୍ୟାତ ଥିଲେ। ତାଙ୍କର ପିତା ଥିଲେ ଦକ୍ଷିଣ ଆମେରିକାର ଗୋଟିଏ ଜାହାଜ କମ୍ପାନିର ଜେନେରାଲ ମ୍ୟାନେଜର ଓ ମା ଥିଲେ ଜଣେ ବିଦ୍ୱାନ ମହିଳା। ୟୁଆନ୍ ପିଲାଦିନରୁ ବିଦ୍ରୋହାତ୍ମକ ଭାବନାର ଥିଲେ ଓ ପ୍ରାଥମିକ ଶିକ୍ଷା ପରେ ସ୍କୁଲ ଯିବା ବନ୍ଦ କରିଦେଲେ। କିନ୍ତୁ ଘରେ ରହି ଅନେକ ପଢ଼ିଲେ ଓ ସବୁ ବିଷୟରେ ଗଭୀର ଜ୍ଞାନ ହାସଲ କଲେ। ତାଙ୍କର ସ୍ୱଳ୍ପ ଅଥଚ ଗଭୀର କାବ୍ୟିକ ଜୀବନରେ ସେ ଦୁଇଖଣ୍ଡ କବିତା ସଂକଳନ ପ୍ରକାଶ କରି ପାଠକୀୟ ଆଦୃତି ଲାଭ କରିଥିଲେ। ସେ ବସ୍ତୁ ଚିତ୍ରକଳା ଓ ଶବ୍ଦର ଏକ ସମନ୍ୱୟ ଆଣିଥିଲେ ଯାହା ଚିଲିରେ ଖୁବ୍ ଲୋକପ୍ରିୟ ହୋଇଥିଲା।

ଭ୍ଲାଦିମିର୍ ହୋଲାନ୍ (ସେପ୍ଟେମ୍ବର ୧୬, ୧୯୦୫-ମାର୍ଚ୍ଚ ୩୧, ୧୯୮୦) ପ୍ରାଗ୍, ଚେକୋସ୍ଲୋଭାକିଆରେ ଜନ୍ମଗ୍ରହଣ କରିଥିଲେ। ୧୯୩୨ ରେ ତାଙ୍କର ବିବାହ ହୋଇଥିଲା ଓ ସେହିବର୍ଷ ତାଙ୍କର ପ୍ରଥମ କବିତା ସଂକଳନ ପ୍ରକାଶିତ ହୋଇଥିଲା। ୧୯୩୦ ଦଶକରେ ଭ୍ଲାଦିମିର ଗୀତିକବିତାରୁ ରାଜନୀତିଭିତ୍ତିକ କବିତା ଲେଖିବାକୁ ଆରମ୍ଭ କଲେ। ତାଙ୍କ କବିତା

ମାନଙ୍କରେ ଯୁଦ୍ଧର ପୃଷ୍ଠଭୂମି ତାଙ୍କୁ ଲୋକପ୍ରିୟ କରାଇଲା । ସେ କାଥୋଲିକ୍ ଚର୍ଚ୍ଚ ଛାଡ଼ି କମ୍ୟୁନିଷ୍ଟ ପାର୍ଟିରେ ଯୋଗଦେଲେ । ୧୯୪୯ରେ କମ୍ୟୁନିଷ୍ଟ ପାର୍ଟି ଚେକୋସ୍ଲୋଭାକିଆର ଶାସନ ଭାର ନେଲା ପରେ ଭ୍ଲାଦିମିର ସରକାରଙ୍କ ତରଫରୁ ଚେକ୍ ସାହିତ୍ୟ ଉପରେ କାମ କଲେ । ୧୯୫୦ ଓ ୬୦ ଦଶକରେ ସେ ଯଥାର୍ଥବାଦ ଓ କାବ୍ୟାତ୍ମକ ଭାବକୁ ନେଇ ଦୀର୍ଘ କବିତାମାନ ଲେଖିଲେ । ୧୯୬୪ରେ ଲେଖିଥିବା ତାଙ୍କର ଅତି ପ୍ରିୟ ତଥା ଲୋକପ୍ରିୟ କାବ୍ୟ 'ଏ ନାଇଟ୍ ୱିଥ୍ ହାମ୍‌ଲେଟ୍' ହେଲା ଚେକ୍ ସାହିତ୍ୟର ସବୁଠୁ ଅଧିକ ଅନୂଦିତ କାବ୍ୟ । ୧୯୭୭ରେ ତାଙ୍କର ୨୭ବର୍ଷର ଝିଅ କାଟେରିନାର ମୃତ୍ୟୁପରେ ସେ ଅତ୍ୟନ୍ତ ମର୍ମାହତ ହୋଇ ନିଜର ଜ୍ଞାନଶକ୍ତି ହରାଇ ବସିଲେ ଓ ଲେଖାଲେଖି ଛାଡ଼ିଦେଲେ ।

ବର୍ଟୋଲ୍‌ଟ ବ୍ରେସଟ୍ (ଫେବୃଆରୀ ୧୦, ୧୮୯୮-ଅଗଷ୍ଟ ୧୪, ୧୯୫୬) ଜର୍ମାନୀ ଦେଶର ଅଗସବର୍ଗ ସହରରେ ଜନ୍ମଗ୍ରହଣ କରିଥିଲେ । ତାଙ୍କର ମା' ଜଣେ ପ୍ରୋଟେଷ୍ଟାଣ୍ଟ ଖ୍ରୀଷ୍ଟିଆନ୍ ଥିଲାବେଳେ ବାପା କାଥୋଲିକ୍ ଖ୍ରୀଷ୍ଟିଆନ୍ ଥିଲେ । ସେ ମେଡ଼ିକାଲ୍ ଓ ନାଟକର ଛାତ୍ର ଥିଲେ । ପ୍ରଥମ ବିଶ୍ୱଯୁଦ୍ଧରେ ଅଳ୍ପ ସମୟ ପାଇଁ ସେ ମେଡ଼ିକାଲ ବିଭାଗରେ କାମ କରିଥିଲେ । ସେ ସମୟରୁ ତାଙ୍କର ଲେଖା ସବୁ ଖବରକାଗଜରେ ପ୍ରକାଶିତ ହେବାକୁ ଲାଗିଲା । ତାଙ୍କର ନାଟକ ପ୍ରତି ଅଗାଧ ରୁଚି ଥିଲା ଓ ତାଙ୍କର ନାଟକ ସବୁ ଚାଂଚଲ୍ୟ ସୃଷ୍ଟି କରୁଥିଲେ । ସେ ପ୍ରତି ନାଟକକୁ ଗୋଟେ ପ୍ରୋଜେକ୍ଟ ପରି ସଂଚାଳନ କରୁଥିଲେ । ସେ ୧୯୨୦ ଦଶକରେ ସାହିତ୍ୟ, ନାଟକ ଓ କଳା ପ୍ରଦର୍ଶନୀ କ୍ଷେତ୍ରରେ ଏକ ଗୁଣାତ୍ମକ ପରିବର୍ତ୍ତନ ଜର୍ମାନୀରେ ଆଣିଥିଲେ । ଅନେକ ବୈବାହିକ ଅସଫଳତା ପରେ ସେ ୧୯୩୦ରେ ହେଲେନ୍ ୱିଗେଲ୍‌ଙ୍କୁ ବିବାହ କରିଥିଲେ । ତାଙ୍କର କବିତା ଓ ଗୀତ ଅପେରାରେ ବ୍ୟବହାର କରାଗଲା ଓ ସେ ଲୋକପ୍ରିୟ ହେଲେ ।୧୯୩୩ରେ ହିଟଲର ଶାସନଭାର ଗ୍ରହଣ କଲାପରେ କାରାବରଣ ଭୟରେ ସେ ଜର୍ମାନୀ ପରିତ୍ୟାଗ କଲେ । ସେ ଅନେକ ଇଉରୋପୀୟ ଦେଶମାନଙ୍କରେ ଅଳ୍ପ ଅଳ୍ପ ସମୟ ବିତାଇ ହିଟଲରଙ୍କ ଭୟରେ ବୁଲିବାକୁ ଲାଗିଲେ ଓ ୧୯୪୧ରେ ଆମେରିକା ଆସିଲେ । ୧୯୪୯ରେ ସେ ବର୍ଲିନ୍ ଫେରିଲେ ଓ ୧୯୫୪ରେ ତାଙ୍କୁ ଷ୍ଟାଲିନ୍ ଶାନ୍ତି ପୁରସ୍କାର ମିଳିଲା । ୧୪ଅଗଷ୍ଟ ୧୯୫୬ରେ ମାତ୍ର ୫୯ ବର୍ଷ ବୟସରେ ହୃଦ୍‌ରୋଗରେ ତାଙ୍କର ମୃତ୍ୟୁ ହେଲା ।

କୋଫି ଆୱୁନର (ମାର୍ଚ୍ଚ ୧୩, ୧୯୩୫- ସେପ୍ଟେମ୍ବର ୨୧, ୨୦୧୩) ଘାନାର ପ୍ରସିଦ୍ଧ କବି ଓ ଔପନ୍ୟାସିକ, ଗୋଲ୍‌ଡ଼ କୋଷ୍ଟ୍ ସହରରେ ଜନ୍ମ ହୋଇଥିଲେ । ତାଙ୍କର କବିତା ଅନେକ ଭାଷାରେ ଅନୂଦିତ ଓ ସମ୍ପାଦିତ । ସେ ଘାନା ବିଶ୍ୱବିଦ୍ୟାଳୟରୁ ବି.ଏ. ୟୁନିଭର୍ସିଟି କଲେଜ, ଲଣ୍ଡନରୁ ଏମ୍.ଏ ଓ ନ୍ୟୁୟର୍କ ବିଶ୍ୱବିଦ୍ୟାଳୟରୁ ପି.ଏଚ୍.ଡ଼ି କଲାପରେ ଘାନା ବିଶ୍ୱବିଦ୍ୟାଳୟରେ ଆଫ୍ରିକୀୟ ସାହିତ୍ୟରେ ଅଧ୍ୟାପନା କଲେ । ପରେ ସେ ଘାନା ଫିଲ୍ମ କର୍ପୋରେସନର ଡାଇରେକ୍ଟର ଭାବେ, ଘାନା ପ୍ଲେ ହାଉସ୍‌ର ଫାଉଣ୍ଡିଙ୍ଗ୍ ମେମ୍ବର ଭାବେ ଓ ଦୁଇଟି ସାହିତ୍ୟ ପତ୍ରିକାର ସମ୍ପାଦକ ଭାବେ କାର୍ଯ୍ୟ କରିଥିଲେ । ପରେ ସେ ଘାନାର ରାଷ୍ଟ୍ରଦୂତ ଭାବେ କ୍ୟୁବା, ବ୍ରାଜିଲ୍ ଓ ସଂଯୁକ୍ତ

ଗଣରାଜ୍ୟରେ କାର୍ଯ୍ୟଭାର ଗ୍ରହଣ କରିଥିଲେ। ସେ ୨୦୦୯ରୁ ୨୦୧୩ ପର୍ଯ୍ୟନ୍ତ ଘାନା ରାଷ୍ଟ୍ରପତିଙ୍କ ଉପଦେଷ୍ଟା କମିଟିର ଅଧ୍ୟକ୍ଷ ଥିଲେ। ତାଙ୍କର ସାତଟି କବିତା ସଂକଳନ ପ୍ରକାଶିତ। ଏହା ବ୍ୟତୀତ ତାଙ୍କର ଗୋଟିଏ ଉପନ୍ୟାସ, ଦୁଇଟି ନାଟକ ଓ ତିନୋଟି ପ୍ରବନ୍ଧ ସଂକଳନ ମଧ୍ୟ ପ୍ରକାଶିତ।

ହମ୍ବର୍ଟୋ ଆକାବାଲ (ଜନ୍ମ ୧୯୫୨) ଗ୍ୱେଟମାଲାର ମମୋଷ୍ଟେନାଙ୍ଗୋ ସହରରେ ଜନ୍ମଗ୍ରହଣ କରିଥିଲେ। ସେ ଗ୍ୱେଟମାଲାର ମାୟା ସମ୍ପ୍ରଦାୟର ପ୍ରଥମ କବି ଯିଏ ଜାତୀୟ ତଥା ଆନ୍ତର୍ଜାତୀୟ ସ୍ତରରେ ଖୁବ୍ ପରିଚିତ। ୨୦୦୪ରେ ତାଙ୍କୁ ଗ୍ୱେଟମାଲାର ସର୍ବଶ୍ରେଷ୍ଠ ଜାତୀୟ ସାହିତ୍ୟ ପୁରସ୍କାର ମିଳିଥିଲେ ହେଁ ସେ ତାକୁ ଅସ୍ୱୀକାର କରିଥିଲେ। ୨୦୦୬ରେ ତାଙ୍କୁ ଗଗେନ୍‌ହିମ୍ ଫେଲୋସିପ୍ ମିଳିଥିଲା। ଆକାବାଲ ତାଙ୍କ ନିଜ ଭାଷାରେ ଲେଖୁଥିଲେ ମଧ୍ୟ ତାଙ୍କର କବିତା ଫ୍ରେଞ୍ଚ୍, ଇଂରାଜି, ଏଷ୍ଟୋନିଆନ୍, ସ୍କଟିସ୍ ଜର୍ମାନ, ଆରବିକ୍ ତଥା ଇଟାଲୀୟ ଭାଷାରେ ଅନୂଦିତ ହୋଇଛି।

ମହାଦାଇ ଦାସ (୧୯୫୪-୨୦୦୩) ଗାଏନାରେ ଜନ୍ମଗ୍ରହଣ କରିଥିଲେ। ସେ ଭାରତୀୟ ବଂଶଜ ଥିଲେ। କଲମ୍ବିଆ ବିଶ୍ୱବିଦ୍ୟାଳୟରୁ ଦର୍ଶନରେ ସ୍ନାତକ କରି ଚିକାଗୋ ବିଶ୍ୱବିଦ୍ୟାଳୟରେ ପି.ଏଚ୍.ଡ଼ି. କରୁଥିବା ସମୟରେ ସେ ପିଡ଼ୀତା ହେଲେ ଓ ୨୦୦୩ରେ ହୃଦରୋଗରେ ତାଙ୍କର ମୃତ୍ୟୁ ହେଲା। ସେ ତାଙ୍କ କବିତାରେ ଭାରତୀୟ-ଗାଏନା ସଂସ୍କୃତି ତଥା ବନ୍ଧୁତ୍ୱର ଚିତ୍ର ଦେଉଥିଲେ। ତାଙ୍କର ଦୁଇଟି କବିତା ସଂକଳନ ପ୍ରକାଶିତ।

ଜାନସ୍ ପିଲିନ୍‌ସ୍କି (ନଭେମ୍ବର ୨୭, ୧୯୨୧- ମେ ୨୭, ୧୯୮୧) ବୁଦାପେଷ୍ଟରେ ଏକ ସମ୍ଭ୍ରାନ୍ତ ପରିବାରରେ ଜନ୍ମଗ୍ରହଣ କରିଥିଲେ। ୧୯୪୪ରେ ସେ ଆର୍ମିରେ ଯୋଗଦେଇ ଜର୍ମାନୀରେ ପୋଷ୍ଟିଂ ପାଇଲେ। ଏହି ସମୟରେ ନିଜର ଅନୁଭବକୁ ସେ କବିତା ମାଧ୍ୟମରେ ଲେଖିଲେ ଓ ୧୯୪୬ରେ ତାଙ୍କର ପ୍ରଥମ କବିତା ସଂକଳନ ପ୍ରକାଶିତ ହୋଇଥିଲା ଯାହାକୁ ୧୯୪୭ରେ ବାଉମାଗାର୍ଟେନ୍ ପୁରସ୍କାର ମିଳିଥିଲା। ହଙ୍ଗେରୀର କମ୍ୟୁନିଷ୍ଟ ପାର୍ଟି ତାଙ୍କୁ ନିରାଶାବାଦୀ ଘୋଷଣା କରିଥିଲେ, ତେଣୁ ୧୯୫୭ ପୂର୍ବରୁ ତାଙ୍କର କୌଣସି ସଂକଳନ ପ୍ରକାଶ ପାଇଲା ନାହିଁ। ୧୯୬୦ରୁ ୧୯୭୦ ମଧ୍ୟରେ ସେ ଆମେରିକା ଓ ଇଉରୋପର ଅନେକ ଜାଗା ବୁଲି କବିତା ପାଠ କାର୍ଯ୍ୟକ୍ରମରେ ଭାଗ ନେଉଥିଲେ। ୧୯୭୧ରୁ ୧୯୭୫ ମଧ୍ୟରେ ତାଙ୍କର ଅନେକ କବିତା ସଂକଳନ ପ୍ରକାଶିତ ହେଲା ଓ ତାଙ୍କୁ ଅନେକ ପୁରସ୍କାର ମିଳିଲା। ୧୯୮୦ ରେ ତାଙ୍କୁ କୋସଥ୍ ପୁରସ୍କାର ମିଳିଥିଲା। ସେ ବୈୟକ୍ତିକ ଜୀବନଯାପନ କରୁଥିଲେ ଓ ମୃତ୍ୟୁର ୧୧ମାସ ପୂର୍ବରୁ ଜଣେ ଫରାସୀ ମହିଳାଙ୍କୁ ବିବାହ କରିଥିଲେ। ତାଙ୍କର ଅନେକ ସଂକଳନ ବ୍ରିଟିଶ୍ କବି ଟେଡ୍ ହ୍ୟୁଜଙ୍କ ଦ୍ୱାରା ଅନୂଦିତ ହୋଇଛି। ସେ ମେ ୨୭, ୧୯୮୧ରେ ମାତ୍ର ୫୯ ବର୍ଷ ବୟସରେ ମୃତ୍ୟୁବରଣ କରିଥିଲେ।

ମାର୍କ ମାକ୍‌ମୋରିସ (ଜନ୍ମ ୧୯୬୦), ଜାମାଇକାର କିଙ୍ଗସଟନ୍ ସହରରେ ଜନ୍ମଗ୍ରହଣ କରିଥିଲେ। ସେ ଆମେରିକାର ବ୍ରାଉନ ବିଶ୍ୱବିଦ୍ୟାଳୟରୁ ଇଂରାଜି ସାହିତ୍ୟରେ ପି.ଏଚ୍.ଡ଼ି କରି

ଜର୍ଜଟାଉନ ବିଶ୍ୱବିଦ୍ୟାଳୟରେ ପ୍ରଫେସର ଭାବେ କାର୍ଯ୍ୟରତ। ତାଙ୍କର ସାତଟି କବିତା ସଂକଳନ ପ୍ରକାଶିତ। ସେ ଦୁଇଟି ପୁସକାର୍ଟ ପୁରସ୍କାର ସମେତ ଅନେକ ପୁରସ୍କାର ପାଇଛନ୍ତି।

ସର୍ଜିଓ ମୋନ୍ଦ୍ରାଗନ (ଜନ୍ମ ଅଗଷ୍ଟ ୧୪, ୧୯୩୫) ମେକ୍ସିକୋ ଦେଶର କ୍ୱେର୍ଣ୍ଣାଭାକା ସହରରେ ଜନ୍ମଗ୍ରହଣ କରିଥିଲେ। ସେ କାର୍ଲୋ ସେପ୍ଟାଇନ୍ ଗାର୍ସିଆ ମହାବିଦ୍ୟାଳୟରୁ ସାମ୍ବାଦିକତାରେ ଡିଗ୍ରୀ ହାସଲ କରି ଜାପାନରେ ସାମ୍ବାଦିକତା କରିଥିଲେ ଏବଂ ପରେ ମେକ୍ସିକୋର ଇବେରୋ ଆମେରିକାନ ବିଶ୍ୱବିଦ୍ୟାଳୟରେ ସାହିତ୍ୟର ପ୍ରଫେସର ଭାବେ ଯୋଗ ଦେଇଥିଲେ। ତା ବ୍ୟତୀତ ସେ ମେକ୍ସିକୋର ଲୋକପ୍ରିୟ କବିତା ପତ୍ରିକା ଏଲ୍ କର୍ନୋ ପ୍ଲୁମାର ସମ୍ପାଦନା ଦାୟିତ୍ୱରେ ଥିଲେ। ତାଙ୍କର ଅନେକ କବିତା ଓ ପ୍ରବନ୍ଧ ସଂକଳନ ପ୍ରକାଶିତ। ତାଙ୍କର ସଂକଳନ ହୋଜାରାସ୍କା ପାଇଁ ସେ ୨୦୧୦ର ଜାଭିଅର ଭିଲ୍ଲାଉରୁସିଆ ପୁରସ୍କାରରେ ପୁରସ୍କୃତ।

ଆଫଜଲ୍ ଅହମ୍ମଦ ସୟେଦ୍ (ଜନ୍ମ ୧୯୪୬) ଉତ୍ତରପ୍ରଦେଶର ଘାଜିପୁରଠାରେ ଜନ୍ମଗ୍ରହଣ କରିଥିଲେ ଓ ବିଭାଜନ ସମୟରେ ପରିବାର ସହ ପାକିସ୍ତାନ ଚାଲିଯାଇଥିଲେ। ସାମ୍ପ୍ରତିକ ଉର୍ଦ୍ଦୁ କବି ଓ ଅନୁବାଦକ ଭାବେ ସେ ପ୍ରସିଦ୍ଧ। ତାଙ୍କର ଚାରିଗୋଟି କବିତା ସଂକଳନ ଓ ଅନେକ ଅନୁବାଦ ସଂକଳନ ଅଛି। ସେ ପାକିସ୍ତାନର କରାଚୀ ସହରରେ ରୁହନ୍ତି।

ଆଦାମ୍ ଜାଗାଜେସ୍କି (ଜନ୍ମ ଜୁନ୍ ୨୧, ୧୯୪୫), ୟୁକ୍ରେନ୍‌ରେ ଜନ୍ମ ଗ୍ରହଣ କରିଥିଲେ। ସେହିବର୍ଷ ୟୁକ୍ରେନ୍‌ରୁ ବିତାଡ଼ିତ ହୋଇ ତାଙ୍କ ପରିବାର ପୋଲାଣ୍ଡକୁ ଚାଲିଆସିଥିଲେ। ସେ ୧୯୮୨ରେ ପ୍ୟାରିସକୁ ଚାଲିଯାଇଥିଲେ ଓ ୨୦୦୨ରେ ପୁଣି ଥରେ ପୋଲାଣ୍ଡକୁ ଫେରି ଆସିଲେ। ଆମେରିକାରେ ସେପ୍ଟେମ୍ବର ୧୧ ଘଟଣା ଉପରେ ଲେଖିଥିବା ତାଙ୍କର କବିତା 'ଦି ନ୍ୟୁୟର୍କର' ରେ ଛପାହେଲା ପରେ ସେ ଲୋକପ୍ରିୟ ହେଲେ। ସମ୍ପ୍ରତି ସେ ଚିକାଗୋ ବିଶ୍ୱବିଦ୍ୟାଳୟରେ ଅଧ୍ୟାପନା କରୁଛନ୍ତି। ତାଙ୍କର ୧୨ଟି କବିତା ସଂକଳନ ବ୍ୟତୀତ କିଛି ପ୍ରବନ୍ଧ ଓ ଅନୁବାଦ ସଂକଳନ ମଧ୍ୟ ରହିଛି। ଅନେକ ପୁରସ୍କାର ମଧ୍ୟରୁ ସେ ୨୦୦୪ରେ ପାଇଥିବା ନିଉଷ୍ଟାଟ୍ ଆନ୍ତର୍ଜାତୀୟ ସାହିତ୍ୟ ପୁରସ୍କାର ଉଲ୍ଲେଖଯୋଗ୍ୟ।

ମାରିନ୍ ସୋରେସ୍କୁ (ଫେବୃଆରୀ ୧୯, ୧୯୩୭-ଡ଼ିସେମ୍ବର ୮, ୧୯୯୬), ରୋମାନିଆ ଦେଶର ବଲସେଷ୍ଟି ସହରରେ ଏକ କୃଷକ ପରିବାରରେ ଜନ୍ମଗ୍ରହଣ କରିଥିଲେ। ଆୟାସି ବିଶ୍ୱବିଦ୍ୟାଳୟରୁ ୧୯୬୦ରେ ସେ ଆଧୁନିକ ଭାଷା ସାହିତ୍ୟରେ ସ୍ନାତକ ହାସଲ କରିଥିଲେ। ୧୯୬୪ ରେ ତାଙ୍କର ପ୍ରଥମ କବିତା ସଂକଳନ 'ଏଲୋନ୍ ଏମଙ୍ଗ୍ ପୋଏଟ୍ସ' ଖୁବ୍ ଚର୍ଚ୍ଚିତ ହୋଇଥିଲା। ତାଙ୍କର ୧୦ଟି କବିତା ସଂକଳନ ଓ ଗୋଟିଏ ପ୍ରବନ୍ଧ ସଂକଳନ ପ୍ରକାଶ ପାଇଛି। ସେ ଏତେ ଲୋକପ୍ରିୟ ହେଲେ ଯେ ତାଙ୍କର ଲେଖା ସବୁ ଫୁଟବଲ୍ ଷ୍ଟାଡ଼ିୟମ୍ ମାନଙ୍କରେ ଦେଖିବାକୁ ମିଳିଲା। ସେ ତାଙ୍କର ଅନେକ କବିତା ମାଧ୍ୟମରେ କହିଥିଲେ ଯେ 'ମୁଁ ସିଗାରେଟ୍ ଛାଡ଼ି ପାରିବିନି ଯେହେତୁ ସିଗାରେଟ୍ ପିଏନା, ମୁଁ ଲେଖା ଛାଡ଼ିପାରିବିନି ଯେହେତୁ ମତେ ଆଉ

କୌଣସି ବିଷୟ ଜଣାନାହିଁ' । ତାଙ୍କର କବିତା ସଂକଳନ 'ସେନ୍‌ସରଡ଼ ପୋଏମ୍‌ସ' ନିକୋଲାଇଙ୍କ କମ୍ୟୁନିଷ୍ଟ ଶାସନକାଳ ଭିତରେ ଛପାଦିଆଯାଇନଥିଲା । ୧୯୯୩-୯୫ ସମୟରେ ସେ ରୋମାନିଆର ସଂସ୍କୃତି ମନ୍ତ୍ରୀ ଭାବରେ କାର୍ଯ୍ୟ କରିଥିଲେ । ଅନେକ ପୁରସ୍କାର ମଧ୍ୟରେ ଭିଏନା ବିଶ୍ୱବିଦ୍ୟାଳୟ ତରଫରୁ ତାଙ୍କୁ ମିଳିଥିବା ଆନ୍ତର୍ଜାତୀୟ ହର୍ଡ଼ର ପୁରସ୍କାର ଉଲ୍ଲେଖଯୋଗ୍ୟ । ସେ ନୋବେଲ ପୁରସ୍କାର ପାଇଁ ମଧ୍ୟ ମନୋନୀତ ହୋଇଥିଲେ ।

ଆନ୍ ଷ୍ଟିଭେନସନ୍ (ଜନ୍ମ ଜାନୁୟାରୀ ୦୩, ୧୯୩୩), ଇଂଲଣ୍ଡର କେମ୍ବ୍ରିଜ୍ ସହରରେ ଜନ୍ମଗ୍ରହଣ କରିଥିଲେ । ସେ ଛଅମାସର ଥିଲେ, ତାଙ୍କ ବାପା ମିଚିଗାନ ବିଶ୍ୱବିଦ୍ୟାଳୟରେ ଦର୍ଶନ ପ୍ରଫେସର ଭାବେ ଯୋଗଦେବାରୁ ସେ ଇଂଲଣ୍ଡ ଛାଡ଼ି ଆମେରିକା ଆସିଲେ । ତାଙ୍କ ମା ଜଣେ ଉଚ୍ଚକୋଟୀର ଗାୟିକା ଥିଲେ । ଆନ୍ ପିଲାଦିନୁ ସଂଗୀତ ଶିକ୍ଷା କରୁଥିଲେ କିନ୍ତୁ ଊଣେଇଶ ବର୍ଷ ବୟସରେ ତାଙ୍କର ଶ୍ରବଣ ଶକ୍ତି ଲୋପ ପାଇଯିବା ଫଳରେ ସେ ଲେଖିକା ହେବାକୁ ସ୍ଥିର କଲେ । ୧୯୫୪ରେ ବି.ଏ ପାସ୍ କଲାପରେ ସେ ସବୁଦିନ ପାଇଁ ଇଂଲଣ୍ଡ ଫେରିଆସିଲେ । ତାଙ୍କର ବାରଟି କବିତା ସଂକଳନ, ସିଲ୍‌ଭିଆ ପ୍ଲାଥ୍ ଓ ଏଲିଜାବେଥ୍ ବିଶପ୍‌ଙ୍କ ଜୀବନୀ ଓ କିଛି ପ୍ରବନ୍ଧ ତଥା ସାହିତ୍ୟ ସମୀକ୍ଷା ସଂକଳନ ପ୍ରକାଶିତ । ୨୦୦୭ର ଲେନାନ୍ ଲାଇଫ୍ ଟାଇମ୍ ଆଚିଭ୍‌ମେଣ୍ଟ୍ ଆୱାର୍ଡ଼ ସମେତ ତାଙ୍କୁ ଅନେକ ପୁରସ୍କାର ମିଳିଛି । ମିଚିଗାନ ବିଶ୍ୱବିଦ୍ୟାଳୟରୁ ସମ୍ମାନଜନକ ଡକ୍ଟରେଟ ପ୍ରାପ୍ତ ।

ସାମୁଏଲ ପେରାଲ୍‌ଟା- ଫିଲିପାଇନ୍‌ସରେ ଜନ୍ମଗ୍ରହଣ କରିଥିଲେ । ତାଙ୍କର ପିତା ଜଣେ ପୁରାତତ୍ତ୍ୱ ବିଜ୍ଞାନୀ ଓ ମା ଚିତ୍ରକର । ତାଙ୍କର ଚାରିଟି କବିତା ସଂକଳନ ଓ ଛଅଟି ବିଜ୍ଞାନ ଗଳ୍ପ ସଂକଳନ ରହିଛି, ପ୍ରତ୍ୟେକ ସଂକଳନ ଆମାଜନ ବେଷ୍ଟ ସେଲର୍ । ସେ ଇଂଲଣ୍ଡର ୱେଲସ ବିଶ୍ୱବିଦ୍ୟାଳୟରୁ ପଦାର୍ଥବିଜ୍ଞାନରେ ପି.ଏଚ୍.ଡ଼ି. ଓ ଏମ୍.ବି.ଏ.ଡିଗ୍ରୀ ହାସଲ କରିଛନ୍ତି । ସମ୍ପ୍ରତି ସେ କାନାଡ଼ାର ଟରୋଣ୍ଟୋ ସହରରେ ବାସକରନ୍ତି ।

କେଟ ଟେମ୍ପେଷ୍ଟ (ଜନ୍ମ ଡିସେମ୍ବର ୨୨, ୧୯୮୫) ଦକ୍ଷିଣପୂର୍ବ ଲଣ୍ଡନର ବ୍ରୋକଲେ ଅଂଚଳରେ ଜନ୍ମଗ୍ରହଣ କରିଥିଲେ । ସେ ଲଣ୍ଡନ ବିଶ୍ୱବିଦ୍ୟାଳୟରୁ ଇଂରାଜି ସାହିତ୍ୟରେ ଡିଗ୍ରୀ ହାସଲ କରି ସମ୍ପ୍ରତି ସେ ଜଣେ ଅଭିନୟ କଳାକାର ଭାବରେ କାର୍ଯ୍ୟରତ । ସେ ନିଜର ବ୍ୟାଣ୍ଡ୍ 'ସାଉଣ୍ଡ୍ ଅଫ୍ ରମ୍' ସହିତ ୟୁରୋପ, ଅଷ୍ଟ୍ରେଲିଆ ଓ ଆମେରିକାର ବିଭିନ୍ନ ସହରରେ କବିତା ଅଭିନୟ କରୁଛନ୍ତି । ୨୦୧୩ରେ ସେ ତାଙ୍କର କବିତା ସଂକଳନ 'ବ୍ରାଣ୍ଡ୍ ନିଉ ଆନ୍‌ସିଏଣ୍ଟସ୍' ପାଇଁ ଟେଡ୍ ହ୍ୟୁଜ୍ ପୁରସ୍କାର ପାଇଥିଲେ । ଚାଳିଶ ବର୍ଷରୁ କମ ଆୟୁ ବର୍ଗଙ୍କ ମଧ୍ୟରେ ସେ ହେଲେ ପ୍ରଥମ ବ୍ୟକ୍ତି ଯେ ଏହି ପୁରସ୍କାର ଲାଭ କରିଥିଲେ । ପୋଏଟ୍ରି ସୋସାଇଟି ତାଙ୍କୁ 'ନେକ୍ସଟ ଜେନେରେସନ୍ ପୋଏଟ୍' ଭାବରେ ବାଛିଥିଲେ ।

ୱାର୍ସାନ୍ ସାଇର (ଜନ୍ମ ଅଗଷ୍ଟ ୧, ୧୯୮୮) କେନିଆରେ ଗୋଟିଏ ସୋମାଲି ପରିବାରରେ ଜନ୍ମଗ୍ରହଣ କରିଥିଲେ ଓ ସେ ଯେତେବେଳେ ମାତ୍ର ବର୍ଷକର ହୋଇଥିଲେ ତାଙ୍କର ପରିବାର ଲଣ୍ଡନକୁ ଚାଲି ଆସିଥିଲେ। ତାଙ୍କର ପ୍ରଥମ କବିତା ସଂକଳନ 'ଟିଚିଙ୍ଗ୍ ମାଇଁ ମଦର ହାଓ ଟୁ ଗିଭ୍ ବାର୍ଥ୍' ୨୦୧୧ରେ ପ୍ରକାଶିତ ଏବଂ ତାଙ୍କର କବିତା ଅନେକ ପତ୍ର ପତ୍ରିକାରେ ପ୍ରକାଶିତ। ୨୦୧୩ରେ ତାଙ୍କୁ ବ୍ରୁନେଲ୍ ବିଶ୍ୱବିଦ୍ୟାଳୟର ଆଫ୍ରିକାନ ପୋଏଟ୍ରି ପୁରସ୍କାର ମିଳିଥିଲା ଯେଉଁଥିରେ ୬୫୫ଟି କବିତା ସଂକଳନ ମଧ୍ୟରୁ ୱାର୍ସାନଙ୍କୁ ବଛାଯାଇଥିଲା। ଅକ୍ଟୋବର ୨୦୧୩ରେ ସେ ଲଣ୍ଡନର ପ୍ରଥମ ଯୁବ ପୋଏଟ୍ ଲରେଟ୍ ଭାବରେ ନିଯୁକ୍ତି ପାଇଥିଲେ। ସମ୍ପ୍ରତି ସେ ଆମେରିକାର ଲସ୍ ଏଞ୍ଜେଲସ୍‌ରେ ରୁହନ୍ତି ଓ ସ୍କୁକ୍ ପତ୍ରିକାର କବିତା ସମ୍ପାଦକ ରୂପେ କାର୍ଯ୍ୟ କରିବା ସହିତ ଅନେକ ଦେଶରେ କବିତା ୱର୍କସପ୍ ଆୟୋଜନ କରନ୍ତି।

ଆର୍ଚି ରାଣ୍ଡଲଫ ଆମନ୍‌ସ (ଫେବୃଆରୀ ୧୮, ୧୯୨୬- ଫେବୃଆରୀ ୨୫, ୨୦୦୧) ନର୍ଥ କାରୋଲିନା ରାଜ୍ୟର ହ୍ୱାଇଟଭିଲ ସହରରେ ଜନ୍ମଗ୍ରହଣ କରିଥିଲେ। ଦ୍ୱିତୀୟ ବିଶ୍ୱଯୁଦ୍ଧ ସମୟରେ ସେ ଆମେରିକୀୟ ଜଳବାହିନୀରେ କାର୍ଯ୍ୟ କରିଥିଲେ। ଯୁଦ୍ଧ ପରେ ସେ ୱେକ୍ ଫରେଷ୍ଟ ବିଶ୍ୱବିଦ୍ୟାଳୟରୁ ବି.ଏ.ଡ଼ିଗ୍ରୀ ହାସଲକରି ହାଟ୍ଟାରାସ ଏଲିମେଣ୍ଟାରି ସ୍କୁଲରେ ଶିକ୍ଷକତା କରିଥିଲେ। ପରେ ସେ କାଲିଫୋର୍ଣ୍ଣିଆ ବିଶ୍ୱବିଦ୍ୟାଳୟରୁ ଇଂରାଜି ସାହିତ୍ୟରେ ଏମ୍.ଏ.ଡିଗ୍ରୀ ହାସଲ କଲେ ଏବଂ ୧୯୬୪ ରୁ ୧୯୯୮ ପର୍ଯ୍ୟନ୍ତ କର୍ଣ୍ଣେଲ ବିଶ୍ୱବିଦ୍ୟାଳୟରେ ଅଧ୍ୟାପନା କଲେ। ତାଙ୍କର ଅଣତିରିଶ ଖଣ୍ଡ କବିତା ସଂକଳନ ଓ ଦୁଇଟି ପ୍ରବନ୍ଧ ସଂକଳନ ପ୍ରକାଶିତ। ସେ ପାଇଥିବା ଅନେକ ପୁରସ୍କାର ମଧ୍ୟରେ ୧୯୭୩ ଓ ୧୯୯୩ର ନେସନାଲ ବୁକ୍ ଆୱାର୍ଡ଼, ୧୯୯୮ର ୱାଲେସ୍ ଷ୍ଟିଭେନସ ଆୱାର୍ଡ଼, ୧୯୮୧ରେ ନେସନାଲ ବୁକ୍ କ୍ରିଟିକ ସର୍କଲ୍ ଆୱାର୍ଡ଼, ୧୯୯୩ର ଲାଇବ୍ରେରୀ ଅଫ୍ କଂଗ୍ରେସ୍ ରେବେକା ଜନସନ୍ ପୋଏଟ୍ରି ଆୱାର୍ଡ଼ ଉଲ୍ଲେଖନୀୟ।

ଆନ୍ ପୋର୍ଟର (ନଭେମ୍ବର ୬, ୧୯୧୧- ଅକ୍ଟୋବର ୧୦, ୨୦୧୧) ମାସାଚୁସେଟସ୍ ରାଜ୍ୟର ଶେରବର୍ଣ୍ଣ ସହରରେ ଜନ୍ମଗ୍ରହଣ କରିଥିଲେ। ୧୯୭୫ରେ ତାଙ୍କର ପତି ଚିତ୍ରକର ଫେୟାରଫିଲ୍ଡ ପୋର୍ଟରଙ୍କ ମୃତ୍ୟୁ ପରେ ସେ କବିତା ଲେଖିବା ଆରମ୍ଭ କଲେ। ତାଙ୍କୁ ଯେତେବେଳେ ତେୟାଅଶୀ ବର୍ଷ ବୟସ, ତାଙ୍କର ପ୍ରଥମ କବିତା ସଂକଳନ 'ଆନ୍ ଅଲଟୁଗେଦର ଡିଫରେଣ୍ଟ୍ ଲାଙ୍ଗୁଏଜ୍' ୧୯୯୪ରେ ପ୍ରକାଶିତ ହେଲା ଏବଂ ନେସନାଲ୍ ବୁକ୍ ଆୱାର୍ଡ଼ ପାଇଁ ନାମାଙ୍କିତ ହେଲା। ତାଙ୍କର ଅନ୍ୟ କବିତା ସଂକଳନ 'ଲିଭିଙ୍ଗ୍ ଥିଙ୍ଗସ୍' ୨୦୦୬ରେ ପ୍ରକାଶିତ ହେଲା। ତା' ବ୍ୟତୀତ ତାଙ୍କର ତିନୋଟି ଉପନ୍ୟାସ ଓ ଗୋଟିଏ ଆତ୍ମକଥା ପ୍ରକାଶିତ। ତାଙ୍କର ଉପନ୍ୟାସ 'କାସନରର୍ସ ଟ୍ରେନ୍' କାନାଡ଼ିଆନ ଜିଉସ୍ ବୁକସ୍ ଓ ନେରିଅସ୍ ରାଇଟର୍ସ ନନ୍ -ଫିକ୍ସନ୍ ପୁରସ୍କାର ପ୍ରାପ୍ତ।

ଆନ୍ନା ରୋଜ୍ ୱ୍ୱେଲସ୍- ବାଉଲିଙ୍ଗ୍ ଗ୍ରୀନ୍ ବିଶ୍ୱବିଦ୍ୟାଳୟରୁ ଏମ୍.ଏଫ୍.ଏ ଡିଗ୍ରୀ ହାସଲ କରି ସମ୍ପାଦିକା ଭାବରେ କାର୍ଯ୍ୟ କରନ୍ତି। ତାଙ୍କର କବିତା ସଂକଳନ 'ନୋଆଜ୍ ଉଡ୍ସ୍' ୨୦୧୬ର ଆଲିସ୍ ଜେମସ୍ ପୁରସ୍କାର ପ୍ରାପ୍ତ। ତାଙ୍କର କବିତା ଅନେକ ପତ୍ରିକାରେ ପ୍ରକାଶିତ। ସେ ମଧ୍ୟ ଜଣେ ଶାସ୍ତ୍ରୀୟ ଭାଓଲିନ୍ ବାଦିକା।

ଡୋରିଆନ ଲକ୍ସ (ଜନ୍ମ ଜାନୁଆରୀ ୧୦, ୧୯୫୨) ମେନ୍ ରାଜ୍ୟର ଅଗଷ୍ଟା ସହରରେ ଜନ୍ମଗ୍ରହଣ କରିଥିଲେ। ୧୯୮୮ରେ ମିଲସ କଲେଜରୁ ଇଂରାଜି ସାହିତ୍ୟରେ ବି.ଏ. ଡିଗ୍ରୀ ହାସଲ କରିବା ପୂର୍ବରୁ ସେ ଗ୍ୟାସ ଷ୍ଟେସନ ମ୍ୟାନେଜର, ଡାକ୍ତରଖାନା ରୋଷେଇଆ ତଥା ଅନ୍ୟ ଛୋଟ ଛୋଟ କାର୍ଯ୍ୟ କରିଥିଲେ। ସମ୍ପ୍ରତି ସେ ନର୍ଥ କାରୋଲିନା ରାଜ୍ୟ ବିଶ୍ୱବିଦ୍ୟାଳୟରେ କ୍ରିଏଟିଭ୍ ରାଇଟିଙ୍ଗ୍ ପ୍ରଫେସର ଅଛନ୍ତି। ତାଙ୍କର ଆଠଟି କବିତା ସଂକଳନ ପ୍ରକାଶିତ। ସେ ପାଇଥିବା ଅନେକ ପୁରସ୍କାର ମଧ୍ୟରେ ୨୦୦୧ର ଗଗେନହାଇମ ଫେଲୋସିପ୍ ଉଲ୍ଲେଖଯୋଗ୍ୟ।

ଏନ୍ସେଲ ଏଲକିନସ- ଆଲାବାମା ରାଜ୍ୟରେ ଜନ୍ମଗ୍ରହଣ କରିଥିଲେ। ସେରା ଲରେନ୍ସ କଲେଜରୁ ବି.ଏ ଓ ନର୍ଥ କାରୋଲିନା ବିଶ୍ୱବିଦ୍ୟାଳୟରୁ ଏମ୍.ଏଫ୍.ଏ ଡିଗ୍ରୀ ହାସଲ କରି ସମ୍ପ୍ରତି ସେ ନର୍ଥ କାରୋଲିନା ବିଶ୍ୱବିଦ୍ୟାଳୟରେ ଆସିଷ୍ଟାଣ୍ଟ ପ୍ରଫେସର। କବିତା ସଂକଳନ 'ବ୍ଲୁ ୟୋଡ୍‌ଲ' ପାଇଁ ସେ ୨୦୧୪ରେ ୟେଲ୍ ସିରିଜ୍ ଅଫ୍ ୟଙ୍ଗର୍ ପୋଏଟ୍ ପୁରସ୍କାର ପ୍ରାପ୍ତ।

ଏଜରା ପାଉଣ୍ଡ (ଅକ୍ଟୋବର ୩୦, ୧୮୮୫- ନଭେମ୍ବର ୦୧, ୧୯୭୨) ଆଇଡାହୋ ରାଜ୍ୟର ହାଇଲେ ସହରରେ ଜନ୍ମଗ୍ରହଣ କରିଥିଲେ। ପେନସିଲଭାନିଆ ବିଶ୍ୱବିଦ୍ୟାଳୟରୁ ଡିଗ୍ରୀ ହାସଲକରି ୱ୍ୱାବାଶ କଲେଜରେ ଦୁଇବର୍ଷ ପଢ଼ାଇଲା ପରେ ସେ ୟୁରୋପ ଚାଲିଗଲେ ଓ ୧୯୧୭ରେ ଲିଟ୍‌ଲ ରିଭ୍ୟୁ ପତ୍ରିକାର ଲଣ୍ଡନ ସମ୍ପାଦକ ଭାବେ କାମ କଲେ। ୧୯୨୪ରେ ସେ ଇଟାଲି ଚାଲିଗଲେ ଓ ଫାସୀବାଦ ରାଜନୀତିରେ ସାମିଲ ହେଲେ। ୧୯୬୪ରେ ସେ ଆମେରିକା ଫେରିଲେ ଓ ତାଙ୍କୁ ମାନସିକ ବ୍ୟାଧିଗ୍ରସ୍ତ ବୋଲି ଘୋଷଣା କରାଗଲା। ସେ ୧୯୫୮ ପର୍ଯ୍ୟନ୍ତ ୱ୍ୱାସିଂଟନ ଡି.ସି. ର ସେଣ୍ଟ ଏଲିଜାବେଥ ଡାକ୍ତରଖାନାରେ ରହିଲେ। ଡାକ୍ତରଖାନାରୁ ବାହାରି ସେ ପୁଣି ଇଟାଲି ଫେରିଗଲେ। ତାଙ୍କର ଅଠରଟି କବିତା ସଂକଳନ ଓ କୋଡ଼ିଏଟି ପ୍ରବନ୍ଧ ସଂକଳନ ପ୍ରକାଶିତ।

ଫ୍ରାଙ୍କ ଓହାରା (ଜୁନ୍ ୨୭, ୧୯୨୬-ଜୁଲାଇ ୨୫, ୧୯୬୬) ମେରିଲ୍ୟାଣ୍ଡର ବାଲ୍ଟିମୋର ସହରରେ ଜନ୍ମଗ୍ରହଣ କରିଥିଲେ ଓ ୧୯୪୧ରୁ ୧୯୪୪ପର୍ଯ୍ୟନ୍ତ ବୋଷ୍ଟନରେ ପିଆନୋ ଶିକ୍ଷା ନେଇଥିଲେ। ଦ୍ୱିତୀୟ ବିଶ୍ୱଯୁଦ୍ଧ ସମୟରେ ୟୁ.ଏସ୍.ଏସ୍. ନିକୋଲାସ ଜାହାଜରେ ଜାପାନରେ ତାଙ୍କର ପୋଷ୍ଟିଂ ହୋଇଥିଲା। ଯୁଦ୍ଧରୁ ଫେରିବା ପରେ ସେ ୧୯୫୦ରେ ହାଭାର୍ଡ଼ ବିଶ୍ୱବିଦ୍ୟାଳୟରୁ ବି.ଏ. ଓ ୧୯୫୧ରେ ମିଚିଗାନ୍ ବିଶ୍ୱବିଦ୍ୟାଳୟରୁ ଇଂରାଜି ସାହିତ୍ୟରେ ଏମ୍.ଏ.ଡିଗ୍ରୀ ହାସଲ କରି ନ୍ୟୁୟର୍କ ସହରର ମଡ଼ର୍ଣ୍ଣ ଆର୍ଟ ମ୍ୟୁଜିଅମରେ କ୍ୟୁରେଟର ଭାବରେ ଯୋଗଦେଲେ। ସେଇ

ସମୟରେ ସେ ପ୍ରଚୁର କବିତା ଲେଖିଲେ । ଜୁଲାଇ ୨୫,୧୯୬୬ ସକାଳେ, ମାତ୍ର ଚାଳିଶ ବର୍ଷ ବୟସରେ ସଡ଼କ ଦୁର୍ଘଟଣାରେ ତାଙ୍କର ମୃତ୍ୟୁ ହେଲା । ସେତେବେଳକୁ ତାଙ୍କର ସାତଟି କବିତା ସଂକଳନ ପ୍ରକାଶ ପାଇଥିଲା । ତାଙ୍କର 'କଲେକ୍ଟେଡ୍ ପୋଏମସ୍'କୁ ୧୯୭୨ରେ ମରଣୋତ୍ତର ନେସନାଲ ବୁକ୍ ଆୱାର୍ଡ଼ ମିଳିଥିଲା ।

ଜେଫ୍ରି ବିନ୍- ଇଣ୍ଡିଆନା ରାଜ୍ୟର ବ୍ଲୁମିଙ୍ଗଟନ୍ ସହରରେ ଜନ୍ମଗ୍ରହଣ କରିଥିଲେ । ଓବର୍ଲିନ୍ କଞ୍ଜରଭେଟୋରି ଅଫ୍ ମ୍ୟୁଜିକ୍‌ରୁ ଜାଜ୍ ସଂଗୀତରେ ସ୍ନାତକ ଓ ଆଲାବାମା ବିଶ୍ୱବିଦ୍ୟାଳୟରୁ କବିତାରେ ଏମ୍.ଏଫ୍.ଏ ଡିଗ୍ରୀ ହାସଲ କରିଥିଲେ । ଲୁଇଭିଲେ ବିଶ୍ୱବିଦ୍ୟାଳୟରେ ୨୦୦୬ରୁ ୨୦୦୮ ପର୍ଯ୍ୟନ୍ତ କବିତାରେ ଏକ୍ସଟନ୍ ଫେଲୋ ଭାବରେ କାର୍ଯ୍ୟ କଲାପରେ ସମ୍ପ୍ରତି ସେଣ୍ଟ୍ରାଲ ମିଚିଗାନ ବିଶ୍ୱବିଦ୍ୟାଳୟରେ ଇଂରାଜି ସାହିତ୍ୟରେ ଆସୋସିଏଟ ପ୍ରଫେସର ଭାବେ କାର୍ଯ୍ୟରତ । ପ୍ରଥମ କବିତା ସଂକଳନ 'ଡିମିନିସ୍‌ଡ଼ ଫିପ୍‌ଥ' ୨୦୦୯ରେ ପ୍ରକାଶିତ । ଦ୍ୱିତୀୟ କବିତା ସଂକଳନ 'ଗାର୍ଲ ରିଡ଼ିଙ୍ଗ୍ ଏ ଲେଟର୍ ଆନ୍ ଓପେନ୍ ୱିଣ୍ଡୋ' ୨୦୧୩ର ବର୍ନ କାୱେଲସ୍/ କପରଡୋମ୍ କବିତା ପୁରସ୍କାର ପ୍ରାପ୍ତ । ତୃତୀୟ କବିତା ସଂକଳନ 'ଦି ଭୋୟେୟୁରସ ଲିଟାନି' ୨୦୧୬ର ରେଡ଼୍ ମାଉଣ୍ଟେନ୍ ପ୍ରେସ୍ କବିତା ପୁରସ୍କାର ପ୍ରାପ୍ତ ।

ଜେସି ମିଲ୍‌ନର - ୧୯୭୫ରେ ଭର୍ଜିନିଆ ବିଶ୍ୱବିଦ୍ୟାଳୟରୁ ବି.ଏ. ଓ ୧୯୯୭ରେ ଫ୍ଲୋରିଡ଼ା ବିଶ୍ୱବିଦ୍ୟାଳୟରୁ ଇଂରାଜୀରେ ଏମ.ଏ. । ସମ୍ପ୍ରତି ସେ ଫ୍ଲୋରିଡ଼ା ଗଲଫ କୋଷ୍ଟ ବିଶ୍ୱବିଦ୍ୟାଳୟରେ ଅଧ୍ୟାପନା କରନ୍ତି । ତାଙ୍କର ଆଠଟି କବିତା ସଂକଳନ ପ୍ରକାଶିତ । ତାଙ୍କର ପ୍ରଥମ କବିତା ସଂକଳନ 'ଦି ଡ୍ରାଉନଡ଼ ବୟେଜ୍' ଏ.ଡବ୍ଲ୍ୟୁ.ପି କବିତା ପୁରସ୍କାର ପ୍ରାପ୍ତ ।

ଜିମ ମୁର୍ (ଜନ୍ମ ଜୁନ ୨୨, ୧୯୪୩) ଚିକାଗୋ ନିକଟବର୍ତ୍ତୀ ଛୋଟ ସହର ଡେକାଟରରେ ଜନ୍ମ ହୋଇଥିଲେ । ଆୟୋୱା ରାଇଟର୍ସ ୱର୍କସପ୍ ରୁ ଏମ୍.ଏଫ୍.ଏ କରି ସେ ମୋଲିନ୍ ସହରର ଗୋଟିଏ ଛୋଟିଆ କଲେଜରେ ଅଧ୍ୟାପନା କରୁଥିଲାବେଳେ ଭିଏତ୍‌ନାମ୍ ଯୁଦ୍ଧର ଡାକରା ଆସିଲା । ତାଙ୍କର ଦୁଇଜଣ ଛାତ୍ର ଯୁଦ୍ଧରେ ଯୋଗ ଦେଇ ମୃତ୍ୟୁବରଣ କଲେ । ସେ ସରକାରଙ୍କୁ ବିରୋଧ କରି ଜେଲ୍ ଗଲେ । ଜେଲ୍‌ର ଅନ୍ତେବାସୀଙ୍କ ସହିତ ଦଶମାସର ସମ୍ପର୍କ ଜିମ୍‌ଙ୍କ ଲେଖକ ଜୀବନରେ ପ୍ରଭାବ ପକେଇଲା ଓ ଲେଖିବାର ଧାରା ବଦଳେଇଦେଲା । ତାଙ୍କର ଏଯାବତ୍ ସାତଟି କବିତା ସଂକଳନ ପ୍ରକାଶିତ । ଅଧୁନା ସେ ମିନେସୋଟାର ସେଣ୍ଟ୍ ପଲ୍ ବିଶ୍ୱବିଦ୍ୟାଳୟରେ କ୍ରିଏଟିଭ୍ ରାଇଟିଙ୍ଗ୍‌ର ଅଧ୍ୟାପକ । ସେ ଚାରିଥର ମିନେସୋଟା ବୁକ୍ ଆୱାର୍ଡ଼ ପାଇଛନ୍ତି । ତା ବ୍ୟତୀତ ସେ ବୁଶ୍ ଫାଉଣ୍ଡେସନ୍, ଗଗେନହାଇମ୍ ଫାଉଣ୍ଡେସନ୍, ଲଫ୍ଟ ମାକ୍‌ନାଇଟ୍ ଓ ମିନେସୋଟା ଷ୍ଟେଟ୍ ବୋର୍ଡ଼ରୁ ଫେଲୋସିପ୍ ପାଇଛନ୍ତି ।

ଜୟ ହାର୍ଜୋ (ଜନ୍ମ ମେ, ୯, ୧୯୫୧) ଓକ୍ଲାହୋମା ରାଜ୍ୟର ଟଲ୍‌ସା ମିସ୍କୋକେ ଲୋହିତ ଭାରତୀୟ ସମ୍ପ୍ରଦାୟରେ ଜନ୍ମଗ୍ରହଣ କରିଥିଲେ । ନ୍ୟୁ ମେକ୍ସିକୋ ବିଶ୍ୱବିଦ୍ୟାଳୟରୁ ବି.ଏ. ଓ

ଆୟୋୱା ରାଇଟର୍ସ ୱର୍କସପରୁ ଏମ୍.ଏଫ୍.ଏ. ଡିଗ୍ରୀ ହାସଲ କରି ସମ୍ପ୍ରତି ସେ ଇଲିନଏ ବିଶ୍ୱବିଦ୍ୟାଳୟରେ ଇଂରାଜି ଅଧ୍ୟାପକ। ତାଙ୍କର ପନ୍ଦରଟି କବିତା ସଂକଳନ, ଦୁଇଟି ପ୍ରବନ୍ଧ ସଂକଳନ ଓ ଦୁଇଟି ଶିଶୁ ସାହିତ୍ୟ ସଂକଳନ ପ୍ରକାଶିତ। ସେ ପାଇଥିବା ଅନେକ ପୁରସ୍କାର ମଧ୍ୟରେ ୨୦୧୬ର ୱାଲେସ୍ ଷ୍ଟିଭେନସ୍ କବିତା ପୁରସ୍କାର ଉଲ୍ଲେଖଯୋଗ୍ୟ। ବେନେଡ଼ିକ୍ଟିନ୍ କଲେଜ ୧୯୯୨ରେ ତାଙ୍କୁ ସମ୍ମାନଜନକ ଡକ୍ଟରେଟ୍ ଉପାଧି ଦେଇଥିଲେ।

ଲଏଡ଼୍ ସ୍ୱାର୍ସ (ଜନ୍ମ ନଭେମ୍ବର ୨୯, ୧୯୪୧) ନ୍ୟୁୟର୍କ ସହରର ବ୍ରୁକଲିନ ଅଂଚଳରେ ଜନ୍ମଗ୍ରହଣ କରିଥିଲେ। ସେ ୧୯୬୨ରେ କ୍ୱିନସ କଲେଜରୁ ଏମ୍.ଏ. ଓ ୧୯୭୬ରେ ହାର୍ଭାର୍ଡ଼ ବିଶ୍ୱବିଦ୍ୟାଳୟରୁ ପି.ଏଚ୍.ଡ଼ି ଡିଗ୍ରୀ ହାସଲ କରି ସମ୍ପ୍ରତି ବୋଷ୍ଟନ ବିଶ୍ୱବିଦ୍ୟାଳୟରେ ପ୍ରଫେସର। ତାଙ୍କର ଚାରିଟି କବିତା ସଂକଳନ ଓ ଚାରିଟି ପ୍ରବନ୍ଧ ସଂକଳନ ପ୍ରକାଶିତ। ସାହିତ୍ୟ ବ୍ୟତୀତ ସେ ନାଟକ ନିର୍ଦ୍ଦେଶନାରେ ସମୟ ଦେଇଥାନ୍ତି। ତାଙ୍କର ସଂକଳନ 'ଦି ବୋଷ୍ଟନ ଫିନକ୍ସ' ପାଇଁ ତାଙ୍କୁ ୧୯୯୪ରେ ସମୀକ୍ଷା ପୁଲିଜର ପୁରସ୍କାର ମିଳିଛି।

ଲୁଇଜ୍ ଗ୍ଲୁକ୍ (ଏପ୍ରିଲ୍ ୨୨, ୧୯୪୩) ନ୍ୟୁୟର୍କ ସହରରେ ଜନ୍ମ ହୋଇଥିଲେ। ତାଙ୍କ ପିତା ହଙ୍ଗେରୀର ଇମିଗ୍ରାଣ୍ଟ ଥିଲେ। 'ଦି ୱାଇଲଡ଼୍ ଆଇରିଶ୍' କବିତା ସଂକଳନ ପାଇଁ ସେ ୧୯୯୩ରେ ପୁଲିଜର ପୁରସ୍କାର ପାଇଥିଲେ। ୨୦୦୩-୦୪ରେ ସେ ଆମେରିକାର 'ପୋଏଟ୍ ଲରେଟ୍' ଥିଲେ। 'ଅବ୍‌ଜେକ୍ଟିଭ୍ ପୋଏଟ୍' ନାମକ ଏକ ଗୋଷ୍ଠୀ ସହ ସେ ପ୍ରତ୍ୟକ୍ଷ ଭାବେ ଜଡ଼ିତ ଥିଲେ। ତାଙ୍କର ୧୭ଟି କବିତା ସଂକଳନ ଓ ଗୋଟିଏ ପ୍ରବନ୍ଧ ସଂକଳନ ପ୍ରକାଶିତ ହୋଇଛି। ଅଧୁନା ସେ ୟେଲ୍ ବିଶ୍ୱବିଦ୍ୟାଳୟରେ କ୍ରିଏଟିଭ୍ ରାଇଟିଙ୍ଗ୍‌ର ପ୍ରଫେସର୍ ଭାବେ କାର୍ଯ୍ୟରତ।

ମେରି ଅଲିଭର (ସେପ୍ଟେମ୍ବର ୧୦, ୧୯୩୫), ସମକାଳ ଆମେରିକୀୟ କବିତାର ସବୁଠୁ ଅଧିକ ବିକ୍ରି ହେଉଥିବା କବି (ନ୍ୟୁୟର୍କ ଟାଇମ୍‌ସ)। ତାଙ୍କର ଜନ୍ମ ହୋଇଥିଲା ଓ୍ୱହିଓ ରାଜ୍ୟର ଛୋଟ ସହର ମାପଲ୍ ହାଇଟ୍‌ରେ। ତାଙ୍କର ପ୍ରଥମ କବିତା ସଂକଳନ ୧୯୬୩ରେ ପ୍ରକାଶିତ ହୋଇଥିଲା। ୧୯୫୦ରେ ଶେଷଭାଗରେ ସେ ଫଟୋଗ୍ରାଫର ମଲିମାଲନ୍ କୁକ୍‌ଙ୍କୁ ଭେଟିଥିଲେ ଓ ମଲିଙ୍କ ମୃତ୍ୟୁପର୍ଯ୍ୟନ୍ତ (୨୦୦୫) ଦୁହେଁ 'ପାର୍ଟନର' ଭାବେ ରହିଥିଲେ। ତାଙ୍କର ଏଯାବତ୍ ତିରିଶ ଖଣ୍ଡ କବିତା ସଂକଳନ ଓ ତିନୋଟି ପ୍ରବନ୍ଧ ସଂକଳନ ପ୍ରକାଶିତ। ସେ ପାଇଥିବା ପୁରସ୍କାର ମଧ୍ୟରେ ୧୯୮୪ ପୁଲିଜର ପୁରସ୍କାର ଓ ୧୯୯୨ର ନେସନାଲ୍ ବୁକ୍ ଆୱାର୍ଡ଼ ପ୍ରମୁଖ। ଚାରୋଟି ମହାବିଦ୍ୟାଳୟ ତାଙ୍କୁ ବିଭିନ୍ନ ସମୟରେ ସମ୍ମାନଜନକ ଡକ୍ଟରେଟ୍ ଡିଗ୍ରୀ ପ୍ରଦାନ କରିଛନ୍ତି। ୱାଲଟ୍ ହୁଇଟମାନ୍ ଓ ହେନ୍‌ରି ଡେଭିଡ଼୍ ଥରଙ୍କ ଦ୍ୱାରା ପ୍ରଭାବିତ ମେରିଙ୍କୁ ଆମେରିକାର ପ୍ରକୃତି କବି ବୋଲି କୁହାଯାଏ।

ମାଥ୍ୟୁ ଡିକମ୍ୟାନ୍ (ଜନ୍ମ ଅଗଷ୍ଟ ୨୦, ୧୯୭୫) ଅରେଗନ ରାଜ୍ୟର ପୋର୍ଟଲ୍ୟାଣ୍ଡ ସହରରେ ଜନ୍ମଗ୍ରହଣ କରିଥିଲେ। ଅରେଗନ ବିଶ୍ୱବିଦ୍ୟାଳୟରୁ ବି.ଏ.ଡ଼ିଗ୍ରୀ ଓ ଅନେକ ବିଶ୍ୱବିଦ୍ୟାଳୟରୁ

ଫେଲୋସିପ ପାଇ ସେ ଏବେ ଭର୍ମଣ୍ଟ କଲେଜ ଅଫ ଆର୍ଟସ୍‌ରେ ଅଧ୍ୟାପନା କରନ୍ତି । ତାଙ୍କର ଏଯାବତ୍ ସାତଟି କବିତା ସଂକଳନ ପ୍ରକାଶିତ । ସେ ପାଇଥିବା ପୁରସ୍କାର ମଧ୍ୟରେ ୨୦୦୯ର ଟଫ୍‌ଟ ଡ଼ିଜ୍‌କଭରି ଆୱାର୍ଡ଼ ଉଲ୍ଲେଖଯୋଗ୍ୟ ।

ମାକ୍ସିନ୍ କୁମିନ୍ (ଜୁନ୍ ୦୬, ୧୯୨୫- ଜୁନ୍ ୦୨, ୨୦୧୪) ପେନସିଲଭାନିଆ ରାଜ୍ୟର ଫିଲାଡେଲଫିଆ ସହରରେ ଏକ ଇହୁଦୀ ପରିବାରରେ ଜନ୍ମ ହୋଇଥିଲେ । ୧୯୪୬ରେ ବି.ଏ ପାସ୍ କଲାପରେ ତାଙ୍କର ବିବାହ ହୋଇଥିଲା ଓ ୧୯୫୮ରେ ସେ ବୋଷ୍ଟନ ଆଡ଼ଲ୍ଟ ଏଜୁକେସନ୍ ସେଣ୍ଟରରେ କବିତାରେ ଉଚ୍ଚଶିକ୍ଷା କଲେ । ମାକ୍ସିନ୍ ୧୯୫୮ରୁ ଅନେକ ବର୍ଷ ଯାଏ ଆମେରିକାର ଅନେକ ବିଶ୍ୱବିଦ୍ୟାଳୟରେ ଇଂରାଜି ସାହିତ୍ୟରେ ଅଧାପନା କଲେ । ତାଙ୍କର ୧୯୬୧ରୁ ୨୦୧୪ ମଧ୍ୟରେ ଉଣେଇଶିଟି କବିତା ସଂକଳନ, ପାଂଚଟି ଉପନ୍ୟାସ, ଆଠଟି ପ୍ରବନ୍ଧ ତଥା ଅଠରଟି ଶିଶୁସାହିତ୍ୟ ସଂକଳନ ପ୍ରକାଶିତ । ୧୯୭୩ରେ ତାଙ୍କୁ କବିତା ପାଇଁ ପୁଲିଜର ପୁରସ୍କାର, ୧୯୯୯ରେ ରୁଥ୍ ଲିଲି ପୁରସ୍କାର ସମେତ ଅନେକ ଜାତୀୟ ଓ ଆନ୍ତର୍ଜାତୀୟ ପୁରସ୍କାର ମିଳିଛି । ତାଙ୍କୁ ଛଅଟି ଆମେରିକୀୟ ବିଶ୍ୱବିଦ୍ୟାଳୟରୁ ସମ୍ମାନଜନକ ପି.ଏଚ୍.ଡ଼ି ଡ଼ିଗ୍ରୀ ମିଳିଛି । ୧୯୮୧-୮୨ରେ ସେ ଆମେରିକାର ପୋଏଟ୍ ଲରେଟ୍ ଭାବେ ନିଯୁକ୍ତ ହେଇଥିଲେ । ଜୀବନର ଶେଷ ପର୍ଯ୍ୟାୟରେ ସେ ନିଜ ପତି ଭିକ୍ଟରଙ୍କ ସହ ନ୍ୟୁ ହାମ୍ପସାୟାର ରାଜ୍ୟର ୱାର୍ନର ସହରରେ ଏକ ଘୋଡ଼ା ଫାର୍ମ କରି ସେଇଠି ରହୁଥିଲେ ।

ମାଇକେଲ ଡିକମ୍ୟାନ୍ (ଜନ୍ମ ଅଗଷ୍ଟ ୨୦, ୧୯୭୫) ଅରେଗନ ରାଜ୍ୟର ପୋର୍ଟଲାଣ୍ଡ ସହରରେ ଜନ୍ମଗ୍ରହଣ କରିଥିଲେ । ଲା ସାଲେ କାଥୋଲିକ୍ କଲେଜରୁ ଏମ୍.ଏଫ୍.ଏ ଡିଗ୍ରୀ ହାସଲ କଲାପରେ ସେ ୨୦୦୯ରେ ପ୍ରିନ୍ସଟନ ବିଶ୍ୱବିଦ୍ୟାଳୟରୁ ଫେଲୋସିପ ପାଇ ସେ ସେଠାରେ ରିସର୍ଚ୍ଚ ତଥା ଅଧାପନା କରୁଛନ୍ତି । ତାଙ୍କର କବିତା 'ରିଟର୍ଣ୍ଣିଙ୍ଗ୍ ଟୁ ଚର୍ଚ୍ଚ' ୨୦୦୮ର ନ୍ୟାରେଟିଭ୍ ପୁରସ୍କାର ପ୍ରାପ୍ତ । ତାଙ୍କର ପ୍ରଥମ କବିତା ସଂକଳନ 'ଫ୍ଲାଇଜ୍' ୨୦୧୦ରେ ଜେମସ ଲାଫିନ୍ କବିତା ପୁରସ୍କାର ପ୍ରାପ୍ତ । ତାଙ୍କର ଏଯାବତ୍ ଚାରିଟି କବିତା ସଂକଳନ ପ୍ରକାଶିତ ।

ରାଲ୍‌ଫ ଏଞ୍ଜେଲ୍ (ଜନ୍ମ ୧୯୫୧) ୱାସିଂଟନ ରାଜ୍ୟର ସିଆଟଲ୍ ସହରରେ ଜନ୍ମଗ୍ରହଣ କରିଥିଲେ । ସେ ୱାସିଂଟନ ବିଶ୍ୱବିଦ୍ୟାଳୟରୁ ବି.ଏ ଓ କାଲିଫର୍ଣ୍ଣିଆ ବିଶ୍ୱବିଦ୍ୟାଳୟରୁ ଏମ୍.ଏଫ୍.ଏ ଡିଗ୍ରୀ ହାସଲ କରି ଲସ୍ ଏଞ୍ଜେଲସର ରେଡ଼ଲ୍ୟାଣ୍ଡ୍ ବିଶ୍ୱବିଦ୍ୟାଳୟରେ କବିତା ବିଭାଗର ପ୍ରଫେସର ରୂପେ ଅବସ୍ଥାପିତ । ତାଙ୍କର ସାତଟି କବିତା ସଂକଳନ ପ୍ରକାଶିତ । ସେ ପାଇଥିବା ଅନେକ ପୁରସ୍କାର ମଧ୍ୟରେ ୧୯୯୫ର ଜେମ୍‌ସ ଲାଫିନ୍ କବିତା ପୁରସ୍କାର ଓ ୨୦୧୩ର ଗ୍ରୀନ୍‌ରୋଜ୍ କବିତା ପୁରସ୍କାର ଉଲ୍ଲେଖଯୋଗ୍ୟ ।

ରବର୍ଟ ହାସ (ଜନ୍ମ ମାର୍ଚ୍ଚ ୧, ୧୯୪୧) ସାନ ଫ୍ରାନ୍‌ସିସ୍‌କୋରେ ଜନ୍ମଗ୍ରହଣ କରିଥିଲେ । ତାଙ୍କର ପ୍ରଥମ କବିତା ସଂକଳନ 'ଫିଲ୍ଡ ଗାଇଡ଼୍'କୁ ୧୯୭୩ର ୟେଲ୍ ସିରିଜ୍ ଅଫ୍ ୟଙ୍ଗର୍

ପୋଏଟ୍ ପୁରସ୍କାର ମିଳିଥିଲା। ତାଙ୍କର ଦ୍ୱିତୀୟ ସଂକଳନ 'ପ୍ରେଜ୍'କୁ ୧୯୭୯ର ୱିଲିଅମ୍ କାର୍ଲସ ୱିଲିଅମ୍ ପୁରସ୍କାର ମିଳିଲା। ୧୯୮୪ରେ ତାଙ୍କର ଆଲୋଚନା ସଂକଳନ 'ଟ୍ୱେଣ୍ଟିଏଥ୍ ସେଂଚୁରି ପ୍ଲେଜର: ପ୍ରୋଜ୍ ଅନ୍ ପୋଏଟ୍ରି' ଯେଉଁଥିରେ ଆମେରିକୀୟ, ଇଉରୋପୀୟ ତଥା ଜାପାନୀ କବିମାନଙ୍କ ଉପରେ ଚର୍ଚ୍ଚା ହୋଇଛି, ପାଠକ ଜଗତରେ ଖୁବ୍ ଆଦୃତ ହେଲା ଓ 'ନେସନାଲ୍ ବୁକ୍ କ୍ରିଟିକ୍ ଆୱାର୍ଡ଼' ସମେତ ଅନେକ ପୁରସ୍କାର ପାଇଲା। ୧୯୯୫ରୁ ୯୭ ଯାଏଁ ସେ ଆମେରିକାର ପୋଏଟ୍ ଲରେଟ୍ ଦାୟିତ୍ୱରେ ରହିଲେ। ୧୯୭୧ରେ ଷ୍ଟାନଫୋର୍ଡ଼ ବିଶ୍ୱବିଦ୍ୟାଳୟରୁ ଇଂରାଜୀରେ ଡକ୍ଟରେଟ୍ ଡିଗ୍ରୀ ହାସଲକରି ସମ୍ପ୍ରତି କାଲିଫୋର୍ଣ୍ଣିଆ ବିଶ୍ୱବିଦ୍ୟାଳୟ, ବର୍କ୍‌ଲେରେ ଇଂରାଜି ବିଭାଗର ପ୍ରଫେସର ଭାବେ କାର୍ଯ୍ୟରତ। ସେ ଛଅଟି କବିତା ସଂକଳନ, ପାଂଚଟି ସମାଲୋଚନା ସଂକଳନ ତଥା ନଅଟି ଅନୁବାଦ ସଂକଳନର ରଚୟିତା। ସେ ପାଇଥିବା ପୁରସ୍କାର ମଧ୍ୟରେ ୨୦୦୮ର ପୁଲିଜର୍ ପୁରସ୍କାର, ୧୯୮୪ (ସମାଲୋଚନା) ଓ ୧୯୯୬ର (କବିତା) ନେସନାଲ୍ ବୁକ୍ କ୍ରିଟିଭ୍ ଆୱାର୍ଡ଼ ଓ ୨୦୦୭ର ନେସନାଲ୍ ବୁକ୍ ଆୱାର୍ଡ଼ ଉଲ୍ଲେଖଯୋଗ୍ୟ।

ସେରା କେ (ଜନ୍ମ- ଜୁନ୍ ୧୯, ୧୯୮୮) ନ୍ୟୁୟର୍କ ସହରରେ ଜନ୍ମ ଗ୍ରହଣ କରିଥିଲେ। ବ୍ରାଉନ୍ ବିଶ୍ୱବିଦ୍ୟାଳୟରୁ କବିତାରେ ସ୍ନାତକୋତ୍ତର ଶିକ୍ଷା ପରେ ଏବେ ସେ ଅଭିନୟ କବିତାକୁ ନିଜର ପେସା ରୂପେ ଗ୍ରହଣ କରିଛନ୍ତି। ସେ ନିଜର ଅଭିନୟ କବିତାକୁ ନିଜେ ଲେଖନ୍ତି ଓ ସାରା ବିଶ୍ୱରେ ବିଭିନ୍ନ ବର୍ଗ ତଥା ବୟସର ଦର୍ଶକଙ୍କ ସାମ୍ନାରେ ଅଭିନୟ କରନ୍ତି। ସେ ୧୪ବର୍ଷ ବୟସରୁ ବିଭିନ୍ନ କ୍ଲବ ତଥା ସ୍କୁଲ ଓ କଲେଜରେ ଅଭିନୟ କବିତା ପରିବେଷଣ କରୁଛନ୍ତି। ଜାତିସଂଘର ୨୦୦୪ ୱାର୍ଲ୍ଡ ୟୁଥ୍ ରିପୋର୍ଟ ପ୍ରୋଗାମରେ ତାଙ୍କୁ ଅଭିନୟ କବିତା ପରିବେଷଣ ପାଇଁ ନିମନ୍ତ୍ରଣ କରାଯାଇଥିଲା। ୨୦୧୧ରେ କାଲିଫୋର୍ଣ୍ଣିଆର ଲଙ୍ଗ୍ ବିଚ୍‌ଠାରେ ହୋଇଥିବା ଟେଡ୍ ଟଲ୍କ କାର୍ଯ୍ୟକ୍ରମରେ ସେ 'ବି' ଓ 'ହିରୋସିମା' ଅଭିନୟ କବିତା ପରିବେଷଣ କରିଥିଲେ। ୨୦୦୪ରେ ସେ 'ଭଏସ୍' ନାମକ ସଂସ୍ଥା ଗଢ଼ିଥିଲେ ଓ ତା' ମାଧ୍ୟମରେ ଶବ୍ଦ କବିତାକୁ କେମିତି ଶିକ୍ଷା ଓ ପ୍ରେରଣାତ୍ମକ ସାଧନ ରୂପେ ବ୍ୟବହାର କରାଯାଇପାରିବ, ତାହା ଦେଖାଇ ଆସୁଛନ୍ତି।

ଅର୍ସଲା କେ.ଲି.ଗୁଇନ୍ (ଜନ୍ମ ଅକ୍ଟୋବର ୨୧, ୧୯୨୯), କାଲିଫୋର୍ଣ୍ଣିଆର ବର୍କ୍‌ଲେ ସହରରେ ଜନ୍ମଗ୍ରହଣ କରିଥିଲେ। ସେ ନଅବର୍ଷ ବୟସରେ ପ୍ରଥମ ଗପ ଲେଖିଥିଲେ ଯାହା ଗୋଟିଏ ବିଜ୍ଞାନ ଭିତ୍ତିକ ଗଳ୍ପ ପତ୍ରିକାରେ ପ୍ରକାଶିତ ହୋଇଥିଲା। ତାଙ୍କ ପିତା ସବୁ ପ୍ରକାରର ପ୍ରତିକା ଘରକୁ ଆଣୁଥିଲେ ଓ ପିଲାମାନଙ୍କୁ ପଢ଼ିବା ପାଇଁ ପ୍ରୋତ୍ସାହିତ କରୁଥିଲେ ଯାହା ତାଙ୍କୁ ଲେଖିବା ପାଇଁ ପ୍ରେରଣା ଦେଇଥିଲା ବୋଲି ସେ କୁହନ୍ତି। ସେ ଫରାସୀ ସାହିତ୍ୟରେ ଏମ୍.ଏ. କଲାପରେ ଫୁଲବ୍ରାଇଟ୍ ବୃତ୍ତି ପାଇ ୧୯୫୩ରେ ଫ୍ରାନ୍ସ ଗଲେ। ସେଠି ତାଙ୍କର ସାକ୍ଷାତ ହେଲା ଐତିହାସିକ ଚାର୍ଲସ୍ ଲି ଗୁଇନଙ୍କ ସହିତ। ଦୁହେଁ ବିବାହ କଲେ ଓ ଆମେରିକା

ଫେରିଲେ। ଚାର୍ଲସ୍ ଏମୋରି ବିଶ୍ୱବିଦ୍ୟାଳୟରେ ପି.ଏଚ୍.ଡ଼ି କରୁଥିବା ସମୟରେ ଅର୍ସଲା ବିଶ୍ୱବିଦ୍ୟାଳୟରେ ଫ୍ରେଞ୍ଚ୍ ପଢ଼ାଇଲେ। ପରେ ଦୁହେଁ ପୋର୍ଟଲାଣ୍ଡ୍ ବିଶ୍ୱବିଦ୍ୟାଳୟକୁ ଚାଲିଗଲେ ଯେଉଁଠି ଚାର୍ଲସ୍ ପ୍ରଫେସର ଭାବେ କାର୍ଯ୍ୟକଲେ, ଅର୍ସଲା ତିନି ପିଲା ଓ ଘର ଚଳେଇବାର ସହିତ ଲେଖିବାରେ ମନୋନିବେଶ କଲେ। ଏଗାରଟି କବିତା ସମେତ ତାଙ୍କର ଷାଠିଏରୁ ଅଧିକ ପୁସ୍ତକ ପ୍ରକାଶିତ। ତାଙ୍କର ଗଳ୍ପ ଓ ଉପନ୍ୟାସ ସବୁ ବିଜ୍ଞାନ ଓ ଫାଣ୍ଟାସି ଭିତ୍ତିକ ଓ ସେଥିରୁ ଅନେକ ଚଳଚ୍ଚିତ୍ର ନିର୍ମିତ ହୋଇଛି। ସଲମାନ୍ ରସ୍‌ଦି ଓ ଡେଭିଡ୍ ମିସେଲ୍ ସହିତ ଅନେକ ଲେଖକ ତାଙ୍କ ଦ୍ୱାରା ପ୍ରଭାବିତ। ୨୦୦୦ରେ ଆମେରିକାନ୍ କଂଗ୍ରେସ୍ ତାଙ୍କୁ ଲିଭିଂ ଲିଜେଣ୍ଡ୍ ସମ୍ମାନରେ ସମ୍ମାନିତ କରିବା ସହିତ ସେ ଅନେକ ଜାତୀୟ ତଥା ଆନ୍ତର୍ଜାତୀୟ ପୁରସ୍କାରରେ ପୁରସ୍କୃତା।

ୱିଲିଅମ୍ ଷ୍ଟାନଲେ ମରୱିନ୍ (ଜନ୍ମ ସେପ୍ଟେମ୍ବର ୩୦, ୧୯୨୭) ନ୍ୟୁୟର୍କ ସହରରେ ଜନ୍ମ ହୋଇଥିଲେ। ସେ ପ୍ରିନ୍‌ସଟନ୍ ବିଶ୍ୱବିଦ୍ୟାଳୟରୁ ବି.ଏ. ପାସ୍ କରି ଡରୋଥି ଜିନ୍ ଫେରିଙ୍କୁ ବିବାହ କଲେ ଓ ସ୍ପେନ୍ ଚାଲିଗଲେ। ସେଠି ତାଙ୍କର ଦେଖାହେଲା ତାଙ୍କଠୁ ପନ୍ଦରବର୍ଷ ବୟସ୍କ ଡିଡୋ ମିଲ୍‌ରୟଙ୍କ ସହ। ତାଙ୍କ ସହ ଲଣ୍ଡନରେ ଗୋଟିଏ ନାଟକରେ ଭାଗ ନେଲେ ଓ ପରେ ତାଙ୍କୁ ବିବାହ କରି ବୋଷ୍ଟନ ଆସିଲେ। କିଛିବର୍ଷ ଆମେରିକା ଓ ୟୁରୋପ୍ ମଧ୍ୟରେ ଏପାଖ ସେପାଖ ହୋଇ ସେ ଡିଡ଼ୋଙ୍କୁ ଡିଭୋର୍ସ ଦେଇ ୧୯୬୮ରେ ନ୍ୟୁୟର୍କ ଆସିଲେ ଓ ୧୯୭୦ରୁ ହାୱାଇରେ ରହିବାକୁ ଲାଗିଲେ। ୧୯୮୩ରେ ସେ ପୌଲା ସ୍ୱାର୍ସଙ୍କୁ ବିବାହ କଲେ। ତାଙ୍କର ପ୍ରଥମ ସଂକଳନ 'ଏ ମାସ୍କ ଅଫ୍ ଜେନସ୍' ୧୯୫୨ରେ ୟେଲ୍ ୟଙ୍ଗର୍ ପୋଏଟ୍ ସିରିଜ୍ ଦ୍ୱାରା ପ୍ରକାଶିତ ହୋଇଥିଲା। ଏଯାବତ୍ ତାଙ୍କର ତିରିଶଟି କବିତା ସଂକଳନ, ତିରିଶଟି ଅନୁବାଦ ସଂକଳନ, ତିନିଟି ନାଟକ ସଂକଳନ, ଆଠଟି ପ୍ରବନ୍ଧ ସଂକଳନ ପ୍ରକାଶିତ। ୧୯୬୦ ଦଶକରେ ତାଙ୍କର ଲେଖା ଭିଏତନାମ୍ ଯୁଦ୍ଧ ଦ୍ୱାରା ପ୍ରଭାବିତ ଏବଂ ୧୯୮୦ ଓ ୧୯୯୦ ଦଶକରେ ତାଙ୍କ ଲେଖା ବୁଦ୍ଧିଜିମ୍ ତଥା ପର୍ଯ୍ୟାବରଣ ଦ୍ୱାରା ପ୍ରଭାବିତ ହେବାର ଲକ୍ଷ୍ୟ କରାଯାଏ। ୧୯୬୯ର ପେନ୍ ଅନୁବାଦ ପୁରସ୍କାର, ୧୯୭୧ ଓ ୨୦୦୯ର ପୁଲିଜର ପୁରସ୍କାର, ୨୦୦୫ର ନେସନାଲ ବୁକ୍ ଆୱାର୍ଡ ସମେତ ଅନେକ ପୁରସ୍କାର ତାଙ୍କୁ ମିଳିଛି। ସେ ୨୦୧୦ରେ ଆମେରିକାର ପୋଏଟ୍ ଲରେଟ୍ ଥିଲେ। ସମ୍ପ୍ରତି ସେ ଏବେ ହାୱାଇରେ ଗୋଟିଏ ମୃତ ଆଗ୍ନେୟଗିରି ଉପରେ ଏକ ବିସ୍ତୃତ ସପୁରି ବଗିଚା କରି ସେଇଠି ରୁହନ୍ତି।

ଇଉଜେନିଓ ମୋଣ୍ଟେଜୋ (ଅକ୍ଟୋବର ୧୯, ୧୯୩୮- ଜୁନ୍‌୫, ୨୦୦୮) କାରାକାସ୍, ଭେନେଜୁଏଲାରେ ଜନ୍ମ ଗ୍ରହଣ କରିଥିଲେ। ସେ 'ଆଜାର' ସାହିତ୍ୟ ପତ୍ରିକାର ପ୍ରତିଷ୍ଠାତା ଓ କାରାବୋବୋ ବିଶ୍ୱବିଦ୍ୟାଳୟରୁ ପ୍ରକାଶିତ କବିତା ପତ୍ରିକା 'ରେଭିଷ୍ଟା ପୋଏସିଆ'ର ସହ ପ୍ରତିଷ୍ଠାତା। ଲାଟିନ୍ ଆମେରିକୀୟ ଶିକ୍ଷାରେ ସେ ଗବେଷକ ଥିଲେ ଓ ଅନେକ ଜାତୀୟ ତଥା ଆନ୍ତର୍ଜାତୀୟ ପତ୍ରିକାମାନଙ୍କରେ ବହୁଳ ଭାବେ ପ୍ରକାଶିତ ହେଉଥିଲେ। ୧୯୯୮ରେ ସେ ଭେନେଜୁଏଲାର

ଜାତୀୟ ସାହିତ୍ୟ ପୁରସ୍କାର ତଥା ୨୦୦୪ରେ ଆନ୍ତର୍ଜାତୀୟ ଅକ୍ଟାଭିଓ ପାଜ୍ ପୁରସ୍କାର ପାଇଥିଲେ। ତାଙ୍କ କବିତା 'ଦି ଆର୍ଥ ଟର୍ନଡ୍ ଟୁ ବ୍ରିଙ୍ଗ୍ ଅସ୍ ବ୍ଲୋଜରର୍ର କେଇ ଧାଡ଼ି '୨୧ ଗ୍ରାମ୍' ଚଳଚ୍ଚିତ୍ରରେ ବ୍ୟବହାର କରାଗଲା ପରେ ସେ ଆନ୍ତର୍ଜାତୀୟ ଖ୍ୟାତି ପାଇଥିଲେ। ତାଙ୍କର ୧୦ଟି କବିତା ସଂକଳନ, ୩ଟି ପ୍ରବନ୍ଧ ସଂକଳନ ଓ ଅନେକ ଅନୁବାଦ ସଂକଳନ ପ୍ରକାଶ ପାଇଛି।

ନିକାନର ପାରା (ଜନ୍ମ- ସେପ୍ଟେମ୍ବର ୫, ୧୯୧୪) ଚିଲି ଦେଶର ଦକ୍ଷିଣ ଅଂଚଳର ସାନ ଫାବିଆନ ଡି ଆଲିକୋ ସହରରେ ଜନ୍ମ ଗ୍ରହଣ କରିଥିଲେ। ସେ ଚିଲି ବିଶ୍ୱବିଦ୍ୟାଳୟ, ବ୍ରାଉନ୍ ବିଶ୍ୱବିଦ୍ୟାଳୟ ଓ ଅକ୍ସଫୋର୍ଡ ବିଶ୍ୱବିଦ୍ୟାଳୟରୁ ଗଣିତ ଓ ପଦାର୍ଥ ବିଜ୍ଞାନରେ ଉଚ୍ଚ ଶିକ୍ଷା ଲାଭ କରି ଚିଲି ବିଶ୍ୱବିଦ୍ୟାଳୟରେ ପଦାର୍ଥ ବିଜ୍ଞାନର ପ୍ରଫେସର ରୂପେ କାର୍ଯ୍ୟ କରିଥିଲେ। ସେ କବିତାର ତଥାକଥିତ ଶୈଳୀକୁ ବିରୋଧ କରି 'ଆଣ୍ଟି ପୋଏଟ୍ରି' ବିଚାରଧାରା ଆରମ୍ଭ କରିଥିଲେ। ତାଙ୍କର ସତେଇଶିଟି କବିତା ସଂକଳନ ଓ ଚାରିଟି ଅନୁବାଦ ସଂକଳନ ପ୍ରକାଶିତ। ୨୦୧୧ରେ ତାଙ୍କୁ ସ୍ପାନିସ୍ କଥିତ ସର୍ବୋଚ୍ଚ ପୁରସ୍କାର ସେର୍ଭାଣ୍ଟସ୍ ପ୍ରାଇଜ୍ ଓ ୨୦୧୨ରେ ପାବ୍ଲୋ ନେରୁଦା ପୁରସ୍କାର ମିଳିଥିଲା। ନୋବେଲ ପୁରସ୍କାର ପାଇଁ ମଧ୍ୟ ତାଙ୍କ ନାଁ ଅନେକ ଥର ଚର୍ଚ୍ଚାକୁ ଆସିଛି।

କୋ ଉନ (ଜନ୍ମ ଅଗଷ୍ଟ ୧, ୧୯୩୩) ଦକ୍ଷିଣ କୋରିଆର ଗୁନସାନ ଗ୍ରାମାଂଚଳରେ ଗୋଟିଏ କୃଷକ ପରିବାରରେ ଜନ୍ମଗ୍ରହଣ କରିଥିଲେ। ୧୯୫୦ରେ କୋରିଆ ଯୁଦ୍ଧ ସମୟରେ ତାଙ୍କର ଅନେକ ବନ୍ଧୁ ଓ ସାଥୀଙ୍କର ମୃତ୍ୟୁ ହେଲା। ସେ ସ୍କୁଲ ପାଠ ଛାଡ଼ି ଶବ ପୋତିବା ପାଇଁ ଗାତ ଖୋଳିବା କାମ କଲେ। ଏହି ଯୁଦ୍ଧ ତାଙ୍କୁ ଏତେ ପ୍ରଭାବିତ କଲା ଯେ ସେ ଏହାର ଶବ୍ଦ ନ ଶୁଣିବା ପାଇଁ କାନରେ ଏସିଡ୍ ଢାଳି ବଧିର ହୋଇଗଲେ। ୧୯୫୨ରେ ସେ ବୌଦ୍ଧଭିକ୍ଷୁ ହେଲେ ଓ ଆଶ୍ରମରେ ରହିଲେ। ୧୯୬୦ରେ ତାଙ୍କର ପ୍ରଥମ କବିତା ସଂକଳନ ଓ ୧୯୬୧ରେ ପ୍ରଥମ ଉପନ୍ୟାସ ପ୍ରକାଶିତ ହେଲା। ୧୯୭୦ ଦଶକରେ ସେ ଅନେକ ସରକାରୀ ବିରୋଧି ଆନ୍ଦୋଳନରେ ଯୋଗଦେଇ କାରାବରଣ କଲେ। ତାଙ୍କର ବିଭିନ୍ନ ଭାଷାରେ ୧୫୫ରୁ ଅଧିକ ପୁସ୍ତକ ପ୍ରକାଶିତ। ସେ ଜାତୀୟ ଏବଂ ଆନ୍ତର୍ଜାତୀୟ ସ୍ତରରେ ଅନେକ ପୁରସ୍କାର ଲାଭ କରିଛନ୍ତି। ତାଙ୍କର ନାଁ ମଧ୍ୟ ନୋବେଲ ପୁରସ୍କାର ପାଇଁ ନିୟମିତ ଭାବେ ଶୁଣାଯାଉଛି।। ୧୯୧୪ରେ ସେ କୋରିଆନ୍ ଜାତୀୟ କମିସନ୍ ଦ୍ୱାରା ୟୁନେସ୍କୋର ଶାନ୍ତି ଦୂତ ଭାବେ ନିଯୁକ୍ତି ପାଇଥିଲେ।

ୟାନ ଲି (ଜନ୍ମ ୧୯୫୪) ଚୀନ ଦେଶର ବେଜିଂ ସହରରେ ଜନ୍ମଗ୍ରହଣ କରିଥିଲେ ଏବଂ ୧୯୮୫ରେ ଉଚ୍ଚଶିକ୍ଷା ନିମନ୍ତେ ଆମେରିକା ଆସିଥିଲେ। ସମ୍ପ୍ରତି ସେ ନ୍ୟୁୟର୍କ, ସାଙ୍ଘାଇ ଓ ବେଜିଂରେ ରୁହନ୍ତି। ୧୯୮୭ରେ ସେ ନ୍ୟୁୟର୍କରେ 'ଫାଷ୍ଟ ଲାଇନ୍' ନାମରେ ଚୀନା କବିତା ପତ୍ରିକା ଆରମ୍ଭ କରିଥିଲେ। ତାଙ୍କର ଏଯାବତ କୋଡ଼ିଏରୁ ଊର୍ଦ୍ଧ୍ୱ ସଂକଳନ ପ୍ରକାଶିତ। ତାଙ୍କର ଗଳ୍ପ ଓ କବିତା ଅନେକ ଭାଷାରେ ଅନୂଦିତ ଓ ସେ ଅନେକ ବିଶ୍ୱ ସାହିତ୍ୟକୁ ଚୀନା ଭାଷାରେ ଅନୂଦିତ କରିଛନ୍ତି।

କ୍ୟାଥି ଲିନ୍ ଚେ- ହେଲେ ଜଣେ ଭିଏତନାମୀ ଆମେରିକୀୟ କବି। ତାଙ୍କର ପିତା ମାତା ଦୁହେଁ ଭିଏତନାମ ଯୁଦ୍ଧ ଉତ୍ତରଜୀବୀ। ସେମାନଙ୍କର ନିଜସ୍ୱ ଅନୁଭୂତିର କଥାକୁ କବିତାର ରୂପ ଦେଇଥିବା ତାଙ୍କର ପ୍ରଥମ କବିତା ସଂକଳନ 'ସ୍ଲିଟ୍' କୁ ମିଳିଛି ପୋଏଟ୍ରି ସୋସାଇଟି ଅଫ୍ ଆମେରିକାର ପ୍ରଥମ ସଂକଳନ ପାଇଁ ସମ୍ମାନୀୟ କୁଣ୍ଡିମ୍ୟାନ୍ ପୁରସ୍କାର ଓ ଆସୋସିଏସନ୍ ଅଫ୍ ଏସିଆନ୍ ଆମେରିକାନ୍ ଷ୍ଟଡ଼ିଜ୍ ତରଫରୁ ସବୁଠୁ ଭଲ କବି ପୁରସ୍କାର। ସମ୍ପ୍ରତି ସେ ନ୍ୟୁୟର୍କ ବିଶ୍ୱବିଦ୍ୟାଳୟରୁ ଏମ୍.ଏଫ୍.ଏ ଡିଗ୍ରୀ ହାସଲକରି ସିଏରା ନେବେଡ଼ା କଲେଜରେ ଭିଜିଟିଙ୍ଗ୍ ପ୍ରଫେସର ଭାବରେ କାର୍ଯ୍ୟରତ।

ନାଟାଲି ଡିଆସ୍-କାଲିଫର୍ଣ୍ଣିଆର 'ଫୋର୍ଟ ମୋହେଭ୍' ଗ୍ରାମାଂଚଳରେ ଜନ୍ମଗ୍ରହଣ କରିଥିଲେ। ସେ ଭର୍ଜିନିଆର ଓଲ୍ଡ ଡୋମିନିଅନ ବିଶ୍ୱବିଦ୍ୟାଳୟରେ ପଢୁଥିଲାବେଳେ ମହିଳା ବାସ୍କେଟବଲ ଦଳରେ ଯୋଗଦେଇ ୟୁରୋପ ଓ ଏସିଆରେ ପ୍ରଫେସନାଲ ବାସ୍କେଟବଲ ଖେଳିଲେ। ସେଠୁ ଫେରିବା ପରେ ସେ ଓଲ୍ଡ ଡ଼ୋମିନିଅନ ବିଶ୍ୱବିଦ୍ୟାଳୟରୁ ୨୦୦୬ରେ କବିତା ଓ ଗଳ୍ପରେ ଏମ୍.ଏଫ୍.ଏ ଡିଗ୍ରୀ ହାସଲକଲେ। ତାଙ୍କର ପ୍ରଥମ କବିତା ସଂକଳନ 'ହ୍ୱେନ୍ ମାଇ ବ୍ରଦର ୱାଜ୍ ଆନ୍ ଆଜେଟେକ୍' ୨୦୧୨ରେ ପ୍ରକାଶିତ ହେଲା ପରେ କବିତା ଜଗତରେ ତାଙ୍କର ଲୋକପ୍ରିୟତା ହଠାତ୍ ବଢ଼ିଗଲା। ତାଙ୍କୁ ଲାନାନ ଫେଲୋସିପ ଓ ନେଟିଭ୍ ଆର୍ଟସ୍ କାଉନସିଲ୍ ଫେଲୋସିପ୍ ମିଳିଲା। ୨୦୧୪ରେ ତାଙ୍କୁ ବ୍ରେଡ଼୍ ଲୋଫ୍ ଫେଲୋସିପ, ହୋମସ୍ ନେସନାଲ ପୋଏଟ୍ରି ଆୱାର୍ଡ଼ ମଧ୍ୟ ମିଳିଲା। ତାଙ୍କୁ ୨୦୦୭ରେ ପାବ୍ଲୋ ନେରୁଦା କବିତା ପୁରସ୍କାର ମିଳିଥିଲା। ସମ୍ପ୍ରତି ସେ ଇନ୍‌ଷ୍ଟିଚ୍ୟୁଟ ଅଫ୍ ଇଣ୍ଡିଆନ୍ ଆର୍ଟସର ଏମ୍.ଏଫ.ଏ ପ୍ରୋଗ୍ରାମରେ ଅଧାପନା କରନ୍ତି ଓ ଫୋର୍ଟ ମୋହେଭ୍ ଲାଙ୍ଗୁଏଜ୍ ରିକଭରି ପ୍ରୋଗ୍ରାମର ନିର୍ଦ୍ଦେଶନା ଦାୟିତ୍ୱରେ ମଧ୍ୟ ଅଛନ୍ତି।

ଫୈଜ ଅହମଦ ଫୈଜ (ଫେବୃଆରୀ ୧୩, ୧୯୧୧- ନଭେମ୍ବର ୨୦, ୧୯୮୪) ପଞ୍ଜାବର ସିଆଲକୋଟରେ ଜନ୍ମଗ୍ରହଣ କରିଥିଲେ। ସେ ୧୯୩୬ରେ ଲାହୋର ଚାଲିଯାଇଥିଲେ। ୧୯୪୭ ପର୍ଯ୍ୟନ୍ତ ସେ ବ୍ରିଟିଶ ଆର୍ମିରେ ଲେଫ୍ଟନାଣ୍ଟ କର୍ଣ୍ଣେଲ ଭାବେ କାର୍ଯ୍ୟ କରିଥିଲେ। ସେ ୧୯୬୪ରେ ପାକିସ୍ତାନ ଆର୍ଟସ କାଉନସିଲର ଭାଇସ୍ ପ୍ରେସିଡ଼େଣ୍ଟ ଥିଲେ। ଉର୍ଦ୍ଦୁ ସାହିତ୍ୟର ସର୍ବଶ୍ରେଷ୍ଠ କବି ଭାବରେ ଲୋକପ୍ରିୟ। ସେ ଥିଲେ ପ୍ରଥମ ଏସୀୟ କବି ଯାହାଙ୍କୁ ୧୯୬୩ରେ ପ୍ରଥମ ଲେନିନ୍ ଶାନ୍ତି ପୁରସ୍କାର ମିଳିଥିଲା। ୧୯୭୪ରେ ତାଙ୍କୁ ଲୋଟସ ପୁରସ୍କାର ମିଳିଥିଲା। ମୃତ୍ୟୁ ପୂର୍ବରୁ ତାଙ୍କର ନାଁ ମଧ୍ୟ ନୋବେଲ ପୁରସ୍କାର ପାଇଁ ସୁପାରିଶ କରାଯାଇଥିଲା।

ରବର୍ଟ ବ୍ଲାଇ (ଜନ୍ମ- ଡିସେମ୍ବର ୨୩, ୧୯୨୬) ମିନେସୋଟା ରାଜ୍ୟର ଲାକ୍ କୁଇ ପାର୍ଲେରେ ଜନ୍ମଗ୍ରହଣ କରିଥିଲେ। ଭିଏତନାମ ଯୁଦ୍ଧ ବିରୁଦ୍ଧରେ ଲେଖକ ଓ କବିମାନଙ୍କୁ ଏକାଠି କରି ୧୯୬୬ରେ 'ଆମେରିକାନ ରାଇଟର୍ସ ଏଗେନ୍‌ଷ୍ଟ ଭିଏତନାମ ୱାର' ନାମରେ

ଏକ ସଂସ୍ଥା ପ୍ରତିଷ୍ଠା କରିଥିଲେ ଓ ୧୯୬୮ରେ ସରକାରଙ୍କୁ କର ନ ଦେବାପାଇଁ ନିଜ ଦସ୍ତଖତରୁ ଏକ ପିଟିସନ ଆରମ୍ଭ କରିଥିଲେ। ୧୯୭୦ ଦଶକରେ ସେ ଭାରତୀୟ ସଂସ୍କୃତି ପ୍ରତି ଆଗ୍ରହ ପ୍ରକାଶ କରି ତାଙ୍କର ଅନେକ କବିତାରେ ଭାରତୀୟ ଦର୍ଶନ, ଯୋଗ, ଧ୍ୟାନ ଇତ୍ୟାଦିକୁ ବ୍ୟବହାର କରିଥିଲେ ଓ କବିର ତଥା ମୀରାବାଇଙ୍କ କବିତାର ଇଂରାଜି ଅନୁବାଦ କରିଥିଲେ। ୧୯୬୮ରେ କବିତା ସଂକଳନ 'ଦି ଲାଇଟ୍ ଆରାଉଣ୍ଡ୍ ଦି ବଡ଼ି' ପାଇଁ ତାଙ୍କୁ ଜାତୀୟ ପୁରସ୍କାର ମିଳିଥିଲା। ୨୦୧୩ରେ ପୋଏଟ୍ରି ସୋସାଇଟି ଅଫ୍ ଆମେରିକା ଦ୍ୱାରା ତାଙ୍କୁ ଲାଇଫ୍ ଟାଇମ୍ ଆଚିଭମେଣ୍ଟ ପାଇଁ ରବର୍ଟ ଫ୍ରଷ୍ଟ ମେଡ଼ାଲ ଦିଆଯାଇଥିଲା। ୨୦୦୮ରେ ସେ ମିନେସୋଟା ରାଜ୍ୟର ପୋଏଟ୍ ଲରେଟ୍ ଭାବରେ ନିଯୁକ୍ତ ହୋଇଥିଲେ। ପଚିଶ ଖଣ୍ଡ କବିତା ସଂକଳନ, ପନ୍ଦରଟି ଅନୁବାଦ ସଂକଳନ ଓ ଦଶଟି ପ୍ରବନ୍ଧ ସଂକଳନ ସମେତ ଅନେକ ଗ୍ରନ୍ଥର ସମ୍ପାଦନା କରିଛନ୍ତି ସେ।

ବବ୍ ଡିଲାନ୍ (ଜନ୍ମ- ମେ ୨୪, ୧୯୪୧) ମିନେସୋଟା ରାଜ୍ୟର ଛୋଟ ସହର ଡୁଲୁସରେ ଜନ୍ମ ହୋଇଥିଲେ। ତାଙ୍କର ପିତୃଦତ୍ତ ନାମ ଥିଲା ରବର୍ଟ ଏଲେନ୍ ଜିମରମାନ। ୧୯୬୨ରେ ସେ ତାଙ୍କର ନାଁକୁ ବଦଳାଇ 'ବବ୍ ଡିଲାନ୍' ରଖିଲେ। ତାଙ୍କର ପ୍ରଥମ ଆଲବମ୍, 'ବବ୍ ଡିଲାନ୍' ମାର୍ଚ୍ଚ ୧୯, ୧୯୬୨ରେ ଲୋକାର୍ପିତ ହୋଇଥିଲା। ତାଙ୍କର ପ୍ରକାଶିତ ପୁସ୍ତକ ମଧ୍ୟରେ- ୧୯୭୨ରେ ପ୍ରକାଶିତ ଗଦ୍ୟକବିତା ସଂକଳନ 'ତେରାନ୍ତୁଲୀ', ୧୯୮୫ରେ ପ୍ରକାଶିତ 'ଗୀତ ୧୯୬୨-୧୯୮୫', ୨୦୦୪ରେ ପ୍ରକାଶିତ ଆତ୍ମକଥା 'କ୍ରୋନିକ୍ଲ ଭାଗ-୧' ଏବଂ ତାଙ୍କର ପେଣ୍ଟିଂକୁ ନେଇ ଆଉ ପାଂଚ ଖଣ୍ଡ ପୁସ୍ତକ। ୧୯୯୧ରେ ତାଙ୍କୁ ଗ୍ରାମି ଲାଇଫ୍‌ଟାଇମ୍ ଆଚିଭମେଣ୍ଟ ପୁରସ୍କାର ସମେତ ତେରଟି ଗ୍ରାମି ପୁରସ୍କାର, ୨୦୦୦ରେ ଏକାଡ଼େମୀ ପୁରସ୍କାର, ୨୦୦୧ରେ ଗୋଲ୍ଡେନ ଗ୍ଲୋବ୍ ପୁରସ୍କାର, ୨୦୦୮ରେ ବିଶେଷ ପୁଲିଜର ପୁରସ୍କାର, ଦୁଇଟି ବିଶ୍ୱବିଦ୍ୟାଳୟରୁ ସମ୍ମାନିତ ଡକ୍ଟରେଟ୍ ଡିଗ୍ରୀ ଓ ଅନ୍ୟାନ୍ୟ ଅନେକ ପୁରସ୍କାର ମିଳିଛି। ଏଯାବତ ତାଙ୍କର ଦଶକୋଟିରୁ ଅଧିକ ଆଲବମ୍ ବିକ୍ରି ହୋଇଛି। 'ଆମେରିକୀୟ ଗୀତ ପରମ୍ପରାରେ ନୂତନ କାବ୍ୟିକ ଅଭିବ୍ୟକ୍ତି ସୃଜନ' ନିମନ୍ତେ ତାଙ୍କୁ ୨୦୧୬ର ନୋବେଲ ସାହିତ୍ୟ ପୁରସ୍କାରରେ ପୁରସ୍କୃତ କରାଯାଇଛି।

Translated by:

Satya Pattanaik has published two collections of poetry in Odia (Pasanara Prema Sangeeta - Bharat Bharati, Cuttack, Jharka Khola Thau - Paschima Publication, Bhubaneswar) and two translation collections of world literature in Odia (Kshyudragalpara Mrutyu O Anyanya Galpa, Ama Nija Mati O Anyanya Kabita - Paschima Publication, Bhubaneswar). He edits Odia literary magazine 'Pratishruti' from USA. To propagate Indian literature globally he manages a non-profit publishing initiative BLACK EAGLE BOOKS (www.blackeaglebooks.org) with a focus in republication of classic and contemporary literature, managing translation projects, providing editing and other literary services to writers. He can be reached at satyapatnaik11@gmail.com.

■ ■

Cover art by:

Ishani Das, a recipient of the Young India Fellowship, is pursuing her post- graduate studies. She has a fascination for painting and likes to experiment with novel themes.